Chou à la Crim'

Les Thés meurtriers d'Oxford
Livre 1

H.Y. Hanna

Traduit de l'anglais (britannique)
par Diane Garo

City
Roman

Ce livre est une œuvre de fiction. Les noms, les lieux, les personnages et les événements relatés sont le fruit de l'imagination de l'auteure ou sont utilisés à des fins de fiction. Toute ressemblance avec des faits réels, des lieux ou des personnes existantes ou ayant existé ne saurait être que pure coïncidence.

Édition originale parue sous le titre : *A scone to die for*
(Oxford Tearoom Mysteries ~ Book 1)

Illustration de couverture : D.R.
ISBN : 978-2-8246-3999-4
Code Hachette : 89 8721 2

Collection dirigée par Christian English & Frédéric Thibaud
Catalogues et manuscrits : city-editions.com

Dépôt légal : Mai 2024

Chapitre 1

On dit qu'il faut être prêt à faire des sacrifices pour réaliser ses rêves. Je ne m'attendais pas à ce que ce sacrifice implique un touriste américain et un scone fatal.

La semaine avait pourtant commencé normalement, avec l'afflux habituel de touristes et de visiteurs dans notre petit village des Cotswolds, Meadowford-on-Smythe. Avec ses ruelles pavées et ses jolies petites chaumières, Meadowford était une véritable carte postale de l'Angleterre rurale. Mais aussi pittoresque et magnifique que soit le village, il serait probablement passé inaperçu sans sa proximité avec la ville universitaire la plus célèbre du monde.

Plus de neuf millions de touristes venaient visiter Oxford chaque année, et après avoir posé dans les quadrangles de l'université – ces célèbres cours carrées communément appelées *quads* – et arpenté dans le plus grand respect les cloîtres de la plus ancienne université du monde anglophone, ils venaient généralement se ressourcer dans la campagne des Cotswolds. Ils s'extasiaient devant les boutiques d'antiquités et les marchés de village, et s'arrêtaient déguster un authentique *afternoon tea* à l'anglaise.

C'était là que j'entrais en jeu. Ou plutôt, ma nouvelle entreprise : le Little Stables Tearoom. Mon salon de thé offrait le meilleur de la pâtisserie traditionnelle anglaise : scones au beurre avec confiture et *clotted cream* – crème épaisse –, *sticky toffee pudding* – gâteau aux dattes nappé de caramel – et *hot cross buns* – petits pains sucrés levés aux raisins. Le tout accompagné de véritable thé Earl Grey ou English Breakfast servi dans de la porcelaine délicate... Mon petit salon de thé était un incontournable pour tout visiteur.

Du moins, pour l'heure, c'était plutôt un « endroit à tester la prochaine fois », mais c'était déjà ça, pas vrai ?

Et les choses semblaient plutôt prometteuses. J'avais ouvert trois semaines plus tôt, au début du mois d'octobre et du *Michaelmas Term* – nom sophistiqué désignant le premier trimestre de l'année scolaire, qui avait toutefois le mérite de ne pas être en latin, ce qui n'aurait pas été étonnant à Oxford ! – et j'avais eu la chance de profiter des derniers touristes de l'arrière-saison, ainsi que du flot de nouveaux étudiants arrivant avec leur famille. Mon salon de thé avait même été classé parmi les « meilleurs endroits où emmener ses parents » dans le magazine étudiant local, et semblait en passe de connaître un franc succès.

Et j'en avais désespérément besoin. J'avais renoncé à un poste de cadre supérieur à Sydney – au grand dam de ma famille et de mes amis – sur un coup de tête fou pour revenir chez moi et poursuivre ce rêve. J'avais investi jusqu'au dernier centime de mes économies dans cette boutique. Il fallait donc que ça marche. De plus, si mon entreprise ne devenait pas rapidement rentable, je ne pourrais jamais me payer un logement à moi et, pour être honnête, au bout de six semaines, j'avais réalisé que retourner vivre chez ses parents à 29 ans était pire que tout.

Mais depuis le comptoir de mon salon de thé, en ce samedi matin, je me sentais heureuse et pleine d'espoir. Il restait encore une heure avant le déjeuner, mais presque toutes les tables étaient déjà occupées. Il régnait une atmosphère chaleureuse et accueillante, marquée par le bourdonnement joyeux des conversations, le tintement délicat de la porcelaine et cette délicieuse odeur de pâtisseries sortant du four. Les gens consultaient le menu, mangeaient avec plaisir ou jetaient des regards admiratifs à la salle, montrant la décoration du doigt.

Mon salon de thé se trouvait dans un bâtiment de style Tudor du XVe siècle, avec ses colombages sombres et ses murs peints en blanc. Avec son toit de chaume et ses pignons croisés, on aurait dit les cottages anglais représentés sur les boîtes de chocolat. À l'intérieur, le charme de l'époque était également préservé, avec des dalles de pierre au sol et d'épaisses poutres en bois apparentes, assorties de fenêtres à meneaux donnant sur la rue et d'une grande cheminée.

La boutique était bien différente lorsque je l'avais rachetée. En raison de problèmes d'argent et d'une certaine fainéantise, le précédent propriétaire n'avait pas entretenu les lieux et il m'avait fallu beaucoup d'efforts et de dévouement – sans compter toutes mes économies – pour redonner à cet endroit sa gloire d'antan. Mais en regardant autour de moi, je ressentais la même fierté que le jour où j'étais sortie diplômée de l'université mondialement connue à deux pas de là.

Je passai en revue les tables, remarquant que nous commencions à avoir quelques « habitués » et ressentant un immense plaisir à cette idée. Accueillir un nouveau client – fatigué, affamé et prêt à s'arrêter n'importe où – était une chose, mais le voir revenir chaque semaine en était une autre. Surtout quand ce client résidait à Meadowford-on-Smythe, car les villageois faisaient preuve d'une réelle méfiance à l'égard des nouveaux arrivants.

Je n'entrais pas réellement dans cette catégorie, car j'avais grandi dans le village. Même après notre déménagement à North Oxford quand j'étais adolescente, ma famille et moi étions toujours revenues pour les vacances scolaires et les longs week-ends. Mais j'étais partie depuis suffisamment longtemps désormais pour être considérée comme une « étrangère », et je savais que je devrais travailler dur pour regagner ma place dans le village. Ce ne serait pas chose aisée.

Assises à la table en chêne massif près de la fenêtre, quatre petites vieilles étaient occupées à comploter, tel un groupe de poules tatillonnes cherchant à se mettre d'accord sur l'infortuné ver de terre à picorer en premier. Avec leurs cheveux blancs bouffants, leur cardigan en laine et les lunettes perchées sur le bout de leur nez, elles ressemblaient en tous points au stéréotype des mamies gâteau. Mais tout le monde sait qu'il ne faut pas se fier aux apparences. Ces quatre-là auraient pu rivaliser avec le MI5. Elles s'étaient donné pour mission de connaître les affaires de tout le monde, mais elles ne s'arrêtaient pas là – s'immiscer dans la vie des autres comptait également au nombre de leurs spécialités. La rumeur disait que même le maire d'Oxford était à leur merci.

Mais le fait qu'elles soient assises dans mon salon de thé était bon signe, du moins tentai-je de le voir ainsi. Cela signifiait qu'il y avait une chance que je sois acceptée par la communauté. Mon cœur se serra quand je vis l'une d'elles froncer les sourcils et montrer du doigt un plat sur le menu. Les trois autres se penchèrent vers elle et il y eut des hochements de tête alarmants tout autour.

Oh, oh. Je pris un bloc-notes et me précipitai vers leur table. J'épinglai un sourire radieux sur mon visage.

— Bonjour, mesdames. Qu'est-ce qui vous ferait plaisir aujourd'hui ?

Elles levèrent la tête vers moi d'un même mouvement, et je me retrouvai face à quatre paires d'yeux brillants et perçants, et des lèvres pincées.

— Tu as l'air un peu pâlotte, Gemma, dit Mabel Cooke de sa voix puissante. Es-tu sûre de manger assez de fibres, ma chère ? Il existe un nouveau type de son formidable que tu peux prendre au petit déjeuner, tu sais, pour « réguler » tout ça. C'est le Dr Foster qui me l'a recommandé. Il suffit d'en saupoudrer une cuillerée sur tes céréales pour être réglée comme une horloge. Ça fonctionne à merveille pour vider les tuyaux.

Elle se pencha plus près et ajouta dans un aparté, en réalité assez fort pour que toute la salle l'entende :

— C'est *tellement* moins cher que leur histoire d'*irritation* du côlon.

Je vis le couple à la table d'à côté me regarder avec de grands yeux et je me sentis rougir.

— Euh… merci, Mrs Cooke. Maintenant, puis-je prendre…

— J'ai vu ta mère à Oxford hier, lança Glenda Bailey de l'autre côté de la table.

Elle portait comme à son habitude un rouge à lèvres rose vif, qui jurait avec le rouge de ses joues, mais l'effet général était charmant. Glenda avait 80 ans et prétendait en avoir 18. Sa coquetterie était parfaitement assortie à son allure de jeune fille.

— Est-elle allée chez le coiffeur récemment ?

Pour être honnête, je n'en avais aucune idée. Je n'étais revenue que depuis six semaines et je n'avais pas constaté de changement majeur chez ma mère. Mais à bien y réfléchir, ses cheveux étaient coiffés un peu différemment de la dernière fois que j'étais rentrée en Angleterre.

— Euh… oui, je crois bien.

Glenda fit claquer sa langue et battit des cils d'un air théâtral.

— Eh bien, sa coupe est tout bonnement ratée. Des cheveux plats et informes. Je suppose qu'elle est allée chez un de ces nouveaux coiffeurs à la mode à Oxford ?

— Je… je pense que oui.

Des hoquets de stupeur s'élevèrent de la table.

— Elle aurait dû aller chez Bridget au village, fit Mabel d'un ton désapprobateur. Personne ne maîtrise le lavage et le séchage aussi bien que notre Bridget. Elle m'a même offert la mise en plis la dernière fois.

Elle se tapota la tête avec satisfaction, puis se retourna vers moi, l'air renfrogné.

— Vraiment, Gemma ! Les jeunes coiffeurs ne connaissent rien à la tenue et au volume. Je ne sais pas pourquoi ta mère fréquente ces nouveaux salons de coiffure à la mode.

Peut-être parce que tout le monde n'a pas envie de se promener avec un casque en coton sur la tête, pensai-je, mais je m'abstins de répondre.

— C'est parce qu'ils ne connaissent rien à la « résistance », déclara Florence Doyle.

Son visage simple et paisible revêtait une gravité inhabituelle.

— Ils n'ont pas connu la guerre ni le rationnement. Ils ne savent pas comment faire durer les choses le plus longtemps possible. Les gens se lavent les cheveux si souvent de nos jours.

Elle frissonna.

— Si un shampoing et une mise en plis une fois par semaine suffisaient pour ma mère, c'est suffisant pour moi, décréta Mabel avec un hochement de tête catégorique.

Elle me regarda avec suspicion.

— Combien de fois par semaine te laves-tu les cheveux, Gemma ?

— Je… euh… seulement quand j'en ai besoin, bégayai-je en pensant à ma douche et mon shampoing quotidiens.

Je tentai de changer de sujet, bien déterminée à obtenir ma réponse :

— Qu'est-ce que je vous sers avec votre thé ?

— Quelques-uns de tes délicieux scones tout chauds avec de la confiture et de la *clotted cream* et une théière d'English Breakfast, s'il te plaît, demanda Ethel Webb.

Ethel était la plus calme du groupe. C'était une vieille fille gentille et distraite qui avait travaillé à la bibliothèque locale. Elle avait pris sa retraite quelques années plus tôt.

Je me souvenais encore de son doux visage qui me souriait lorsqu'elle tamponnait la date de retour sur mes livres quand j'étais petite.

Elle m'adressait ce même sourire à présent.

— Et je trouve que tu as fait un excellent travail avec le salon de thé, Gemma. Je suis vraiment fière de toi.

Je la regardai avec étonnement, la gorge soudain serrée. Ma décision d'abandonner ma carrière prestigieuse dans le monde des affaires pour reprendre un salon de thé de village avait suscité une palette de réactions allant de l'incrédulité teintée de consternation à la désapprobation mêlée d'horreur. Je n'avais pas réalisé jusqu'alors ce qu'un peu de soutien pouvait signifier à mes yeux.

— Merci… dis-je en clignant rapidement des yeux. Merci, Miss Webb. Je… je ne saurais vous dire à quel point vos mots me touchent.

Je vis ses yeux pétiller de malice.

— Maintenant que tu as quasiment 30 ans, ma chère Gemma, penses-tu pouvoir m'appeler Ethel ? Je ne suis plus la bibliothécaire, tu sais.

Je lui rendis son sourire.

— Je vais essayer, Miss… Ethel.

Je parvins à prendre le reste de la commande sans avoir droit à d'autres commentaires sur mes intestins, les follicules capillaires de ma mère ou le manque de parcimonie des nouvelles générations, et m'empressai de retourner au comptoir, soulagée. Je croisai ma meilleure amie, Cassie. Elle s'occupait d'un important groupe de touristes américains, qui venaient d'arriver en car et occupaient les tables le long du mur du fond.

— On dirait bien que tu as survécu à un autre échange avec les vieilles chouettes, dit-elle en souriant tandis que nous contournions le comptoir.

Je levai les yeux au ciel.

— Si j'entends encore parler du transit intestinal « bien réglé » de Mabel, je risque de partir en courant.

— Ne t'attends pas à ce que je compatisse, rétorqua Cassie. Tu ne les supportes que depuis trois semaines. J'ai dû les supporter pendant les huit dernières années pendant que tu te baladais au pays des kangourous.

Cassie et moi nous connaissions depuis l'époque où nous croyions encore au père Noël. Ce moment où nous nous étions assises pour la première fois côte à côte dans la salle de classe de l'école du village avait marqué le début d'une amitié inattendue, mais merveilleuse. Inattendue, car vous n'auriez pas pu trouver deux personnes plus différentes que Cassie et moi. Elle était issue d'une fratrie de cinq frères et sœurs. Dans sa grande famille bruyante, tout le monde parlait sans arrêt – lorsqu'ils n'étaient pas occupés à chanter, danser, peindre ou sculpter – et la maison était constamment en désordre. Les parents de Cassie étaient des « artistes » au vrai sens du terme et étaient convaincus que les choses les plus importantes dans la vie étaient la liberté créative et l'expression personnelle. Pas étonnant que Cassie ait choisi les Beaux-Arts à Oxford.

J'étais, quant à moi, la seule enfant d'un foyer de la classe moyenne supérieure où personne ne haussait le ton au-delà d'un murmure à peine audible, et où il était hors de question de manifester des émotions débridées. Notre maison était un sanctuaire parfaitement ordonné avec ses meubles crème et ses rideaux assortis. Mes parents étaient de véritables « Britanniques » et étaient fermement convaincus que le plus important dans la vie était le flegme et l'étiquette. Oxford ne proposait pas de diplômes de « bonnes manières », aussi ma mère avait dû se résoudre à ce que je suive des cours de langue et de littérature anglaises.

Comme la plupart des artistes, Cassie effectuait divers petits boulots pour joindre les deux bouts. Lorsqu'elle avait eu vent de mon projet de revenir à Meadowford-on-Smythe et de rouvrir le salon de thé, je n'avais pas eu de mal à la convaincre de quitter son emploi pour venir travailler avec moi. Son expérience de serveuse s'était révélée inestimable. Je l'observai avec admiration équilibrer habilement plusieurs assiettes remplies de scones, de cheese-cake et de *crumpets* – sortes de pancakes épais – ainsi qu'une théière et deux tasses de thé, et se diriger vers la table des touristes japonais près de la porte.

Un étrange claquement attira mon attention et je tournai la tête. Le bruit venait d'un homme imposant qui semblait faire partie du groupe de touristes qui venait d'arriver. Il était assis seul à une table, un peu à l'écart des autres, et avait la main gauche en l'air, claquant des doigts avec impatience, comme on rappelle un chien désobéissant. Choquée par son impolitesse, je me rappelai toutefois que je travaillais dans la restauration à présent. *Professionnelle et chaleureuse, quoi qu'il arrive.* J'inspirai profondément et m'approchai de lui.

— Puis-je vous aider, monsieur ?

— Ouaip, je veux un verre d'eau.

Il avait un fort accent américain et un comportement agressif, ce qui m'agaça immédiatement, mais je conservai le sourire.

— Certainement.

Je m'apprêtais à tourner les talons quand il poursuivit :

— Attendez, c'est de l'eau du robinet ? Je ne bois que de l'eau filtrée.

— J'ai bien peur que nous n'ayons pas de filtre, monsieur. C'est de l'eau du robinet. Mais vous pouvez la boire sans problème au Royaume-Uni. Nous avons de l'eau en bouteille, si vous préférez.

Il fronça les sourcils.

— C'est un scandale. L'eau devrait être gratuite.

Je réprimai un soupir.

— Vous pouvez en avoir gratuitement, mais ce sera de l'eau du robinet. Nous devons acheter les bouteilles, alors il nous faut les facturer aux clients.

— Très bien, très bien... fit-il en agitant la main. Apportez-moi un verre d'eau du robinet. Avec des glaçons.

Je m'apprêtais à tourner les talons que je fus à nouveau interrompue par sa voix :

— Au fait, le service est terrible. Je suis assis depuis une éternité et personne n'est venu prendre ma commande !

Je le regardais, me demandant s'il était sérieux. Il était forcément conscient qu'il était arrivé à peine quelques minutes plus tôt ? Le reste du groupe consultait toujours le menu. Une des femmes du groupe, assise à la table d'à côté avec son petit garçon, croisa mon regard et m'adressa un sourire compatissant. J'inspirai profondément et expirai par le nez.

— Je vais chercher mon carnet, monsieur.

— Oui, eh bien, faites vite. Je n'ai pas toute la journée.

Serrant les dents, je retournai vers le comptoir. J'y trouvai Cassie, l'air exaspérée, et ce qu'elle m'apprit n'améliora pas mon humeur.

— La boutique est de nouveau vide.

— Arrrrgghh ! maugréai-je entre mes dents. Muesli, je vais te tuer !

Non, je n'avais pas développé une haine inquiétante des céréales. Muesli était une chatte et, comme tous les chats, elle prenait un malin plaisir à faire exactement le contraire de ce que vous vouliez. L'inspecteur de la Food Standards Agency avait été catégorique : je pouvais avoir un chat dans les locaux, mais seulement s'il restait en dehors de la cuisine et de la salle. *Facile*, m'étais-je dit. *Je laisserai Muesli dans notre petite boutique attenante, où nous vendons des souvenirs d'Oxford et tout ce qu'il faut pour boire le thé à l'anglaise.* Mais « facile » et « chat » n'étaient pas deux termes qui faisaient bon ménage. Cela trahissait cruellement mon ignorance en matière de comportement félin.

Je devais admettre que j'avais toujours eu une préférence pour les chiens. Je trouvais les chats fascinants et adorables. Ils avaient leur place sur les cartes de vœux. Mais pas sur mes genoux, laissant des poils partout et certainement pas dans mon salon de thé, se mettant dans les pattes des clients. Mais alors, que venait faire ce chat tigré dans les parages ? En réalité, c'était la chatte de mon chef pâtissier. Et Fletcher Wilson maniait avec brio le mixer et la spatule. Vous auriez volontiers échangé votre premier-né contre une part de son *sticky toffee pudding*. L'autoriser à venir travailler avec son chat semblait donc peu cher payé en échange de son expertise culinaire.

Le problème, c'était que je n'avais pas prévu que la chatte soit aussi sociable. Ou aussi douée pour s'échapper. Muesli avait rapidement décidé qu'il était hors de question qu'elle reste dans le magasin alors que tout le monde était en salle, et elle s'était donné pour mission de s'échapper à la moindre occasion. Je ne pouvais pas vraiment lui en vouloir. En fait, je me sentais coupable chaque fois que je voyais sa petite tête tigrée – avec son nez rose écrasé contre la vitre – regarder avec nostalgie par la porte qui séparait la boutique de la salle. Mais je ne pouvais faire fi des lois sur l'hygiène alimentaire si je tenais à conserver ma licence.

— L'un des touristes japonais a dû entrer dans la boutique et elle en a profité pour se faufiler quand il a ouvert la porte, interpréta Cassie.

Je poussai un soupir et commençai à inspecter la pièce, cherchant la petite boule de poils parmi les tables. Mais Muesli était introuvable. Je m'accroupis pour avoir une meilleure vue. Mais il n'y avait rien d'autre qu'une forêt de jambes… Je me mordis la lèvre. *Où était cette maudite chatte ?* Il fallait que je la retrouve avant que les clients ne remarquent sa présence. La dernière chose dont j'avais besoin était que Mabel et ses comparses découvrent que j'avais enfreint les règles des services d'hygiène ; tout l'Oxfordshire l'aurait su avant la fin de la journée.

— Dites donc ! s'éleva une voix furieuse à l'accent américain. Je vais pouvoir commander ou bien… ?

Je me redressai à la hâte. *Oh mon Dieu, j'avais oublié M. Charmant.* Je regardai Cassie d'un air las.

— Tu veux bien continuer à la chercher ?

Je pris mon bloc-notes et, sur un coup de tête, j'attrapai également une part de cheese-cake aux mûres qui venait de sortir de la cuisine par la trappe. *On dit bien que le véritable chemin pour toucher le cœur d'un homme passe par son estomac.* J'ajoutai un couteau et une fourchette, et une cuillerée de crème, puis je m'approchai et posai l'assiette devant lui.

— Désolée pour l'attente, monsieur. Avec les compliments de la maison. C'est l'une de nos spécialités.

— Oh.

Il parut surpris. Il prit la fourchette et découpa un coin du gâteau mou et crémeux, le mettant prudemment dans sa bouche. Son regard se perdit soudain dans le vague et ses traits s'adoucirent.

— Hum… pas trop mal.

Je réprimai l'envie de lever les yeux au ciel. Venant de lui, c'était probablement un véritable compliment. Essayant d'être charitable, je me dis qu'il faisait peut-être partie de ces personnes qui devenaient absolument imbuvables quand elles avaient faim. Je l'observai discrètement tandis que je prenais sa commande. C'était un homme grand et costaud, avec une tête massive, presque carrée, des joues charnues et des oreilles proéminentes. Sa bouche s'affaissait légèrement sur un côté lorsqu'il parlait – peut-être les séquelles d'une attaque ? – et je lui aurais donné la quarantaine, même s'il semblait plus âgé. Il ne paraissait pas à sa place au milieu des touristes. Il était habillé comme eux, avec un chino, une chemise et un blazer, et il y avait une sorte de sac à dos sur la chaise à côté de lui, mais quelque chose ne collait pas.

— … et il faut que le pain soit tendre, vous comprenez ? Je ne veux pas de sandwiches à croûte dure.

— Tous nos *tea sandwiches* suivent la recette traditionnelle. Le pain n'est pas grillé et on enlève la croûte. Ils sont donc très tendres, le rassurai-je.

Je remarquai une carte touristique d'Oxford étalée sur la table devant lui et lui adressai un sourire poli.

— Vous visitez Oxford, monsieur ?

— Quoi ?

Il jeta un coup d'œil sur la carte.

— Oh… oh, oui, répondit-il avec un petit sourire. C'est la première fois que je viens à Oxford, alors il faut que je prenne mes repères. Dites, vous savez combien de temps il faut pour aller à pied de la *Bodleian Library* au *Magdalen College* ?

— Pas plus de dix ou quinze minutes, je dirais. Vous pouvez prendre Catte Street jusqu'à High Street, puis tourner à gauche et descendre vers le pont.

— Catte Street… c'est la rue en face de la banque, c'est ça ?

Je fronçai les sourcils.

— Vous voulez dire, l'*Old Bank Hotel* ?

Il cligna des yeux et parut confus l'espace d'un instant, mais son expression fut vite remplacée par un sourire affable.

— Bien sûr, oui, c'est ce que je voulais dire.

Il replia la carte.

— Eh bien, merci pour tout. Vous avez des toilettes ?

Je lui indiquai la porte à côté de la boutique, puis m'empressai de retourner au comptoir pour transmettre sa commande. J'entendis des éclats de voix s'élever dans la cuisine et je grimaçai. Je me demandai si Cassie expliquait à Fletcher que son chat avait disparu. J'espérais que cela ne le perturberait pas trop. Fletcher était... « sensible », faute d'un meilleur mot. Il était d'une timidité maladive et avait du mal à se lier avec les gens. En réalité, il avait même du mal à établir un contact visuel lorsqu'il vous parlait. Les animaux semblaient être les seuls à pouvoir le faire sortir de sa coquille et je savais que Muesli l'aidait à calmer ses nerfs et à travailler dans de bonnes conditions.

Me souvenant que l'Américain m'avait demandé de l'eau, je m'empressai de lui servir un verre et j'y ajoutai quelques glaçons avant de me diriger vers la table. Alors que je le posais, le petit garçon à la table d'à côté fit un bond en criant et heurta mon coude. De l'eau se répandit sur le sac à dos de l'homme.

— Flûte ! marmonnai-je.

— Oh, je suis vraiment désolée, dit la femme à la table d'à côté. Hunter, excuse-toi auprès de la dame.

J'adressai un sourire distrait au petit garçon.

— Ce n'est rien. C'était un accident.

Je posai le verre et soulevai le sac à dos, essayant de chasser l'eau. Il était ouvert et une importante quantité d'eau s'était déversée sur un dossier à l'intérieur. J'hésitai une seconde, puis je sortis le dossier et pris une serviette de table pour l'éponger. Mon cœur manqua un battement quand je vis que de l'eau s'était infiltrée dans le dossier, imprégnant la liasse de papiers à l'intérieur. Je n'osais imaginer la réaction de l'Américain quand il reviendrait et verrait ce qui s'était passé.

Je m'empressai de sortir les documents et de les tamponner avec d'autres serviettes. L'eau avait traversé la première page. J'espérais que ce n'était rien d'important. On aurait dit une lettre officielle, avec l'en-tête de l'université d'Oxford, mais ce qui m'inquiétait le plus c'était le bas où la signature – manifestement faite au stylo plume – avait bavé sur la page. Je me mis à réfléchir frénétiquement : la plupart des signatures étaient illisibles de toute façon, pas vrai ? Dans le cas présent, on pouvait à peine deviner le nom. On aurait dit un « G », puis « Hayes » ou « Hughes », mais dans tous les cas…

— MAIS QU'EST-CE QUE VOUS FICHEZ ?

Je laissai échapper un hoquet de surprise quand une main m'attrapa le poignet et m'éloigna de la table. Les conversations se turent à la table d'à côté, et toute la salle devint silencieuse, le regard braqué sur nous. L'Américain me dominait, une main serrée sur mon poignet, l'autre tenant quelque chose qui brillait. Mes yeux s'écarquillèrent lorsque je réalisai que c'était un couteau.

Chapitre 2

— R-rien… bégayai-je en tentant de libérer mon poignet. J'ai renversé de l'eau sur vos papiers et j'essayais juste de limiter les dégâts.

L'Américain prit alors conscience que toute la salle le regardait. Il me lâcha le poignet, reposa le couteau sur l'assiette du cheese-cake et tenta de m'adresser un sourire.

— Oh… Je vois. Désolé… On n'est jamais assez prudent de nos jours, pas vrai ? Surtout quand on voyage. Toutes ces histoires de vol d'identité…

Je me frottai le poignet.

— Je peux vous assurer, monsieur, que je n'essayais pas de voler votre identité. J'essayais juste d'éponger l'eau le plus vite possible.

Il fit un geste maladroit.

— Ce n'est rien. Juste quelques brochures touristiques…

Il remit les papiers dans le dossier et le referma brutalement.

Je pris le verre à moitié vide et promis de revenir avec un autre, puis je battis en retraite. Mais il avait piqué ma curiosité. Pourquoi mentait-il ? Il était évident que les papiers n'étaient pas de simples brochures touristiques.

Bon sang, il avait agi comme s'il s'agissait de secrets d'État ou quelque chose comme ça ! Mais je me rappelai que ce n'étaient pas mes affaires. Une chose que j'avais apprise depuis l'ouverture de ce salon de thé, c'était que l'on rencontrait toutes sortes de gens dans le domaine de la restauration et qu'il valait mieux fermer les yeux sur leurs excentricités. Tout ce qui m'importait, c'était qu'ils commandent mes plats et paient la note.

En outre, j'avais de plus gros problèmes qu'un Américain grincheux. Je jetai un regard plein d'espoir à Cassie en retournant au comptoir, mais elle secoua la tête.

— Je ne la trouve toujours pas. En même temps, je peux difficilement regarder sous les tables sans me mettre à genoux et ramper dans la salle.

Elle fit un signe de tête vers l'autre bout de la pièce.

— Qu'est-ce qu'il a ce psychopathe américain ?

Je haussai les épaules.

— Dieu seul le sait. Il s'est levé du mauvais côté de l'Atlantique ce matin. Enfin bon, oublie-le… Je m'inquiète plus pour le chat.

— J'ai dû le dire à Fletcher, fit Cassie, mal à l'aise. Je suis allée à la cuisine pour voir si Muesli ne s'y était pas faufilée et il m'a demandé ce que je faisais.

— Comment il l'a pris ?

Cassie fit la grimace.

— Pas bien. Il voulait la chercher lui-même, mais je lui ai assuré qu'on s'en occupait. Il est en train de préparer les commandes des tables près de la fenêtre, et ensuite il doit s'occuper du gros groupe de touristes et on ne peut pas les retarder. Leur car part pour Oxford dans quarante-cinq minutes.

Je poussai un soupir et me retournai pour inspecter la pièce à nouveau. Soudain, je me figeai.

— Cassie ! m'étranglai-je. Tu vois ce que je vois, là-bas ?

Cassie écarquilla les yeux. Je savais qu'elle avait vu la même chose que moi : une petite queue grise qui s'agitait derrière la chaise de Mabel Cooke, près du mur.

— Nooon… gémit Cassie. De toutes les tables de la salle, il fallait que la petite friponne choisisse celle-là ? Qu'est-ce que tu comptes faire ?

Heureusement, à ce moment-là, la commande des vieilles chouettes passa par la trappe. Je la chargeai sur un plateau et me hâtai de traverser la pièce.

— Voilà pour vous… dis-je en posant le plateau sur la table.

Je me penchai légèrement sur le côté, essayant de regarder derrière la chaise de Mabel. J'aperçus la queue qui s'agitait d'avant en arrière, puis elle disparut sous la table.

— Tout va bien, ma chère ? demanda Glenda. Tu m'as l'air un peu étrange.

— Oh, non, tout va bien, dis-je précipitamment.

Je déchargeai le plateau, puis restai plantée là, gênée, cherchant une excuse pour passer sous la table et récupérer la chatte. Les quatre vieilles dames me regardèrent, se demandant ce que je faisais encore là.

— Bien… hum… Il vous fallait autre chose ?

Elles secouèrent la tête.

— Non, très chère. Tu devrais y aller, il y a vraiment beaucoup de monde aujourd'hui.

— Hum… Oui… c'est bondé, pas vrai ? C'est formidable d'avoir autant de clients, même si je suppose que c'est normal, car on est samedi et c'est toujours la période la plus chargée de la semaine, bafouillai-je. On ne cherche pas à ce qu'il y ait *trop* de monde, bien sûr, mais c'est bien d'avoir *un peu* de monde, tout est question d'équilibre…

Elles me regardaient fixement, se demandant si j'avais perdu la tête. En désespoir de cause, je saisis le bord de la table et la secouai légèrement.

— Oh, on dirait que votre table est un peu bancale. Je vais sûrement devoir caler l'un des pieds.

Mabel Cooke donna un bon coup dans la solide table en chêne.

— Tout m'a l'air normal, dit-elle, méfiante.

— Vraiment ? Parce que la table me semble vraiment bancale, répondis-je. Je vais juste glisser une boule de papier sous l'un des pieds pour arranger ça. J'en ai pour une seconde…

Je pris une serviette, puis me mis à genoux et rampai sous la table avant qu'elles n'aient le temps de réagir. La largeur de la table était placée contre le mur, et de chaque côté, ses longueurs étaient occupées par deux chaises. Muesli était assise à l'autre bout, dos au mur. Elle me regardait de ses yeux verts et brillants.

— Muesli ! murmurai-je. Viens ici !

Elle cligna des yeux d'un air innocent.

— Viens ici, maudite chatte !

Elle m'adressa un regard dédaigneux, leva une patte et se mit à la lécher de manière indolente.

Grrrr. J'hésitai sur la marche à suivre. J'aurais pu essayer de l'attraper par le collier, mais j'aurais alors dû me frayer un chemin parmi la forêt de jambes devant moi, et même si j'avais réussi à la tenir, j'aurais dû la faire traverser ce dédale de membres. Si les vieilles chouettes sentaient la fourrure du chat les frôler, elles se mettraient probablement à hurler.

— Gemma, tout va bien très chère ?

— Oh ! Euh… Oui, bien sûr… Juste un instant…

— As-tu besoin d'aide ?

— Non, non, dis-je, désespérée. Ça va, merci.

Je reportai mon attention vers la chatte. Je décidai d'essayer une autre tactique. Faisant un effort monumental, je me forçai à murmurer :

— Muesli… Minou, minou, minou… Viens là…

La chatte interrompit sa toilette et me regarda avec curiosité.

— *Miaouuu* ?

— Gemma, très chère, est-ce que tu viens de dire « miaou » ?

— Euh… non ! Non, j'ai dit « youhou ». Parce que j'ai presque terminé.

— On dirait plutôt que tu ne t'en sors pas. Laisse-moi t'aider, dit Mabel de sa voix tonitruante.

Je vis sa chaise bouger.

— Non ! Non ! m'écriai-je en me redressant, alarmée.

Je me cognai la tête sous la table.

— *Aïe !*

Le bruit fit sursauter la chatte ; elle surgit de sous la table et courut à travers la pièce en direction du groupe de touristes. Je reculai et me relevai, frottant ma tête endolorie.

— Gemma, très chère… Tu es *sûre* que ça va ?

Je rencontrai quatre paires d'yeux sceptiques.

— Oui… désolée, je suis si maladroite. Bien, je vous laisse déguster votre thé tranquillement !

Je battis en retraite précipitamment, m'approchant du groupe de touristes. Je m'arrêtai net. Je venais d'apercevoir une petite tête tigrée entre deux chaises. J'aurais juré que la chatte m'avait tiré la langue.

Petite friponne. Je grimaçai. M'avançant d'un air aussi nonchalant que possible, je me penchai lentement vers la chatte. Elle me regardait de ses grands yeux verts, la queue enroulée autour de ses pattes avant, mais juste au moment où j'allais l'attraper, elle plongea sous la table.

— Flûte ! maugréai-je entre mes dents.

— Il y a un problème ?

Je levai les yeux. Une femme s'était retournée sur la chaise à côté de laquelle se trouvait Muesli. C'était la mère du petit garçon, Hunter – celle qui m'avait adressé un sourire compatissant un peu plus tôt.

— Non, tout va bien, dis-je précipitamment. Quelqu'un a pris votre commande ?

— Oui, cette jeune femme sympathique, il y a un instant.

Elle me sourit, puis son visage s'assombrit et elle jeta un coup d'œil de travers à l'Américain de la table voisine.

Elle baissa la voix :

— J'espère que vous ne pensez pas que tous les Américains sont comme *lui.*

Je lui rendis son sourire.

— Tant que vous ne pensez pas que tous les Anglais sont comme Mr Bean.

Elle rit et s'apprêtait à répondre, mais elle fut coupée par son fils, qui s'était soudain levé sur sa chaise et désignait quelque chose, l'air surexcité.

— Hé, maman, regarde ! Il y a un chat !

Je laissai échapper un gémissement.

La moitié du groupe se leva pour regarder et le raclement soudain de tant de chaises effraya Muesli qui sortit de sous la table. Je fonçai vers elle, mais elle m'évita habilement.

— Je vais l'attraper ! s'écria le garçon en s'élançant à sa poursuite.

Muesli échappa facilement à ses bras tendus. Elle passa entre ses jambes, fit le tour de sa chaise et se dirigea vers la table de l'Américain. Il daigna s'intéresser à ce qui se passait, agacé par l'agitation, et bondit de sa chaise.

— Qu'est-ce que… grogna-t-il.

Je courus vers lui.

— Je suis vraiment désolée, monsieur ! Donnez-moi un instant, je vais l'attraper…

— Mais que fait cet animal ici ? Dans un endroit pareil ?

— Désolée ! Désolée ! haletai-je, me précipitant pour essayer d'attraper une queue touffue. Il y a eu un petit… euh… incident. Ce chat n'est pas là normalement.

Muesli fit le tour de la table, puis tenta de passer devant l'Américain. Son visage afficha un profond dégoût et il donna un coup de pied à la chatte qui passait devant lui.

— Maudit animal !

Il y eut une exclamation indignée. Je me retournai et vis Fletcher dans l'entrée de la cuisine. Il fixait l'Américain, les yeux exorbités.

— Fletcher… tentai-je de l'apaiser. Fletcher, je suis sûre que le monsieur… hum… ne voulait pas faire de mal à Muesli…

Je jetai un coup d'œil à l'Américain, m'attendant à moitié à ce qu'il s'empresse de lui présenter ses excuses, mais, à ma grande surprise, ce ne furent pas des remords, mais un sourire de satisfaction qui s'afficha sur son visage. Je ressentis une vague d'aversion pour lui. Il était évident qu'il prenait plaisir à la détresse qu'il causait. Cet homme était un tyran et, comme tous les tyrans, il se délectait de la souffrance des autres.

— C'était vraiment inapproprié, monsieur, dis-je d'un ton sec. Il est clair que ce chat n'aurait pas dû être là, mais cela ne vous donne pas le droit de lui donner un coup de pied.

Il fit volte-face.

— Ah non ? Eh bien, pourquoi vous n'expliqueriez pas ça au service de l'hygiène ? ricana-t-il. Je pourrais vous dénoncer et vous devriez fermer dès demain.

— Je…

Je ravalai mes mots. Il avait raison. En fin de compte, la législation en matière d'hygiène alimentaire l'emporterait sur le bien-être animal. Je déglutis et pris une profonde inspiration, m'efforçant d'afficher un air contrit.

— Je suis vraiment désolée, monsieur. Je… je peux vous offrir le repas, pour compenser le désagrément.

— Je préfère ça.

Il sourit, puis jetant un dernier coup d'œil à Fletcher – que Cassie s'efforçait de ramener en cuisine –, il se rassit.

Je fus soulagée de voir que le grabuge avait suffisamment effrayé Muesli pour qu'elle retourne dans la boutique de son plein gré. Ce fiasco avait au moins eu un bon côté. Lentement, le calme revint dans le salon de thé et j'espérais de tout cœur que c'en était fini des drames pour la journée.

Chapitre 3

La demi-heure qui suivit fut une course effrénée pour servir le groupe de touristes avant le départ de leur car. J'attendais avec impatience que l'Américain parte avec eux – ses manières grossières et son comportement odieux m'insupportaient, et seule l'idée de son départ imminent me permettait de garder mon sang-froid. À ma grande surprise, il se leva avant le reste du groupe et se dirigea vers le comptoir.

— Le repas vous est offert, monsieur, lui rappelai-je. Mais le reste de votre groupe n'a pas encore terminé.

— Hein ?

Il jeta un regard vers le groupe de touristes, puis se retourna vers moi.

— Peu importe. Je vais prendre de l'avance. J'ai entendu dire du bien de vos scones. J'aimerais en prendre à emporter.

— Bien sûr, combien en voulez-vous ?

— Donnez-m'en une demi-douzaine.

Cassie nous rejoignit et commença à préparer les scones à emporter. Je vis l'Américain la détailler ostensiblement de la tête aux pieds. Elle portait un simple T-shirt noir et un jean délavé, avec un tablier rose pâle à froufrous. J'avais un tablier identique, mais bleu pâle. Je les avais trouvés sur un marché local et j'avais décidé qu'ils feraient office d'uniforme non officiel. Quand j'aurais plus d'argent, j'espérais pouvoir acheter des tabliers personnalisés avec le nom et le logo du salon de thé brodés dessus. Mais pour l'heure, ceux-là devraient faire l'affaire.

L'Américain fit un clin d'œil à Cassie et dit :

— J'aime beaucoup votre tenue... Façon soubrette coquine, hein ?

— Non, rétorqua sèchement Cassie. Sauf si vous avez l'esprit tor...

— Euh... ce qu'elle veut dire, c'est que ce n'est pas tout à fait le style que nous avions en tête, l'interrompis-je précipitamment, adressant à mon amie un regard qui se voulait apaisant.

Il s'esclaffa.

— Vous autres, les Anglaises, vous êtes tellement coincées. Vous auriez bien besoin d'une bonne...

Il s'interrompit, remuant ses sourcils de façon suggestive.

Je reculai, dégoûtée. Cassie lui jeta un regard glacial, puis se retourna et se pencha pour récupérer un sac en papier où mettre ses scones dans le placard derrière nous. Soudain, il se pencha par-dessus le comptoir et lui pinça les fesses.

Elle poussa un cri et fit volte-face.

— Mais qu'est-ce que vous faites ? cracha-t-elle.

— Oh, ne soyez pas si prude. J'admirais juste vos fesses dans ce jean moulant et je n'ai pas pu m'en empêcher.

Il sourit.

— Espèce de malade ! Je suis à deux doigts de vous dénoncer pour harcèlement sexuel !

Cassie bouillait de rage. Elle croisa mon regard horrifié, prit une profonde inspiration, puis dit avec une froide dignité :

— Mais je n'ai pas envie de perdre mon temps avec un malotru comme vous.

Elle lui jeta le sac de scones à la figure, manifestement impatiente qu'il disparaisse.

J'adressai à l'Américain un regard glacial.

— J'apprécierais que vous gardiez vos mains dans vos poches, monsieur.

Il rit à gorge déployée.

— Peut-être que si vous me connaissiez mieux, vous changeriez d'avis.

Il se pencha sur le comptoir et s'adressa à Cassie :

— Écoute, pourquoi tu ne viendrais pas dans ma chambre ce soir ? Je loge à l'hôtel Cotswolds Manor, à la périphérie du village. Je pourrais passer un bon moment avec une fille fougueuse comme toi…

Je vis la main de Cassie se contracter et je la saisis avant qu'elle ne puisse le gifler.

— Merci, mais je vais passer mon tour, répondit-elle entre ses dents.

Il haussa les épaules.

— Tu ne sais pas ce que tu rates, chérie. Pas grave… On se voit demain. Je reviendrai sûrement pour le petit déjeuner.

Il lui adressa un clin d'œil.

— Mais tu sais où me trouver ce soir si tu changes d'avis.

Il m'inclut dans son sourire d'adieu, puis prit le sac de scones et sortit du salon de thé.

Cassie laissa échapper un grognement de frustration.

— Il mériterait de s'étouffer avec ses scones !

Je me rendis alors compte que toute la salle s'était tue. Quand je levai les yeux, je vis que tout le monde nous regardait. Je me sentis rougir, mais je me forçai à afficher un sourire et dis aussi vite que possible :

— Le spectacle est terminé !

Quelques personnes rirent maladroitement et passèrent à autre chose. J'administrai à Cassie une tape compatissante sur l'épaule tandis qu'elle allait chercher la commande suivante en cuisine. Puis je me tournai vers les clientes qui attendaient au comptoir. C'étaient les vieilles chouettes, pressées de régler leur note pour aller voir un film au cinéma d'Oxford.

Glenda me tendit une assiette de scones à moitié finis.

— Pourrais-tu les mettre dans un sac pour moi, très chère ? Je n'ai pas pu les terminer, mais je sais que mon petit-neveu serait ravi d'y goûter.

J'emballai les scones, j'encaissai les petites vieilles et les regardai partir avec un certain soulagement. Le reste de l'heure du déjeuner passa à toute vitesse, Cassie et moi nous empressant de prendre les commandes et de servir les clients. J'étais contente de voir mon salon de thé aussi rempli – c'était un bon présage. Je fus tout de même soulagée à la fin du coup de feu, quand je pus m'asseoir et reprendre mon souffle. Mon estomac grogna et je regardai l'horloge murale. Il était presque 15 heures. Je n'avais rien avalé depuis le matin. Je jetai un rapide coup d'œil dans la pièce. Il ne restait plus que deux tables occupées : un couple de personnes âgées près des fenêtres et un jeune homme solitaire regardant une carte des Cotswolds dans le coin. Ils étaient déjà servis et n'auraient pas besoin de moi pendant un certain temps. De plus, une petite sonnette sur le comptoir permettait de nous appeler en cas de besoin.

Épuisée, je me dirigeai vers la cuisine, espérant pouvoir y quémander quelques sandwiches. Je poussai la porte battante et fus immédiatement accueillie par une merveilleuse odeur de pâtisserie – les arômes savoureux de la cannelle et du chocolat, et le parfum délicieux du pain frais et des pâtisseries toutes chaudes et pleines de beurre. Cassie et Fletcher étaient assis à la grande table en bois au centre, la première s'empiffrant de *teacakes* grillés et le second apportant la touche finale à une fournée de *shortbread* traditionnels anglais – des biscuits salés.

Je les rejoignis et pris un *teacake* dans l'assiette de Cassie. Je le recouvris de beurre avant de mordre dans le pain mou et moelleux. Comme de nombreux desserts britanniques, les *teacakes* avaient un nom qui induisait en erreur. Ce n'étaient pas des gâteaux, mais des sortes de petites brioches légèrement épicées, souvent fourrées de raisins juteux, de groseilles et de raisins secs. L'usage voulait qu'on les coupe en deux et qu'on les passe au grill – ou au-dessus d'une flamme pour les plus romantiques –, pour qu'ils soient mous et gonflés, avec des bords dorés et croustillants. Garnis de beurre fondu et accompagnés d'une tasse de thé chaud, c'était le plat le plus réconfortant qui soit. Je m'assis avec un soupir de satisfaction, savourant un *teacake* et sirotant la tasse de thé chaud que Cassie avait placée devant moi.

— Au fait… Fletcher, désolée pour tout à l'heure, dis-je.

Il hocha la tête.

— J'ai vu Muesli. Elle va bien.

— Oui, je viens de la voir recroquevillée dans son petit lit, endormie. Je ne pense pas que ce type l'ait vraiment touchée quand il a essayé de lui donner un coup de pied.

— La pourriture, murmura Cassie.

— Espérons qu'on ne le reverra plus, soupirai-je.

— Il n'a pas dit qu'il revenait demain matin ? grimaça Cassie.

— Je le servirai, promis-je. Comme ça tu n'auras pas besoin de t'approcher de lui.

Je balayai la cuisine du regard, notant les plateaux de scones tout chauds et de *crumpets* au beurre.

— L'après-midi risque d'être calme et je vois qu'on a largement de quoi faire.

Je me tournai vers Fletcher.

— Et si tu récupérais Muesli et que tu rentrais plus tôt ?

Il réfléchit un moment, puis hocha la tête et se leva, se traînant au fond de la pièce pour récupérer ses affaires et la caisse de transport du chat. Je voulais lui parler de la difficulté d'emmener Muesli au travail tous les jours – surtout après la catastrophe de ce matin-là – et lui emboîtai le pas lorsqu'il alla la chercher.

Muesli se réveilla lorsque nous entrâmes dans l'espace boutique et s'étira avec toute la grâce d'un chat, bâilla à s'en décrocher la mâchoire, dévoilant des crocs blancs dans une petite gueule rose. Elle n'avait pas l'air mal en point malgré ses émotions de la matinée. Elle s'approcha de moi en trottinant, la queue en l'air, et se frotta contre mes jambes. J'aurais dû être en colère contre elle – sans elle, tout ce fiasco n'aurait pas eu lieu –, mais en regardant son petit minois effronté, avec ses yeux verts et son petit nez en forme de cœur, je sentis mon cœur se ramollir. Presque involontairement, je m'accroupis et tendis la main pour la caresser. Sa fourrure était douce et soyeuse, d'un gris colombe pâle, avec des rayures gris foncé sur tout le corps, et la poitrine et les pattes blanches. Elle grimpa sur mes genoux, les pétrissant de ses pattes avant et ronronnant comme un moteur.

— Elle t'aime bien, dit Fletcher.

— Oui, moi aussi, dis-je mécaniquement.

Puis je réalisai, à ma grande surprise, que je disais vrai. J'*aimais* cette petite chatte espiègle. Mes amis m'avaient prévenue que les félins pouvaient se frayer un chemin jusqu'à votre cœur, mais je ne les avais pas crus. Comment pouvait-on aimer une bête aussi exaspérante et contrariante qu'un chat ? Et pourtant, j'étais forcée d'admettre que depuis le peu de temps que je connaissais Muesli, son impudence espiègle m'avait conquise. C'était ridicule, mais il y avait quelque chose de très attachant dans la façon dont les chats se promenaient tels les maîtres des lieux.

Je soulevai Muesli de mes genoux et la déposai doucement dans la caisse de transport. Elle ne résista pas, habituée à cette routine, et appuya simplement sa petite frimousse contre les barreaux pendant que nous fermions la porte et que nous la verrouillions solidement. Puis Fletcher saisit la caisse de transport et se leva.

— À demain, dit-il d'un ton solennel.

Je m'apprêtai à dire quelque chose concernant Muesli, puis changeai d'avis. *Je lui en parlerai peut-être demain.* Je savais que je n'étais qu'une poule mouillée. La vérité, c'était que j'étais si reconnaissante de l'avoir trouvé que je ne voulais pas faire de vagues. Fletcher représentait pour mon salon de thé l'équivalent de la marraine de Cendrillon et, sans lui, ma petite entreprise n'aurait jamais décollé. C'était Cassie qui me l'avait suggéré lorsque je cherchais un chef. Elle donnait à l'occasion des cours au studio de danse du village – un autre de ses nombreux emplois – et elle avait rencontré Fletcher quand il était venu réparer le ventilateur de plafond cassé. Il était en quelque sorte l'homme à tout faire de Meadowford – aidant les habitants du quartier avec leurs petits travaux –, mais il était également connu pour être un excellent pâtissier. Cassie avait insisté pour que j'envisage de l'engager pour le salon de thé.

Au début, j'avais eu des doutes : après tout, Fletcher n'était pas chef pâtissier de formation et je voulais embaucher quelqu'un avec les qualifications adéquates. Mais après avoir goûté un de ses scones, je l'avais embauché sur-le-champ. Cassie avait raison, ses pâtisseries étaient divines. Et curieusement, en donnant le poste à Fletcher, j'avais marqué des points auprès des villageois, qui redoutaient l'arrivée d'un chef londonien prétentieux.

L'arrivée d'un groupe de touristes chinois me tira de mes pensées et je m'empressai de les inviter à s'asseoir et de leur donner le menu.

⁂

— *Ouf !* dit Cassie, en se laissant tomber sur une des chaises de la salle. Je suis vannée.

Je lui adressai un sourire reconnaissant.

— Merci beaucoup pour tout ce que tu as fait aujourd'hui, Cassie. C'était vraiment bondé…

Elle balaya mes remerciements d'un revers de la main.

— C'est le but, non ? Et il devrait y avoir encore plus de monde demain : des tas de touristes locaux viennent passer le week-end dans les Cotswolds, et ils viendront s'ajouter aux touristes internationaux…

— Tant qu'il n'y a pas d'autres clients comme cet Américain, dis-je avec un air sombre.

— Oui, quel odieux personnage, hein ? Mais intéressant à dessiner.

— Tu l'as dessiné ?

Elle haussa les épaules.

— Tu sais comme j'aime croquer les visages intéressants quand j'ai une seconde. Quelques clients m'ont même demandé s'ils pouvaient acheter le leur – je devrais peut-être me lancer dans une activité secondaire en tant que portraitiste, sourit-elle.

— Je suis surprise que tu aies envie de te souvenir de son visage, dis-je.

— Il a vraiment une sale tête, mais assez intéressante d'un point de vue artistique. J'ai fait un croquis de mémoire cet après-midi – regarde…

Elle se leva et se rendit au comptoir, revenant un instant plus tard avec une feuille de papier.

Je la pris et j'observai le croquis. Cassie était vraiment douée. Elle avait réussi à capturer l'Américain en quelques coups de crayon rapides, de sa tête carrée à ses oreilles saillantes en passant par ses joues charnues. Il y avait quelque chose de dur et de cruel dans ses yeux.

Je frissonnai et repoussai l'esquisse.

— Il ne m'inspire pas confiance.

— Tu veux dire, hormis le fait que ce soit un vieux pervers ?

J'acquiesçai.

— Il y avait quelque chose qui ne collait pas… Il essayait de donner l'image d'un touriste américain, mais je ne sais pas pourquoi, ça sonnait faux.

Cassie éclata de rire.

— Un faux touriste ? Pourquoi quelqu'un ferait-il semblant d'être un touriste ?

— Justement, je ne sais pas ! Ça a l'air stupide, hein ? Et pourtant, je suis sûre qu'il mentait. Par exemple, il m'a demandé le chemin pour aller au *Magdalen College.*

— Et alors ?

— Il l'a prononcé « Maud-lin » ! Pas « Mag-da-len », comme la plupart des touristes, surtout les touristes américains. Seuls les locaux et les étudiants d'Oxford savent qu'il faut prononcer « Maud-lin ». C'est l'une des premières choses qui trahissent les touristes : ne pas savoir prononcer correctement les noms des collèges.

Cassie haussa les épaules.

— Peut-être qu'il a lu comment ça se prononçait dans un guide quelconque. Ce n'est pas vraiment un secret d'État.

— Je suppose… admis-je. Mais il n'y avait pas que ça. Quand on a parlé de l'itinéraire pour se rendre à Magdalen, il a aussi dit que Catte Street se trouvait en face de la banque.

Cassie me regarda sans comprendre.

— Il voulait dire une vraie banque, expliquai-je. Pas l'Old Bank Hotel qui s'y trouve maintenant. Il a essayé de se reprendre, mais j'ai bien vu que c'est ce qu'il voulait dire.

Cassie fronça les sourcils.

— Et alors ? Gemma, je ne vois vraiment pas où tu veux en venir...

Je me penchai en avant.

— Ce que je veux dire, c'est qu'il ne pouvait pas savoir que l'Old Bank Hotel était une banque, à moins qu'il ne soit allé à Oxford quand c'était une banque – avant qu'ils ne la transforment en hôtel.

Cassie secoua la tête, exaspérée.

— Ça aussi, il a très bien pu le lire quelque part ! Et il y a une raison pour laquelle on l'appelle l'Old *Bank* Hotel, non ? C'est logique de supposer qu'il y avait une banque à cet endroit.

— Mais ce n'est pas comme ça qu'un touriste en parlerait s'il l'avait lu sur Wikipédia ou Trip Advisor, m'obstinai-je. Il aurait dit l'« Old Bank Hotel », pas « la banque ». Ça laisse entendre qu'il y pense en tant que banque. C'est le type d'image qui reste en tête quand on a l'habitude de passer régulièrement devant un bâtiment. Et on sait que l'hôtel était une succursale de Barclays. Mes parents sont chez Barclays et mon père y avait son compte avant la fermeture de la succursale. Je me souviens d'être entrée avec lui dans ce vieux bâtiment géorgien quand j'étais petite pour aller au guichet.

— Je trouve que tu pinailles, fit Cassie avec impatience. Ou que tu as une imagination débordante.

— C'était bien réel quand ce dangereux psychopathe m'a sauté dessus avec ce couteau ! rétorquai-je. C'était totalement disproportionné. Et ce n'était pas seulement par rapport à l'usurpation d'identité, malgré ce qu'il a dit. Je pense qu'il s'est énervé parce qu'il pensait que je regardais ses papiers.

— Et alors ? Beaucoup de gens s'énerveraient si quelqu'un fouillait dans leurs affaires.

— D'accord, mais ils ne leur sauteraient pas dessus en les menaçant avec un couteau !

— Eh bien, peut-être qu'il a réagi de façon excessive. Ou c'était peut-être une sorte de réflexe. Tu sais, il a pu prendre la première chose qui lui est venue sous la main.

— C'était quand même une réaction extrême, insistai-je. Et en plus, j'ai eu un aperçu d'un des papiers dans le dossier.

— Et ?

— Et ça ressemblait à une lettre officielle de l'université d'Oxford.

Cassie poussa un autre soupir impatient.

— Et alors ?

— Il a dit qu'il n'était jamais venu à Oxford avant, pas vrai ? Il m'a bien précisé qu'il était un touriste et venait là pour la première fois et a fait comme s'il ne savait rien de la ville… alors pourquoi avait-il une lettre officielle de l'université ?

— Tu es sûre que la lettre était pour lui ?

— Non, admis-je. Mais si elle ne lui était pas destinée, qu'est-ce qu'elle avait de si sensible ?

Cassie leva les bras au ciel, exaspérée.

— Je ne sais pas ! Honnêtement, Gemma, je pense que tu en fais un peu trop.

Elle se leva et rangea sa chaise sous la table.

— Allez, on y va. Tu viens boire un verre au pub ?

— Je ne sais pas… Je suis censée dîner avec mes parents, répondis-je.

Cassie jeta un coup d'œil à l'horloge au mur.

— Il n'est que 18 heures. Tu as le temps de prendre un verre avant. Et après une journée pareille, on l'a bien mérité.

Elle avait raison. Je l'aidai à ranger rapidement la pièce, puis j'éteignis toutes les lumières et je fermai le salon de thé.

Chapitre 4

Nous sortîmes par la porte arrière qui donnait côté cour. Le bâtiment dans lequel se trouvait mon salon de thé avait été une auberge de style Tudor, avec une écurie pour les chevaux des clients. Une longue cour étroite et pavée longeait le côté du bâtiment, délimitée par des murs blanchis à la chaux. C'était probablement là qu'ils sellaient et montaient les chevaux, mais aujourd'hui, cela représentait un atout non négligeable pour mon salon de thé. En particulier pendant les chauds mois d'été, de nombreux clients appréciaient de pouvoir savourer leur thé et se sustenter sur les tables en plein air. J'avais prévu de décorer la cour avec de grandes jardinières en bois remplies de pensées, de suspendre des paniers de fleurs dans les coins, et de la rendre si jolie et accueillante qu'aucun touriste ne pourrait résister en passant devant l'entrée.

Mais pour l'heure, avec les températures automnales, la cour était en grande partie vide et inutilisée. Je laissais tout de même les portes en fer forgé ouvertes, mettant à disposition des passants tables et chaises pour se reposer ou manger tranquillement leur panier-repas. Je savais que les propriétaires de chiens aimaient pouvoir s'asseoir tranquillement avec leurs petits protégés après une promenade, et je m'assurais de toujours laisser un bol d'eau fraîche près de la porte arrière du salon de thé.

L'air était frais ce soir-là – rappel que l'hiver était presque là – et je relevai le col de mon duffel-coat en suivant Cassie dans la rue principale jusqu'au pub du village. Une fois le soleil couché, le Blue Boar était un incontournable. C'était le cœur du village, où tous les habitants se réunissaient pour boire une pinte et bavarder.

J'ouvris la porte et je fus accueillie par une bouffée de chaleur. Je regardai autour de moi d'un air appréciateur. Comme mon salon de thé, le pub se trouvait dans une bâtisse de style Tudor du XVe siècle, mais avec un plafond plus bas lui donnant des airs de cave. Au lieu d'une vaste salle ouverte, le pub regorgeait de coins et recoins douillets – derrière les piliers et autour de la cheminée –, le tout dominé par un bar en acajou foncé sculpté à la main au centre de la pièce.

Le pub était bondé. Les Anglais ayant pour habitude de se rendre directement au pub après le travail et en début de soirée le week-end, c'était le moment le plus chargé de la soirée – et les touristes venaient gonfler la clientèle locale. Beaucoup d'entre eux séjournaient dans les différents B&B et hôtels en périphérie du village et venaient probablement goûter à l'expérience d'un authentique pub anglais.

— Seth a dit qu'il nous rejoindrait peut-être, s'il arrivait à s'échapper à temps… dit Cassie en balayant la pièce du regard. Ah, le voilà ! Et il nous a réservé des places près de la fenêtre – bien vu, fit-elle, satisfaite.

— Je vais chercher à boire, dis-je. Va le rejoindre.

Cassie hocha la tête et traversa la pièce. Je me frayai un chemin à travers la foule jusqu'au bar. Brian, le propriétaire, s'activait au niveau de la tireuse à bière, les manches retroussées pour exhiber ses bras musclés tout en remplissant un verre de liquide ambré.

Il leva les yeux et m'adressa un sourire.

— Gemma ! Qu'est-ce que je te sers ?

— Un demi de cidre pour Cassie, s'il te plaît, et un panaché pour moi.

— Toujours une petite joueuse, hein ? J'aurais pensé que vivre en Australie t'aurait guérie. Mais en même temps, la bière australienne… grimaça-t-il. Après tout, ce n'est peut-être pas surprenant que tu évites les boissons trop alcoolisées.

J'éclatai de rire.

— Hé, les Australiens sont assez fiers de leurs bières.

— Je ne changerai pas d'avis. Les seules vraies bières qui existent, ce sont nos bonnes vieilles pintes d'*English ale*.

Je souris, refusant de me laisser entraîner dans ce débat séculaire.

— Il y a du monde ce soir, fis-je remarquer en regardant autour de moi.

Il hocha la tête, jetant un regard expérimenté à la foule.

— Oui, c'est une bonne soirée. Beaucoup de touristes, mais…

Je remarquai qu'il ne quittait pas des yeux une silhouette de l'autre côté du bar et, en suivant son regard, mon cœur s'enfonça dans ma poitrine lorsque je compris soudain de qui il s'agissait : l'Américain de ce matin-là. Il était debout au bar, une pinte de bière à la main, en train de se disputer avec un autre homme. À en juger par l'expression de leurs visages, ce n'était pas un débat amical. Je voyais l'inquiétude dans les yeux de Brian. Cela faisait trente ans qu'il tenait un pub, et il savait quand les choses risquaient de dégénérer.

— Ces touristes devraient apprendre à se taire, murmura-t-il en remplissant le demi de Cassie, inclinant le verre avec une habileté d'expert pour que la mousse s'arrête juste avant de déborder. Et les locaux devraient apprendre à ne pas démarrer au quart de tour.

Je regardai à nouveau les hommes qui se disputaient et finis par reconnaître l'autre client. C'était Mike Bailey, l'un des « fauteurs de troubles » locaux. C'était un jeune homme belliqueux d'une vingtaine d'années, qui avait tendance à devenir violent lorsqu'il était ivre – ce qui arrivait souvent. Le respect dû à sa famille, qui vivait dans le coin depuis des siècles, et le fait qu'ils le connaissaient depuis toujours conduisait la plupart des villageois à ignorer le comportement de Mike. Mais lorsque son tempérament le conduisait à en venir aux mains, Brian le mettait rapidement dehors. Cassie m'avait dit que quelques incidents s'étaient soldés par des plaintes, mais jusqu'à présent, Mike Bailey avait réussi à éviter la prison d'Oxford.

Tandis que j'observais la scène, il s'approcha de l'Américain, leva le menton et enfonça un doigt dans la poitrine du type. Un troisième homme, souriant faiblement, essayait d'apaiser la situation.

— Je ne suis pas sûr que tu puisses en vouloir à Mike cette fois, dis-je à Brian. J'ai moi-même eu une altercation avec ce type plus tôt dans la journée et je dois dire qu'il est assez odieux.

Brian grogna.

— Odieux ou pas, c'est un client. Mike ferait mieux de se tenir. S'ils ont un problème, ils peuvent le régler dehors. Je refuse qu'on se batte dans mon pub.

Le troisième homme essaya à nouveau de séparer les deux autres, cette fois-ci en s'interposant physiquement entre eux. Ils parurent se calmer légèrement et tous deux s'arrêtèrent pour prendre une gorgée de leur boisson. Je poussai un petit soupir de soulagement. J'avais vécu assez de drames pour la journée.

Brian posa les verres devant moi, prit l'argent que je lui tendais et me tendit un paquet de grattons de porc. Il m'adressa un clin d'œil.

— C'est la maison qui régale.

Je souris en guise de remerciement, puis je glissai le paquet sous mon bras, pris les boissons et, en les équilibrant soigneusement, je me dirigeai vers Cassie et Seth.

— Je viens de raconter à Seth notre journée et de lui parler de notre psychopathe américain, expliqua Cassie alors que je m'asseyais.

Ses yeux balayèrent la pièce.

— Je lève les yeux et là, qui je vois ? Aussi charmant que toujours, visiblement…

Je laissai échapper un gémissement.

— Je sais, c'est une véritable malédiction – c'est comme si on ne pouvait pas lui échapper ! Quand il a dit qu'il allait visiter Oxford, j'espérais qu'il ne reviendrait pas de sitôt dans le coin.

— Le car a dû ramener tout le groupe à l'hôtel cet après-midi, fit Cassie. Enfin bref, ne fais pas attention à lui.

Elle se tourna vers Seth, assis à côté d'elle.

— Alors, comment ça se passe dans la « ville aux flèches rêveuses » ?

Seth s'éclaircit la gorge et remonta ses lunettes à monture épaisse sur son nez. Je l'avais toujours vu faire ce geste, depuis notre rencontre lors de ma première année à l'université. Il était venu étudier la chimie, alors que j'avais opté pour le diplôme plus raffiné de littérature anglaise. Il empruntait le même escalier que moi pour accéder à sa chambre, sur place, et il m'avait trouvée le jour de mon arrivée, luttant avec ma valise au bas de l'escalier à quatre volées de marches. Il avait courageusement insisté pour porter ma valise, bien qu'il ait failli s'effondrer sous son poids, et nous étions immédiatement devenus de bons amis.

Seth était d'un naturel gentil et timide, même si l'entrain avec lequel il partageait son savoir pouvait parfois le faire paraître pompeux. C'était peut-être pour cette raison qu'il avait choisi de rester dans la sécurité insulaire de l'université et avait poursuivi jusqu'au doctorat, puis avait décroché un poste de postdoctorant. J'étais certaine qu'il serait bientôt nommé professeur. Je soupçonnais Seth de nourrir un béguin secret pour Cassie depuis toutes ces années, mais d'être tout simplement trop timide pour le lui avouer.

Il rougissait légèrement en nous racontant ses aventures à la *High Table*. Tous les collèges d'Oxford disposaient de salles majestueuses permettant d'accueillir de nombreux convives en même temps pour le dîner. Les *dons* et les *Fellows* – le personnel académique – siégeaient à la *High Table*, généralement sur une estrade en bout de salle. Ce n'était pas de tout repos de rejoindre la *Senior Common*

Room – le corps enseignant – comme Seth le découvrait à ses dépens. Avec son tempérament timide, il était une cible facile pour les membres les plus dirigistes de la SCR.

— Tu aurais dû lui dire de se le mettre là où je pense, dit Cassie avec colère lorsqu'il conclut son histoire. C'est ce que j'aurais fait à ta place…

— C'EST UN RAMASSIS DE CONNERIES !

Nous tournâmes vivement la tête. Mike Bailey s'était jeté sur l'Américain, le visage empourpré par la colère.

— Hé, ne vous énervez pas contre moi juste parce que vous ne supportez pas la vérité, rétorqua l'Américain d'une voix tonitruante. Votre pays est une triste relique du siècle dernier, coincé dans ses traditions stupides et ses attitudes élitistes, avec une nourriture de merde et des gens misérables et snobinards. Venez aux États-Unis pour voir ce qu'est le progrès !

— J'en ai assez de ces foutus Américains qui viennent ici, qui jettent leur argent par les fenêtres et qui pensent tout savoir ! Je vous dis…

— Voyons, messieurs… fit Brian, sortant précipitamment de derrière le bar, les mains levées en signe d'apaisement. Pourquoi ne pas sortir en discuter ?

— Je n'ai pas besoin de sortir, grogna Mike. Je sais très bien ce que je dois faire !

Et il se jeta sur l'Américain qu'il frappa au visage. Des cris s'élevèrent dans la salle et plusieurs personnes se levèrent de leur siège. Je remarquai cependant que les hommes entourant Mike affichaient une mine satisfaite. L'Américain ne devait pas être très populaire. Personne n'intervint pour l'aider, alors qu'il se relevait lentement.

En se frottant la mâchoire, il regarda Mike et dit :

— C'est tout ce que tu as, espèce d'ivrogne raté ?

— Tu ne perds rien pour attendre !

Mike fondit sur lui et serra les mains autour de la gorge de l'Américain. Cette fois, des hommes accoururent pour tenter de les séparer.

— Hé ! Ça suffit ! s'écria Brian en se glissant entre eux pour les séparer de force.

L'Américain dit quelque chose en ricanant – que je n'entendis pas depuis l'autre côté de la pièce –, mais cela poussa Mike à lui fondre à nouveau dessus.

— Espèce de crétin ! Tu vas me le payer, s'écria-t-il alors que plusieurs de ses amis essayaient de le retenir.

Brian se tourna vers l'Américain.

— Monsieur, vous semblez le provoquer délibérément. Je dois vous demander de partir.

L'Américain haussa les épaules.

— Bien sûr, aucun problème. Je ne sais pas ce qu'on trouve à ce pub de toute façon.

Il regarda la pièce d'un air méprisant en ajustant le col de sa chemise.

— Je parie que je trouverai mieux pour moins cher à Oxford.

Il claqua la porte derrière lui et un soupir de soulagement se fit entendre dans la pièce.

— Bon débarras, décréta Cassie avec dégoût. Quel crétin.

Brian parlait à présent à Mike Bailey, lui demandant également de partir. Ce dernier était indigné.

— Je n'arrive pas à croire que tu prennes le parti de ce maudit Américain !

— Je ne prends le parti de personne, fit Brian d'un ton las. Mais je ne peux pas appliquer des règles différentes pour les locaux et les touristes dans mon pub. Tu as causé des ennuis, donc je dois te demander de partir aussi.

Mike poussa un juron, puis il tourna les talons et sortit précipitamment du pub. J'espérais que l'Américain était déjà à bonne distance, sinon il y aurait probablement une autre bagarre dans la rue. Plusieurs amis de Mike semblèrent penser la même chose, car ils s'empressèrent de le suivre. Le pub devint bien plus calme et je me souvins alors qu'on m'attendait pour le repas. Je regardai ma montre et je me levai d'un bond.

— Oups ! Je ferais mieux d'y aller. Je vais être en retard pour le dîner !

— Ce ne sont que tes parents. Je suis sûre que ça ne les dérangera pas si tu as quelques minutes de retard, fit Cassie.

— Tu plaisantes ? la dévisageai-je. Tu sais comment est ma mère. La ponctualité fait partie des dix commandements de la maison.

Je me penchai pour les embrasser sur la joue, puis j'ajoutai à l'adresse de Cassie :

— À demain.

— N'oubliez pas qu'on change d'heure ce soir, fit Seth. Pensez à remonter vos horloges, sinon vous vous lèverez une heure plus tôt pour rien.

Cassie gémit.

— Oh mon Dieu, c'est ce que j'ai fait une année – je me suis levée, je me suis douchée et je me suis habillée pour aller travailler avant de réaliser que c'était encore le milieu de la nuit !

J'éclatai de rire.

— J'ai failli faire pareil à Sydney. En tout cas, c'est toujours bon de savoir qu'on dormira une heure de plus ce soir. À plus !

Je leur adressai un sourire et un signe de la main, et sortis du pub.

Chapitre 5

J'arrivai chez mes parents avec une minute d'avance, mais le temps que j'aille poser mon casque de vélo et que je me précipite dans les toilettes du bas pour me laver les mains, j'étais en retard à table.

Mes parents étaient déjà attablés. Mon père, le professeur Philip Rose, trônait à sa place habituelle en bout de table, face à un service complet, une serviette en lin au niveau du coude. Ma mère, Evelyn Rose, venait de servir l'entrée : une soupe aux pois cassés avec des croûtons et un filet de crème fraîche, dans d'élégants bols en porcelaine. Pas de vaisselle ébréchée chez mes parents ni de tasses tachées. Je ne savais pas comment, mais ma mère parvenait à conserver ses services en porcelaine aussi impeccables que le jour où elle les avait achetés au rayon Royal Doulton du grand magasin local.

— Désolée pour le retard ! haletai-je en me laissant tomber sur ma chaise. J'étais…

— Chérie, *moins fort…* me réprimanda ma mère.

Je soupirai et m'efforçai de baisser d'un ton.

— Désolée, mère, je prenais un verre avec Cassie et Seth au Blue Boar.

— Oh, comment va Seth ? Un si gentil garçon.

— Ce n'est plus vraiment un garçon, tu sais. Mais il va bien. Il a un peu de mal à se faire à son nouveau collège, mais sinon, ça a l'air d'aller.

— Dans quel collège a-t-il été transféré ? demanda soudain mon père.

Professeur à Oxford, il incarnait le stéréotype de l'universitaire distrait, passant plus de temps le nez enfoui dans ses livres que dans le monde réel. Même s'il était semi-retraité, il accordait toujours un vif intérêt à tout ce qui se rapportait à l'université.

— *Gloucester College*, répondis-je.

Il hocha la tête.

— Bonne équipe de cricket.

Il retomba dans le silence, se concentrant sur sa soupe.

— Justement, je me disais, ma chérie… continua ma mère en douceur. Tu pourrais peut-être demander à Seth de t'aider.

Je la regardai, perplexe.

— M'aider à quoi ?

— Trouver un emploi, bien sûr !

Je lui adressai un regard exaspéré.

— Mère, j'ai un travail. Je dirige un salon de thé.

Elle fit claquer sa langue d'un air désapprobateur.

— Bien sûr, ma chérie, mais ce n'est certainement pas ce que tu comptes faire à long terme ? Je veux dire, tu n'es pas allée à Oxford pour… servir le thé !

Je laissai échapper un soupir. Nous avions déjà eu cette conversation un millier de fois. Je serais toujours reconnaissante d'avoir fréquenté l'une des meilleures universités du monde, mais cela pouvait être pesant. Le revers de la médaille était notamment un sentiment d'échec tenace si vous ne remportiez pas un prix Nobel, si vous ne deveniez pas un PDG multimilliardaire ou si vous ne vous présentiez pas comme Premier ministre après avoir quitté Oxford. D'une manière ou d'une autre, la question qui vous rattrapait toujours était : « Qu'as-tu accompli qui soit digne de ta brillante éducation ? Tu es allée à Oxford ! Pourquoi gâcher ton potentiel ? »

Je vivais avec cette culpabilité depuis des années – c'était ce qui m'avait poussée à gravir les échelons de l'entreprise, même si le cœur n'y était pas, et à poursuivre une carrière qui m'avait rendue malheureuse – juste pour pouvoir garder la tête haute et avoir un titre impressionnant à exhiber quand les gens me demandaient ce que j'avais fait après Oxford.

Mais trois mois plus tôt – quand j'avais eu 29 ans et que j'avais réalisé que le chiffre fatidique approchait – je m'étais soudain demandé : « Oh mon Dieu, qu'ai-je fait de ma vie ? » C'était peut-être la crise de la quarantaine en avance. Soudain, j'en avais eu assez de faire ce qu'on attendait de moi ; je voulais me rebeller, faire quelque chose de fou, être *cette personne* au sujet de laquelle on chuchotait – avec horreur et désapprobation, mais également admiration et envie –, car elle avait eu le *courage* de faire ce qu'elle voulait sans se soucier de ce que les autres pensaient.

Le lendemain, je m'étais rendue au bureau à Sydney et j'avais remis ma démission. Une semaine plus tard, j'avais entendu parler du salon de thé de Meadowford-on-Smythe lors d'une discussion en ligne avec Cassie : les propriétaires vendaient et déménageaient sur la Costa del Sol, et la belle institution du XVe siècle était menacée. Je ne connaissais rien à la gestion d'un commerce alimentaire – et je ne savais absolument pas cuisiner –, mais j'avais eu envie de relever le défi… et l'Angleterre me manquait.

J'avais alors pris ce qui était probablement la première décision impulsive de ma vie : j'avais vendu mon appartement de luxe à Sydney, acheté le Little Stables Tearoom, fait mes bagages et j'étais rentrée chez moi. Bien entendu, après deux semaines de climat britannique et d'étouffement maternel, mon enthousiasme avait commencé à s'estomper légèrement… mais je ne l'avais pas regretté pour autant.

Je sortis de mes pensées et revins à la conversation autour du repas.

— Pourquoi je ne pourrais pas gérer un salon de thé si ça me rend heureuse ?

Ma mère me regarda avec de gros yeux, puis elle poursuivit comme si elle ne m'avait pas entendue :

— Dorothy Clarke m'a dit que sa fille travaille pour l'université, au bureau des anciens élèves. Elle se faisait faire des mèches au salon de coiffure le mois dernier et elle m'a tout raconté sur le travail de Suzanne. Cela m'a l'air très glamour et Suzanne a l'occasion de voyager dans le cadre de l'université. Cela ne te plairait pas, ma chérie ?

— Non, dis-je fermement. J'*avais* un travail comme ça à Sydney, mère. Tu ne te souviens pas ? Et je le détestais.

Ma mère exprima sa désapprobation :

— Tu ne *détestais* pas ton métier. Comment aurais-tu pu le faire pendant huit ans si tu le détestais ?

— Crois-moi, je suis bien plus heureuse maintenant. Je suis fière de mon petit salon de thé et je compte bien le faire marcher. Je n'ai pas besoin de chercher un autre emploi.

Ma mère se tut tandis que nous finissions notre soupe et je me dis qu'elle avait peut-être enfin accepté ma position sur le sujet. Je me berçais d'illusions. Alors que nous entamions le plat principal, un gigot d'agneau avec des carottes et panais épicés, et pommes de terre rôties croustillantes, le tout accompagné d'une sauce à la menthe maison – le bon rôti traditionnel britannique m'avait manqué –, elle attaqua sous un angle différent :

— Est-ce que Cassie a un petit ami ?

Je secouai la tête.

— Pourquoi n'arrive-t-elle pas à trouver un gentil jeune homme ?

Je haussai les épaules.

— Cassie est juste… un esprit libre, je suppose. En plus, tu sais que son véritable amour, c'est son pinceau.

— Eh bien, il serait temps qu'elle pense à s'installer, tu sais… dit-elle en m'adressant un regard qui en disait long. Je veux dire… Cassie n'est plus toute jeune et tout le monde sait qu'une fois qu'une femme a passé la trentaine, tout se délite.

Quelque chose me disait qu'elle ne parlait pas de ma meilleure amie, mais je pouvais être aussi obtuse que ma mère quand je le voulais.

— Oh, je ne m'inquiète pas pour Cassie. Il est clair qu'elle est encore sur la pente ascendante, dis-je gaiement.

Ma mère pinça les lèvres.

— Oui, mais c'est tellement étrange, ma chérie. Une si jolie jeune fille. On aurait pu penser que les prétendants se bousculeraient.

— C'est le cas, répondis-je. Le problème, c'est qu'elle n'est pas intéressée par ce qu'ils ont à offrir.

Ma mère laissa échapper un hoquet de stupeur et porta une main à sa gorge.

— Tu veux dire que Cassie est une lesbos ?

— Lesbienne, mère. On dit lesbienne. Lesbos est une île grecque. Et non, Cassie n'est pas lesbienne. Non pas qu'il y ait quoi que ce soit de mal à ça, ajoutai-je en lui jetant un regard noir.

— Non, bien sûr que non, ma chérie. Je suis sûre que les lesbiennes sont des personnes adorables.

Argh. Je résistai à l'envie de me taper la tête contre la table.

— Quoi qu'il en soit, je me disais… continua ma mère avec désinvolture, que tu avais peut-être raison, après tout. Une vie ne se résume pas à une carrière. Il y a d'*autres* choses louables qu'une femme peut accomplir – peut-être même plus louables encore. Comme bâtir un foyer et fonder une famille…

— Tu as peut-être raison, dis-je sèchement. Mais une femme a généralement besoin de quelqu'un avec qui fonder un foyer et une famille.

Ma mère sauta sur l'occasion :

— Je suis si heureuse que tu abordes le sujet, ma chérie. Je me disais exactement la même chose ! Tu ne risques pas de rencontrer qui que ce soit en restant coincée à Meadowford-on-Smythe toute la journée. La plupart des hommes du village ont plutôt l'âge d'être grands-pères ! Alors je me suis dit que je pourrais peut-être t'aider à faire la connaissance de jeunes hommes d'Oxford.

Je lui lançai un regard méfiant.

— Mère, je n'ai pas besoin que tu m'arranges des rendez-vous.

— Qui a parlé de rendez-vous arrangés ? frissonna-t-elle. Quel terme horriblement trivial. Non, non... En fait, je discutais avec Helen Green l'autre jour et elle m'a dit que Lincoln était rentré à Oxford. Il a un poste de spécialiste au John Radcliffe Hospital, dans l'unité de soins intensifs. Et je me suis dit : quelle merveilleuse coïncidence ! Vous êtes tous les deux de retour après une longue absence – peut-être pourriez-vous vous retrouver pour échanger...

— Mère ! m'écriai-je, oubliant la retenue imposée aux dames par les convenances. Je n'ai vraiment pas besoin que tu m'arranges un rendez-vous avec Lincoln Green !

— Oh, mais ce n'est pas vraiment un *rendez-vous*. C'est juste un moyen... d'échanger. Il est toujours aussi gentil – et Helen me dit que c'est l'un des meilleurs spécialistes des soins intensifs au Royaume-Uni, tu sais. Il a acheté une maison de ville ici à North Oxford – une belle maisonnette victorienne.

Elle regarda autour d'elle, d'un air distrait.

— Helen m'a donné son numéro. Si j'arrivais à utiliser mon iPad, je pourrais te le trouver... Je ne sais pas pourquoi, chérie, mais mon mot de passe ne fonctionne pas...

— Tu as mis une majuscule à la première lettre ? Tu sais que ton mot de passe Apple ID commence toujours par une majuscule.

— Oh... vraiment ? Eh bien, il faudra que tu me montres cela après le dîner.

Cela ne ferait que la sixième fois de la semaine. Je laissai échapper un soupir. Je ne savais pas ce qui m'avait pris de suggérer à ma mère d'acheter un iPad.

Elle poursuivit :

— Helen m'a envoyé une photo récente de Lincoln. C'est devenu un si beau jeune homme ! Il me semble qu'hier encore, il était cet adorable petit garçon qui partait pour Eton, et maintenant c'est un jeune médecin fringant.

Elle poussa un soupir rêveur.

Je levai les yeux au ciel. Ce n'était pas que je ne la croyais pas. J'étais certaine que Lincoln Green était un type charmant. En fait, je le connaissais en quelque sorte depuis l'enfance. Helen Green était l'amie la plus proche de ma mère et Lincoln et sa jeune sœur, Vanessa, venaient souvent chez nous quand nous étions petits. Je me souvenais d'un grand garçon à l'air sérieux et aux manières impeccables. J'étais certaine qu'il était devenu un jeune homme très gentil, mais je n'avais pas particulièrement envie de renouer avec lui. Néanmoins, au regard que me lançait ma mère, je voyais bien que je n'y échapperais pas aussi facilement. Je me demandais s'il ne serait pas plus facile d'accepter ce rendez-vous avec lui et de passer à autre chose.

Ma mère dit quelque chose qui me ramena au présent. Quelque chose à propos d'un club de lecture. C'était son tour d'accueillir la réunion du lundi suivant.

— Tu devrais rejoindre le club, maintenant que tu es de retour, dit-elle.

Je laissai échapper un gémissement.

— Mère, les clubs de lecture ne me passionnent pas particulièrement. J'aime lire ce qui me plaît, quand ça me plaît – dès qu'on me dit que je *dois* lire quelque chose, ça me rebute totalement.

— Je pense tout de même que tu devrais t'impliquer dans *certaines* activités de la communauté, fit ma mère d'un ton sévère. C'est le meilleur moyen de nouer des liens et de rencontrer les bonnes personnes. Notre club de lecture est réservé à des membres privilégiés. Nous n'acceptons que certaines catégories de personnes.

Je frissonnai. La dernière chose que je voulais faire, c'était rester assise pendant des heures à discuter avec les amies arrogantes de ma mère, issues de la classe moyenne.

— Je n'ai pas vraiment envie d'être assise au milieu d'une bande d'étrangères, à me demander si l'auteur voulait symboliser la dépression ou l'espoir avec des rideaux bleus – alors que ça n'avait probablement aucune signification particulière et qu'il aimait juste la couleur.

— Oh, mais ce ne sont pas toutes des étrangères. Tu en connais certaines, comme Dorothy Clarke et Eliza Whitfield… oh, et Mabel Cooke vient de nous rejoindre aussi.

Il n'est pas question que je rejoigne ce club de lecture !

— Le lundi matin, je suis occupée, m'empressai-je de dire. J'ai le salon de thé, tu te souviens ? J'ai un emploi à plein temps maintenant.

Ma mère fronça les sourcils.

— Vraiment, Gemma… Toute cette histoire de salon de thé est ridicule…

Je soupirai et décidai de l'ignorer et de me concentrer sur la fin de mon dîner. Le dessert consistait en un *spotted dick* – ce merveilleux classique de la cuisine britannique fait d'une délicieuse génoise remplie de groseilles juteuses, le tout cuit à l'étouffée et servi avec une cuillerée de crème anglaise. Malgré mon irritation envers ma mère, j'étais forcée d'admettre que c'était une cuisinière hors pair. Dommage que le gène domestique ait visiblement sauté une génération. Étant donné mon absence totale de talent pour la cuisine, on aurait pu croire que vouloir gérer un salon de thé était une plaisanterie. Malgré tout, je prenais plaisir à *manger* les pâtisseries que je vendais. Cela représentait à mes yeux la moitié des qualifications requises pour le poste.

Je mis la dernière cuillerée dans ma bouche et me léchai les lèvres avec régal, hésitant à demander la recette à ma mère. Peut-être que Fletcher en avait déjà une. Il me faudrait le lui demander.

⁂

Le lendemain matin, je découvris que mon vélo avait un pneu crevé et je dus renoncer à mon trajet habituel en deux-roues. Je pris le bus pour Meadowford-on-Smythe. En descendant, j'inspirai profondément l'air frais du matin. Je retrouvai le sourire. Même si je détestais commencer tôt, je devais admettre qu'il y avait quelque chose d'agréable à être réveillée à cette heure, quand les rues étaient encore vides, que l'air ne résonnait que du gazouillis des oiseaux, et que partout régnait ce sentiment feutré d'attente que la journée commence.

J'empruntai la rue principale du village et marchai quelques centaines de mètres jusqu'au Little Stables Tearoom, ressentant le même élan de fierté que chaque matin quand je voyais le panneau accroché au-dessus de la porte d'entrée. J'attendais avec impatience cette nouvelle journée qui s'annonçait bien remplie. Et il semblait que les clients arrivaient déjà. Alors que j'approchais de l'entrée de la cour, je vis quelqu'un assis à l'une des tables de dehors, le dos tourné. *Mince alors, un lève-tôt.* Le salon de thé n'ouvrait officiellement qu'à 9 heures – une demi-heure plus tard –, mais après tout, cela ne me dérangeait pas de commencer un peu plus tôt pour satisfaire un client.

— Je suis à vous dans une minute ! lançai-je.

Je jetai un nouveau regard sur la silhouette en passant et mon cœur s'arrêta de battre en reconnaissant ces épaules lourdes et cette tête carrée aux grandes oreilles proéminentes. C'était l'Américain de la veille. J'avais espéré qu'en fin de compte, il ne prendrait pas le petit déjeuner au salon de thé. Mais un client était un client.

Je me précipitai à l'intérieur et m'agitai en tous sens, enfilant mon tablier, tirant les rideaux, réorganisant quelques tables et chaises. Fletcher n'était pas encore là, ce qui était étrange. En temps normal, il aurait déjà dû être présent pour s'avancer sur les préparations du jour. Peu importait, je pouvais toujours offrir un café à l'Américain pendant qu'il attendait. Prenant un menu, j'empruntai la porte de derrière pour me rendre dans la cour.

— Vous pouvez venir vous asseoir dans le salon de thé si vous le souhaitez, monsieur. Il fait un peu froid dehors…

Je m'interrompis en contournant sa chaise et en le voyant de face.

L'Américain était affalé contre le dossier, les yeux grands ouverts, et son visage était d'une étrange couleur, comme tacheté. Il y avait quelque chose coincé dans sa bouche – un scone, réalisai-je – et son visage était douloureusement contorsionné. Des miettes jonchaient le devant de sa chemise.

Ma première pensée fut : « Oh mon Dieu, il s'étouffe ! » et je m'empressai de l'aider, alors même que mon cerveau donnait enfin un sens à ce que je voyais. Mes doigts effleurèrent la peau moite de son cou et j'eus un mouvement de recul.

Il n'était pas en train de s'étouffer.

Il était mort.

Chapitre 6

La suite des événements fut relativement floue. Je réussis à rentrer en titubant dans le salon de thé et à prendre le téléphone pour appeler les secours. Puis je me laissai tomber sur une chaise devant l'une des tables, fixant mes mains. Elles tremblaient.

J'essayai de ne pas penser à l'homme assis dans ma cour. Son corps était encore chaud quand je l'avais touché. Je frissonnai. Une éternité parut s'écouler avant l'arrivée de la police – bien que l'attente n'ait probablement pas duré plus de dix minutes en réalité. J'entendis des voitures s'arrêter dehors, le bref hurlement des sirènes, mais quand je me levai pour ouvrir la porte, ce fut Cassie qui se précipita à l'intérieur, les yeux écarquillés.

— Gemma ! Qu'est-ce qui se passe ? Pourquoi la police est là ?

Avant que je ne puisse répondre, deux policiers se précipitèrent dans la pièce. Je les conduisis sans dire un mot dans la cour et je restai là, hébétée, les regardant observer le corps et parler à voix basse. L'un d'eux s'éloigna rapidement – probablement pour demander des renforts par radio –, mais l'autre resta sur place, examinant attentivement la table à laquelle l'Américain était assis, sans toucher à rien. Le sac à dos de la veille était posé sur la chaise à côté de lui et un sac en papier familier à moitié rempli de scones reposait sur la table.

— C'est comme ça que vous l'avez trouvé ?

J'acquiesçai.

— Vous avez touché à quelque chose ?

Je secouai la tête. Puis je me souvins.

— Enfin, je l'ai touché brièvement... Vous savez, pour m'assurer qu'il était...

Je m'interrompis, ravalant une vague soudaine de nausées.

Il m'adressa un signe de tête compréhensif.

— Vous pouvez retourner attendre à l'intérieur si vous voulez, madame. Nous avons contacté le CID de l'Oxfordshire et les inspecteurs devraient être là d'un moment à l'autre.

Je hochai la tête, mais, au lieu de passer par la porte arrière, je sortis dans la cour, puis dans la rue, empruntant le long chemin pour rentrer dans le salon de thé par l'avant. J'avais besoin d'un peu de temps pour retrouver mon calme et de passer quelques minutes de plus à l'air libre. En m'approchant de la porte d'entrée, je rentrai dans une silhouette massive qui se hâtait. C'était Fletcher, l'air agité et bouleversé.

— Oh, Gemma ! Je suis désolé ! Je n'ai pas entendu le réveil et je ne me suis pas réveillé ! Ensuite, j'ai cherché Muesli et je...

— Tout va bien, Fletcher, dis-je.

En réalité, je me disais qu'il était préférable qu'il ait raté le réveil. S'il était venu plus tôt et avait trouvé le corps...

— Écoute, Fletcher… dis-je prudemment. La police est là…

— La police ? Pourquoi ?

— Hum… Eh bien, tu te souviens du touriste américain d'hier ?

Son visage s'assombrit. Je voyais bien qu'il ne lui avait toujours pas pardonné d'avoir donné un coup de pied à Muesli.

— Il… Il a eu un petit accident et… euh, il est mort. La police est avec lui.

Fletcher me fixa.

— Mort ? demanda-t-il. Pourquoi ?

Je haussai les épaules.

— Je ne sais pas. On dirait qu'il s'est étouffé avec un scone – ou plutôt, que quelqu'un a essayé de lui enfoncer un scone dans la gorge et qu'il s'est étouffé… Quoi qu'il en soit, ne t'inquiète pas. La police est là et je suis sûre qu'ils vont attraper le coupable.

Je le poussai vers la cuisine et nous trouvâmes Cassie assise à la grande table en bois à l'intérieur. Elle était occupée à faire un croquis sur son bloc de dessin, mais elle leva les yeux quand nous entrâmes.

— Gemma, pourquoi la police est-elle…

Elle s'interrompit et plissa les yeux en voyant Fletcher.

— Fletcher, quelque chose ne va pas ?

— C'est Muesli, dit-il d'un ton pitoyable. Elle est partie !

Je regardai autour de moi, réalisant soudain qu'il n'avait pas la cage de transport avec lui. Au milieu de toute cette agitation, avec la venue de la police, je n'avais même pas remarqué.

— Qu'est-ce que tu veux dire par « partie » ?

— Elle est partie. Elle s'est enfuie.

Les lèvres de Fletcher tremblaient.

— Qu'est-ce qu'il s'est passé ? Un problème quand tu l'as mise dans la cage ce matin ?

Il secoua la tête.

— Elle s'est enfuie la nuit dernière. Elle n'est pas venue quand je l'ai appelée. Je suis sorti et j'ai appelé et appelé... mais elle n'est jamais revenue. Je n'arrivais pas à dormir. J'ai essayé de la chercher encore ce matin, mais elle est introuvable.

Je lui tapotai la main.

— Ne t'inquiète pas, Fletcher. Je suis sûre que Muesli reviendra. Elle a probablement décidé de faire une excursion dans les bois derrière ta maison. Les chats partent souvent pendant plusieurs jours, pas vrai ?

Il secoua à nouveau la tête.

— Pas Muesli. Elle finit toujours par revenir. À l'heure du coucher. Je lui donne une friandise. En forme de poisson. Je la mets dans son lit. Tous les soirs.

Je regardai Cassie, impuissante, puis je lui administrai une autre petite tape rassurante.

— Elle fait peut-être sa vilaine. Je suis sûre que quand tu rentreras chez toi, tu la trouveras à t'attendre sur le pas de la porte.

Mon assurance parut le réconforter. Mettant son tablier, il se dirigea vers le gigantesque réfrigérateur industriel et commença à sortir les ingrédients pour préparer un *Victoria sponge cake* – confiture de framboises et crème à la vanille insérées entre deux couches de génoise. Cassie me traîna dans la salle à manger.

— Gemma, qu'est-ce qui se passe ? L'agent m'a dit de ne pas sortir.

Rapidement, je lui racontai ce qui s'était passé – comment j'avais trouvé l'Américain à mon arrivée. Cassie me regardait avec incrédulité.

— Mort ? Tu penses qu'il s'est étouffé avec le scone ?

— Je… Je ne sais pas quoi penser… Il l'avait en entier dans la bouche. C'est une drôle de façon de manger un scone. Je veux dire, on le mange généralement bouchée par bouchée, on ne met pas tout en entier dans sa bouche, pas vrai ? Non, on aurait dit que quelqu'un l'avait enfoncé dans sa gorge et l'y avait maintenu jusqu'à ce qu'il…

Je frissonnai.

— Bon sang.

Cassie semblait stupéfaite.

Le bruit d'une voiture qui se garait à l'extérieur attira notre attention. Je me dirigeai vers la fenêtre pour voir qui venait d'arriver. Il y avait en réalité deux voitures. Un homme d'âge moyen en combinaison blanche sortit de l'une d'elles. Ce devait être le médecin légiste. L'autre était une voiture banalisée, mais quelque chose me disait qu'il s'agissait de la police judiciaire de l'Oxfordshire. Un jeune homme aux cheveux couleur sable sortit du côté conducteur. Je supposai qu'il devait être nouveau – peut-être occupait-il le poste de sergent. Il avait l'air arrogant et suffisant d'une personne qui occupe le poste depuis peu. Puis un autre homme sortit du côté passager avant et je retins mon souffle.

— Non… chuchotai-je.

Il n'avait pas pu m'entendre à travers la vitre, mais il leva la tête, me regardant droit dans les yeux. Mon cœur fit un bond dans ma poitrine lorsque je croisai ce regard bleu acier. Je fus soudain ramenée en arrière. J'étais de retour à Oxford... onze ans plus tôt... une première année naïve... tombant amoureuse pour la première fois.

Il soutint mon regard encore un instant, puis il tourna les talons et suivit son sergent et le médecin légiste dans la cour. Je peinais à reprendre mon souffle. C'était comme s'il y avait soudain beaucoup moins d'air dans la pièce.

Que faisait-il là ? Il ne pouvait quand même pas être inspecteur au CID ?

Je fis les cent pas dans la pièce, des milliers de questions me trottant dans la tête. Cassie me regardait avec curiosité, mais pour une fois, je n'avais pas envie de me confier à ma meilleure amie. Elle eut tout de même sa réponse assez vite quand la porte d'entrée s'ouvrit quinze minutes plus tard et qu'un homme grand entra dans la pièce. Les années disparurent lorsqu'il s'approcha de moi. Je me souvins de la toute première fois qu'il avait traversé le quadrangle du collège dans ma direction. Il avait les cheveux longs à l'époque, formant une crinière de lion qui lui tombait jusqu'aux épaules. Il les portait courts à présent, mais une mèche de cheveux lui cachait encore un œil. Il avait gardé ses pommettes ciselées, ainsi que sa bouche dure et sensuelle, mais surtout, je n'aurais jamais oublié ce regard d'un bleu intense.

Il se présenta et sortit son mandat. Même si mes yeux lisaient les mots « Inspecteur Devlin O'Connor, CID d'Oxfordshire », mon cerveau ne parvenait toujours pas à assimiler l'information. Pour commencer, il n'avait pas l'*air* d'un inspecteur. Certes, je ne savais pas grand-chose sur la tenue de travail type d'un inspecteur, mais j'avais le sentiment que cela n'impliquait pas de costumes gris classiques Saville Row, de cravates en soie italiennes et d'élégantes brogues en cuir. Il ressemblait plus à un mannequin de *GQ Magazine* qu'à un membre du CID ; la police criminelle de l'Oxfordshire.

— Miss Gemma Rose ? demanda-t-il.

Tu sais très bien comment je m'appelle, eus-je envie de lui crier. Au lieu de quoi, je hochai la tête et répondis :

— Oui. Je suis Gemma Rose.

— Si j'ai bien compris, il s'agit de votre établissement ? Et c'est vous qui avez trouvé le corps ?

Je hochai à nouveau la tête.

— J'aimerais vous poser quelques questions.

Ses manières étaient froides et distantes, sans aucune trace de la passion qui existait jadis entre nous. Cela me fit l'effet d'une gifle et m'aida à me ressaisir. Je levai le menton et lui adressai un regard froid, identique au sien.

— Assurément, fis-je à la manière d'une présentatrice de la BBC.

Ma mère aurait été fière de moi. Je désignai les lieux d'un geste de la main.

— Choisissez votre table.

Il me regarda d'un air narquois, puis me conduisit vers une table d'angle pendant que son sergent escortait Cassie dans la cuisine. Nous nous assîmes et il enchaîna les questions :

À quelle heure étais-je arrivée au salon de thé ? Tout avait-il l'air normal ? Avais-je vu quelqu'un rôder dans les parages ? Quand avais-je remarqué le corps dans la cour ? Est-ce que je connaissais le défunt ? Quand l'avais-je vu vivant pour la dernière fois ? Avais-je reconnu ce qu'il avait dans la bouche ?

— Bien sûr, fis-je avec impatience. C'était un scone !

— L'un des vôtres ? demanda Devlin.

— Je ne sais pas. Ce n'est pas comme s'il y avait un logo dessus, pas vrai ? m'énervai-je.

Il fronça les sourcils devant mon ton, mais ne fit pas de commentaire.

J'eus un peu honte et j'ajoutai à contrecœur :

— Il a acheté un sac de scones à emporter en partant hier. On dirait le sac qui est sur la table devant lui.

— Nous allons prendre un de vos scones pour l'analyser et le comparer. Vous dites que vous êtes arrivée un peu plus tard que d'habitude, puis-je savoir pour quelle raison ?

— Parce que je devais prendre le bus. Normalement, je viens à vélo, mais ce matin, j'avais un pneu crevé. Et j'ai pensé que ce serait bien d'échapper à la routine.

Devlin ne dit rien, mais il leva de nouveau un sourcil moqueur. Je me hérissai. Le sous-entendu était évident : il ne pensait pas que j'étais capable de rompre avec la routine. Je me souvins de toutes nos disputes de l'époque, comme il me reprochait de ne jamais faire preuve de spontanéité et de ne jamais agir sans une planification méticuleuse et un contrôle total de la situation. Avec le recul, je me demandai comment nous avions pu être ensemble. Nous étions de réels opposés, à tous points de vue.

Devlin croisa brièvement mon regard, et j'eus le sentiment désagréable qu'il savait exactement ce que je pensais. Pour cacher ma gêne, je me lançai dans un récit décousu du comportement grossier de l'Américain au salon de thé hier la veille. À mon grand dam, il me coupa la parole, me demandant à la place de lui raconter à nouveau l'incident de la veille au soir au Blue Boar.

— Mais je ne pense pas que ce soit Mike Bailey, dis-je après avoir répété mon récit. Je pense que ça a un rapport avec l'université. Vous devriez chercher du côté de l'Américain…

— Merci, Mademoiselle Rose, je sais comment faire mon travail. Je n'ai pas besoin qu'on me dise ce que je dois faire – j'ai juste besoin que vous répondiez à mes questions.

Devlin O'Connor ne m'avait jamais parlé sur ce ton auparavant. Je me figeai et je le regardai fixement. Pour la première fois, je réalisai que ce n'était plus le jeune homme que j'avais connu, c'était un homme dur et froid qui m'était étranger. Je n'avais pas encore eu l'occasion de lui parler de l'apparente familiarité de l'Américain avec Oxford ou de sa réaction anormalement agressive de la veille, mais face à l'attitude brusque de Devlin, je décidai de garder cela pour moi. S'il voulait obtenir plus d'informations, il n'avait qu'à me le demander ! Je n'allais rien lui donner d'autre.

— Je peux y aller maintenant ?

Il hocha la tête.

— J'aurai peut-être d'autres questions, mais pour l'instant… oui.

Je me levai avec raideur et me dirigeai vers la cuisine, où j'entendis le ton monter. J'ouvris la porte et je découvris le jeune sergent assis sur la table en bois, penché de façon menaçante sur Fletcher, à la façon des inspecteurs peu commodes des séries criminelles américaines. Mon pauvre chef avait l'air d'une boule de nerfs. Il s'efforçait de répondre aux questions qu'on lui assénait en bégayant.

Cassie était assise de l'autre côté de la table, rouge de colère, assistant à la scène impuissante.

— Vous dites que vous arrivez normalement au salon de thé quelques heures avant son ouverture – alors pourquoi étiez-vous si en retard ce matin ?

La voix du sergent était dure et accusatrice.

Fletcher parut se replier sur lui-même.

— P-p-parce que je dormais. Je n'ai pas entendu le réveil.

— Et pourquoi étiez-vous si agité ? Je vois que vous transpirez, on dirait que vous avez couru. Pourriez-vous m'expliquer pourquoi ?

Fletcher le regarda avec perplexité.

— P-p-parce que j'étais en retard ! Je suis censé commencer à préparer les scones très tôt, sinon ils ne sont pas prêts à temps.

Le sergent se pencha à deux doigts de son visage.

— Alors, d'où veniez-vous comme ça ?

— Oh, pour l'amour de Dieu ! craqua Cassie. Vous êtes stupide ou quoi ? Il n'a pas entendu le réveil et il a couru depuis chez lui. Il habite de l'autre côté du village.

Fletcher regarda Cassie, bouleversé.

— Ne dis pas « stupide ». Ce n'est pas bien de dire ça aux gens, dit-il en se tordant les mains.

Le sergent adressa à Cassie un regard froid.

— Je vous remercie de me laisser interroger le suspect en toute tranquillité, ou je pourrais vous arrêter pour entrave à la justice.

Cassie se leva, le visage écarlate.

— Espèce de…

— Woh-woh-woh ! m'empressai-je d'intervenir en entrant dans la cuisine.

Fletcher leva les yeux avec gratitude.

— Dis-lui, Gemma ! Tu m'as vu arriver ! J'étais en retard parce que je n'ai pas entendu mon réveil !

Je fixai le sergent, ressentant une vague d'antipathie pour lui. Je savais qu'il ne faisait probablement que son travail, mais il était un peu trop arrogant à mon goût.

Je levai le menton et dis sans détour :

— Fletcher a raison : je l'ai vu arriver juste avant 9 heures. Il habite de l'autre côté du village, à environ quinze minutes de marche d'ici… ou dix, je suppose, en courant.

— Des voisins peuvent-ils confirmer ses déplacements ?

— Sa maison donne sur les bois et Miss Ethel Webb vit de l'autre côté de chez lui. C'était la bibliothécaire du village avant de prendre sa retraite.

— Nous devrons lui parler et vérifier son alibi, déclara le sergent en se donnant un air important.

Puis il se retourna vers Fletcher, qui cilla.

— Maintenant, à propos d'hier, je voudrais savoir…

— Je ne pense pas que Fletcher puisse vous aider, le coupa Cassie. Il a passé presque toute la journée en cuisine.

— En effet, confirmai-je.

Puis j'ajoutai en jetant un coup d'œil en coin à Fletcher et en baissant la voix :

— Et il n'est généralement pas très bavard. C'est une perte de temps de lui demander…

— Gemma.

Je fis volte-face. Devlin se tenait dans l'entrée de la cuisine. Je me demandai s'il s'était rendu compte qu'il m'avait appelée par mon prénom.

Il ajouta d'un ton impatient, comme quelqu'un qui parlerait à un enfant agaçant :

— Nous devons interroger tout le monde. Nous ne pouvons pas faire d'exceptions. Nous irons plus vite si vous nous laissez faire notre travail.

— Oui, mais vous ne comprenez pas.

Je me précipitai vers lui et dis à voix basse :

— Fletcher est… différent. Il… il n'interagit pas avec les autres comme la plupart des gens…

— Je garderai ça à l'esprit, dit Devlin, sa voix indiquant clairement que la discussion était terminée. J'aimerais m'entretenir avec Mr Wilson à présent. Miss Jenkins et vous pouvez-vous attendre dehors, s'il vous plaît ?

Il y eut un blanc, puis Cassie se leva et sortit. J'hésitai, puis adressai un sourire encourageant à Fletcher et je me dirigeai vers la porte de la cuisine. Une fois arrivée devant, je me retournai. Debout, tête penchée, Devlin lisait les notes que le sergent avait griffonnées sur un bloc-notes. La lumière provenant des fenêtres de la cuisine se refléta dans ses cheveux noirs, mettant en valeur son profil aquilin. On aurait dit ces peintures de guerriers celtiques… Je secouai vivement la tête. Il fallait que j'arrête de penser à Devlin O'Connor comme ça. Ce n'était plus le héros romantique de mes rêves de jeunesse – c'était désormais un inspecteur chargé d'enquêter sur un meurtre.

Chapitre 7

En réalité, Devlin ne garda pas bien longtemps Cassie ou Fletcher. Leurs interrogatoires furent encore plus courts que le mien et ils purent rapidement s'en aller. J'étais heureuse de voir que Fletcher avait l'air un peu moins angoissé en sortant de la cuisine, et reconnaissante que Devlin ait manifestement fait preuve de tact. Cependant, ma bienveillance à son égard s'évanouit lorsqu'il revint, après une conversation hâtive avec le médecin légiste, et me dit que je devrais fermer le salon de thé pendant deux jours.

— Quoi ? Ce n'est pas sérieux !

Il n'y avait aucun signe d'humour sur son visage.

— Je suis parfaitement sérieux. Il s'agit d'une scène de crime et tant que l'unité médico-légale n'a pas examiné les lieux, on ne peut pas se permettre d'avoir une dizaine de touristes qui viennent piétiner et détruire les preuves.

— Mais… on l'a retrouvé dehors dans la cour ! Ce n'est pas possible d'interdire seulement l'accès à cette zone et de laisser le reste du salon de thé ouvert ?

Il secoua la tête.

— Mais… mais c'est le week-end qu'on a le plus de clients ! Je ne peux pas fermer le salon de thé !

Je regardai par les fenêtres. Déjà, je pouvais voir une foule de curieux se former à l'extérieur. Il semblait que des clients encore plus nombreux se soient attroupés devant mon établissement.

— Je suis désolé. Je crains qu'il n'y ait pas le choix.

J'ouvris la bouche pour rétorquer quelque chose, puis je vis l'expression de ses yeux bleu acier, et je me ravisai. Au lieu de cela, je lui demandai :

— Alors vous êtes sûrs que c'est un meurtre ?

— On pense qu'il s'agit d'un acte criminel, en effet. Le médecin légiste est certain que la cause de la mort n'est pas naturelle. Il en saura plus après l'autopsie.

— Est-ce que… quelqu'un lui a enfoncé un scone dans la gorge et l'a étouffé avec ?

L'expression de Devlin était circonspecte.

— C'est une théorie. En tout cas, ça en a tout l'air.

À ma grande frustration, il refusa de divulguer quoi que ce soit d'autre, et cinq minutes plus tard, je me retrouvai à être poussée dans la rue par le jeune sergent arrogant. Devlin nous suivit et fut immédiatement accosté par Mabel Cooke, avec Florence Doyle et Glenda Bailey sur les talons. Je remarquai l'absence d'Ethel.

— Eh bien, jeune homme, que se passe-t-il ici ? demanda Mabel, les poings sur les hanches en levant la tête vers lui.

Devlin, tout à son honneur, ne cilla pas face à ce regard féroce. Il était peut-être plus facile de faire face à des petites vieilles autoritaires quand on mesurait 1,85 m et qu'on était une montagne de muscles. Je m'attendais à ce qu'il joue l'inspecteur bourru, mais, à ma grande surprise, il afficha un air affable et s'adressa à la foule. Il leur fit un bref compte rendu de la situation – en disant simplement qu'un touriste américain avait été retrouvé mort – et lança un appel à tous ceux qui pourraient avoir des informations. Il avait la même aisance qu'un homme politique cherchant à obtenir des voix, et la foule fut particulièrement réceptive.

C'était une facette de sa personnalité que je n'avais jamais vue auparavant. Le Devlin que j'avais connu aurait fendu la foule avec une impatience irritée, mais ce Devlin était serein et dégageait un calme autoritaire. Il était aussi incroyablement beau, pensai-je amèrement. Je voyais plusieurs femmes dans la foule le regarder d'un air appréciateur. Glenda Bailey battit des cils et gloussa quand il lui demanda de répondre à ses questions. À mon grand dégoût, en moins de temps qu'il n'en faut pour le dire, une file de personnes faisait la queue devant Devlin, attendant impatiemment d'être interrogées par son sergent et lui.

Je tournai les talons. Il n'y avait aucune raison que je traîne dans le coin. En me frayant un chemin parmi la foule, je tombai sur Nicky Wilcox, une jeune maman qui habitait le quartier et fréquentait mon salon de thé. Elle avait son bébé avec elle dans une poussette et elle m'adressa un sourire compatissant.

— Mon Dieu, Gemma… quel cauchemar pour vous, frissonna-t-elle. C'est l'Américain qui était au salon hier ?

J'acquiesçai.

Nicky baissa la voix :

— Je suppose que je ne devrais pas dire ça – il ne faut pas dire du mal des morts, etc. –, mais je dois dire que je ne suis pas vraiment surprise. Il était tellement… eh bien… il semblait être du genre à provoquer les gens…

— Et comment ! approuvai-je avec ferveur. Je n'ai pas arrêté de me répéter hier que toutes sortes de touristes passent tous les jours dans les Cotswolds et que je n'avais qu'à serrer les dents jusqu'à ce qu'il s'en aille.

— J'espère que les choses reviendront bientôt à la normale pour vous. Je meurs d'envie de faire venir ma sœur pour lui montrer le salon de thé. Je suis sûre qu'elle adorerait – et elle adore les scones.

— Est-ce qu'elle vit dans le coin ?

— Oui, mais elle ne sort pas beaucoup. Elle souffre d'un syndrome de fatigue chronique, dit Nicky avec un sourire triste.

— Oh, je suis désolée de l'apprendre.

— Son médecin vient de lui prescrire un autre traitement et on espère qu'elle réagira bien.

— Eh bien, dites-lui qu'il y a une assiette de scones qui l'attend au salon avec son nom dessus, lui dis-je en souriant.

— C'est promis, fit Nicky en me retournant mon sourire.

Je la quittai et m'empressai de traverser la rue. Cassie et Fletcher étaient déjà partis. Je n'avais rien de prévu pour ma part, et je n'avais rien de plus excitant à faire que de raconter les événements de la matinée à ma mère. Le bus pour Oxford s'arrêtait devant l'école et je courus vers lui. Je réussis à entrer juste avant que les portes ne se referment et je m'effondrai sur le premier siège.

— Que se passe-t-il au salon de thé ? me demanda le chauffeur de bus en se retournant pour regarder par la fenêtre.

Je suivis son regard vers les voitures de police garées de façon anarchique devant la boutique, et la foule de gens qui se pressait dans la rue. Des agents faisaient le tour du bâtiment, installant des rubans pour délimiter la scène du crime, et je voyais déjà ce qui ressemblait à un journaliste et un caméraman qui arrivaient sur place. On se serait crus dans une série télévisée, et pas dans un village tranquille des Cotswolds. La nouvelle se serait probablement répandue dans tout l'Oxfordshire dans la soirée, et je n'avais donc pas de remords à divulguer ce que je savais. J'expliquai rapidement au chauffeur ce qui s'était passé.

— Mince alors ! dit-il en éloignant le bus du trottoir et en prenant la route d'Oxford. Je n'arrive pas à y croire, il a pris mon bus pas plus tard qu'hier !

— Vraiment ? Il est descendu en ville ?

Le chauffeur fit un signe de tête.

— Oui, juste après le déjeuner. Il m'a demandé de le déposer quelque part près du K.A.

Mes oreilles se dressèrent.

— Le K.A. ? Il a dit le « K.A. » ? Pas le King's Arms ?

Le chauffeur secoua la tête.

— Non, il a mentionné le K.A. Il est descendu en bas de Broad Street. C'était l'arrêt le plus proche.

Mon cerveau tournait à plein régime. Le King's Arms était l'un des pubs les plus populaires d'Oxford, mais son surnom – le K.A. – était surtout utilisé par les étudiants. Le fait que l'Américain l'ait appelé ainsi confirmait mes soupçons : il avait lui-même étudié à Oxford par le passé.

Lorsque les maisons victoriennes de North Oxford apparurent, je pris une soudaine décision. En me penchant en avant, je dis au chauffeur :

— J'ai changé d'avis. Je pense que je vais descendre en ville pour faire quelques courses.

Il fit un signe de tête et passa sans s'arrêter devant la maison de mes parents, continuant vers le centre-ville.

Chapitre 8

Je descendis au même arrêt que l'Américain, sur Broad Street, et j'errai dans le quartier pendant un moment. C'était le cœur de l'université – aussi proche d'un « campus » que la plupart des touristes étrangers pouvaient l'espérer – et c'était également là qu'étaient rassemblés les célèbres monuments d'Oxford. Il y avait le *Hertford College* avec son pont caractéristique – souvent appelé le pont des Soupirs en référence au célèbre pont vénitien auquel il était censé ressembler ; la *Radcliffe Camera* (affectueusement appelée « Rad Cam ») – la salle de lecture emblématique de la *Bodleian* Library et peut-être le bâtiment le plus photographié d'Oxford ; les fantastiques tours gothiques du *All Souls College*, qui constituaient une grande partie des « flèches rêveuses » d'Oxford ; et le *Sheldonian Theatre*, d'inspiration romaine, datant du XVIIe siècle, avec ses treize bustes d'empereurs placés en haut de colonnes disséminées tout autour de l'édifice, tels des vigiles.

Je m'arrêtai devant le théâtre et je contemplai sa façade circulaire, avec sa coupole verte caractéristique au sommet. Je repensai aux nombreuses fois où je m'étais retrouvée dans ce bâtiment pour les cérémonies d'admission de nouveaux étudiants et de remise des diplômes et à de nombreux concerts classiques entretemps. C'était étrange de revenir à Oxford, de voir comment les bâtiments, qui faisaient autrefois partie de ma vie quotidienne, me semblaient maintenant si étrangers. C'était une expérience douce-amère.

Finalement, j'atteignis le Kings Arm's, à l'angle de Holywell Street et Parks Road, et j'observai le pub avec attention. Bien que le King's Arm soit fréquenté par tous les étudiants de l'université, il était principalement le repaire des étudiants des collèges voisins, tels que *Hertford, Wadham, Gloucester, Trinity et New College.* Se pouvait-il que l'Américain ait fréquenté l'un de ces collèges ? C'était tiré par les cheveux, mais cette théorie avait le mérite de me donner un point de départ.

Je ne cherchai pas à savoir ce qui me poussait à fouiner de la sorte. Pourquoi était-il si important de savoir si mes soupçons sur l'Américain étaient fondés ? Était-ce le scepticisme de Cassie ? Ou l'attitude désinvolte de Devlin à mon égard ce matin-là ? C'était peut-être juste ma curiosité naturelle, pensai-je avec un sourire ironique. Elle avait été piquée depuis que j'avais réalisé que l'Américain mentait la veille. Je ne savais pas ce que je voulais prouver ou à qui je voulais le prouver, mais… le salon de thé était fermé pour le reste de la journée, je n'avais pas envie de retourner chez mes parents, alors autant trouver à m'occuper.

Je me dirigeai vers *Gloucester College.* Il n'y avait pas de raison particulière à mon choix, hormis le fait que c'était le collège le plus proche et que je le connaissais bien : c'était là que Seth avait été transféré. Je consultai ma montre. À l'heure qu'il était, il donnait probablement des *tutorials* – ces cours propres à Oxford entre un tuteur et un ou deux étudiants. Je pourrais peut-être le croiser dans l'un des quadrangles du collège.

Alors que j'approchais des énormes portes en fer qui gardaient le collège, j'éprouvai une certaine reconnaissance pour l'impulsion perverse qui m'avait poussée à ressortir ma vieille carte de l'université et à la glisser dans mon portefeuille lorsque j'étais revenue en Angleterre. La plupart des collèges d'Oxford n'autorisaient l'entrée des touristes et du grand public qu'à certaines heures. En tant qu'ancienne élève, je pouvais cependant entrer dans l'université comme à l'époque – en montrant ma vieille carte d'étudiante. Je la tendis au concierge à l'entrée. Il y jeta un bref coup d'œil, puis hocha la tête et me fit signe de passer.

Je m'arrêtai dans le quadrangle principal pour réfléchir à la marche à suivre. Pour être honnête, je n'avais aucune idée de la façon dont j'allais découvrir si l'Américain avait étudié là. Puis mes yeux se posèrent sur deux étudiants dans un coin de la cour qui prenaient un selfie avec leur téléphone. Cela me donna une idée.

Les photos d'admission.

L'une des choses qui distinguaient Oxford des autres universités était la cérémonie d'admission, appelée *matriculation*, lors de l'arrivée d'une nouvelle promotion d'étudiants. C'était la première occasion de parader dans la tenue académique officielle du *sub fusc* – particulièrement appréciée des touristes en visite à Oxford – tout en se dirigeant avec les autres étudiants de première année jusqu'au *Sheldonian Theatre* pour devenir un membre à part entière de l'université.

La coutume voulait qu'après la cérémonie, vous retourniez à votre collège pour la photo officielle : la promotion entière d'étudiants de première année était alignée sur des gradins à plusieurs niveaux – que les Américains appelaient des estrades –, fiers comme des paons dans leur robe noire et leur mortier, le tout immortalisé par Gillman & Soame, photographe officiel de l'université depuis plus de 150 ans. En fait, j'avais regardé ma photo d'admission récemment, quand j'étais rentrée chez moi et que j'avais entrepris de trier ce qui restait dans mon ancienne chambre. Je m'étais alors retrouvée face à mon visage de 18 ans qui regardait l'appareil photo depuis la rangée du haut, où l'on plaçait toujours les plus petits. Regarder bien des années après ses photos d'admission et se moquer de sa tête de l'époque était une tradition bien ancrée chez les diplômés d'Oxford.

Peut-être que si je pouvais consulter les photos d'admission de *Gloucester College,* je pourrais y trouver notre ami, l'Américain. Encore une fois, il y avait peu de chances que cela aboutisse. Je ne savais même pas si j'arriverais à le reconnaître – à en juger par son âge, il avait dû entrer à l'université plus de vingt ans auparavant, et les gens changeaient beaucoup à cette période de leur vie. Mais je me dis que cela valait la peine d'essayer. Après tout, qu'avais-je à y perdre ? Une heure de mon temps ?

Sur un coup de tête, j'envoyai un SMS à Cassie pour lui demander de m'envoyer une photo de son croquis de l'Américain. Une minute plus tard, mon téléphone émit un *bip* et j'ouvris la photo, zoomant dessus et la regardant avec satisfaction. Le croquis était épuré et mettait en évidence ses traits caractéristiques, notamment ses oreilles décollées, sa tête carrée et ses joues charnues. Même s'il avait beaucoup changé depuis sa jeunesse, ces traits bien particuliers étaient certainement restés les mêmes.

Je marchai jusqu'à la bibliothèque du collège et je montai dans la galerie supérieure. Je me souvenais que Seth m'avait dit que c'était là qu'étaient conservées les archives. Une dame d'âge moyen était assise à un bureau près de l'entrée. Elle leva les yeux en me voyant arriver.

— Puis-je vous aider ?

— Hum…

Je n'avais pas anticipé ce que j'allais dire, et je fus prise au dépourvu.

— J'aurais aimé jeter un coup d'œil aux photos d'admission.

— Les archives ne sont généralement pas ouvertes au public, bien qu'il soit possible d'y accéder pour des recherches ou autre, si vous êtes membre du collège.

— Je *suis* membre de l'université, dis-je en brandissant à nouveau ma vieille carte d'étudiante. Mais… euh… pas de ce collège. C'était… euh… mon oncle qui était membre. Il… euh… il est décédé récemment…

— Oh, toutes mes condoléances, dit la femme, l'air compatissant.

Je grimaçai. Je ne me sentais pas particulièrement bien de mentir et de jouer sur la corde sensible de mon interlocutrice. Soudain, je me souvins de l'une des disputes que nous avions constamment, Devlin et moi, quand nous étions étudiants : il avait toujours été fermement convaincu que la fin justifiait les moyens, alors que j'avais toujours insisté sur une éthique idéaliste. À présent, en pensant à la facilité avec laquelle j'avais menti, je me demandai si l'âge et l'expérience m'avaient transformée. J'étais peut-être d'accord avec Devlin après tout.

— Merci, dis-je précipitamment. Nous n'avons pas trouvé sa photo d'admission parmi ses affaires et j'aurais aimé voir à quoi il ressemblait quand il était étudiant. J'espérais pouvoir le trouver dans vos archives.

— Vous pouvez commander une nouvelle photo chez Gillman & Soame, vous savez, m'expliqua-t-elle. Ils conservent de merveilleuses archives.

— Oh... oui... c'est vrai que c'est une possibilité. Mais je me disais – puisque j'étais dans le quartier – que je pourrais passer voir si j'arrivais à retrouver la photo dans les archives... tentai-je en désespoir de cause.

La femme hocha la tête.

— Oh, oui, certainement. Nous gardons une trace de presque tout. Les archives contiennent tous les procès-verbaux des réunions du collège et de ses clubs et sociétés, ainsi que des documents relatifs aux finances du collège et aux projets de construction. On y trouve également des exemplaires des publications du collège et des photographies d'événements marquants de son histoire. Et bien sûr, nous avons aussi une copie des photos d'admission de chaque année, depuis 1954.

Elle me regarda d'un air interrogateur.

— Si vous me donnez l'année d'entrée à l'université de votre oncle, je peux vous aider à la trouver.

— Hum...

Mince ! Comment allais-je m'en sortir cette fois ? En me posant des questions sur le nom de mon oncle ou son année d'admission, elle saurait forcément que je mentais. À mon grand soulagement, le téléphone de son bureau sonna à ce moment-là et elle décrocha. D'après la conversation qui s'ensuivit, il y avait un problème dans le bureau de l'économe – quelque chose en rapport avec des dossiers manquants.

— Je suis vraiment désolée, dit-elle en reposant le téléphone. Je dois aller régler ça.

Elle poussa un soupir exaspéré.

— C'est la quatrième fois cette semaine qu'ils ont ce problème et je pense que si je n'y vais pas moi-même, ils ne s'en sortiront jamais.

Je lui adressai mon sourire le plus engageant.

— Ce n'est rien. Peut-être que je pourrais jeter un coup d'œil aux photos moi-même ?

Je fis un geste vers l'autre côté de la galerie.

— Est-ce que ce sont celles-ci qui sont accrochées le long des murs ?

— Eh bien… fit-elle, regardant derrière elle d'un air hésitant. Je ne suis pas vraiment censée laisser qui que ce soit accéder à la galerie sans surveillance.

Puis elle sourit.

— Mais je suis certaine qu'il n'y aura pas de problème si je vous laisse jeter un coup d'œil. Oui, la plupart des photos sont accrochées aux murs, mais les plus anciennes peuvent se trouver dans l'armoire du coin là-bas. Faites juste attention à ne rien mélanger – elles ont été soigneusement classées et ordonnées.

Je promis de faire très attention et, dès que ses bruits de pas s'éloignèrent dans les escaliers, je traversai la galerie à la hâte. Les photos recouvraient la plus grande partie du long mur et étaient accrochées par ordre chronologique. Je m'arrêtai en face de la première et j'hésitai. Par où devais-je commencer ? Je n'avais aucune idée de la date d'entrée à l'université de l'Américain. S'il était arrivé en premier cycle, cela aurait été vingt à vingt-cinq ans plus tôt, mais s'il était venu à Oxford pour poursuivre ses études, il aurait pu entrer à l'université bien plus tard.

Je décidai de commencer mes recherches avec les photos remontant à vingt-cinq ans plus tôt. Je longeai le mur en les étudiant attentivement. Aucun visage ne me rappelait le sien. Je poursuivis mon exploration, en essayant les années suivantes, passant systématiquement en revue toutes les photos.

Bingo.

Je m'arrêtai sur une photo d'admission prise quinze ans plus tôt, fixant un jeune homme assis au premier rang. Il était beaucoup plus mince à l'époque, ses bajoues moins charnues, mais c'était incontestablement lui. Il était assis entre un jeune homme à l'air sérieux et à la chevelure dégarnie et un autre dégingandé qui louchait sur l'appareil photo.

Je jetai un coup d'œil par-dessus mon épaule, puis je mis la main dans ma poche et je sortis mon téléphone. Le tenant à bout de bras, je pris le cadre en photo. Je vérifiai l'image, m'assurant que tous les visages étaient bien visibles. Puis je me souvins d'autre chose. Toutes les photos d'admission étaient généralement accompagnées d'une légende indiquant les noms des étudiants dans l'ordre. Avec précaution, je retournai le cadre. La liste était là, collée à l'arrière. Je pris une nouvelle photo avec mon téléphone, puis je remis le cadre dans sa position initiale.

Je m'empressai alors de revenir dans la salle, griffonnai un petit mot de remerciement à la dame des archives, puis je m'empressai de descendre l'escalier, espérant ne pas la croiser. Ce ne fut pas le cas. Je sortis de la bibliothèque sans me faire repérer et je regagnai la cour principale avec un soupir de soulagement.

Mission accomplie.

Mais… qu'avais-je réellement accompli ? Tout ce que j'avais appris, c'était que l'Américain avait rejoint *Gloucester College* après le premier cycle. *Et j'ai aussi son nom*, me dis-je. Je sortis mon téléphone de ma poche et je consultai la liste des noms, la comparant à la photo. C'était le septième étudiant au premier rang en partant de la gauche : « B. Washington. » Je me demandai ce que le « B » signifiait. La police le saurait, bien entendu. Mon petit travail de détective semblait trivial, quand je savais que Devlin pouvait facilement découvrir le nom de la victime en fouillant sa chambre d'hôtel.

Mais je n'avais pas accès aux outils de la police et j'avais découvert cette information moi-même. C'était absurde, mais je ressentis tout de même un élan de fierté. Et la police n'était pas forcément au courant des liens de Washington avec *Gloucester College* et l'université. À moins qu'ils n'aient trouvé le dossier que j'avais vu le samedi.

Perdue dans mes pensées, je ne vis pas le jeune homme qui s'approchait de moi jusqu'à ce que je manque de lui rentrer dedans au niveau de la *Porter's* Lodge – la loge du concierge.

— Seth !

— Gemma… qu'est-ce que tu fais là ?

— Je faisais… euh… des recherches.

Seth plissa les yeux.

— C'est à propos du meurtre ?

— Comment le sais-tu ?

— Cassie m'a appelé et m'a raconté ce qui s'est passé ce matin. Et je suis sûr qu'ils en parleront aux informations ce soir. Mais je croyais que la police avait ouvert une enquête…

— C'est le cas. Mais je fais ma propre enquête.

Seth haussa les sourcils. Puis il jeta un coup d'œil à sa montre.

— Je dois aller au laboratoire pour vérifier les résultats d'une expérience, mais tu aimerais venir à la *High Table* ce soir ? Je n'ai encore invité personne.

Il sourit.

— Si tu acceptes, je marquerai des points pour avoir amené la plus jolie des invitées au *Formal Hall*.

— La flatterie ne marche pas sur moi, Seth Browning, dis-je d'un ton sec.

J'étais sur le point de refuser, mais j'y réfléchis à deux fois. Peut-être qu'un dîner à la *High Table* ne serait pas une mauvaise idée après tout. J'aurais peut-être l'occasion de parler à certains des plus anciens enseignants de l'université – qui pourraient se souvenir de Washington. C'était un nouveau coup de poker, mais cela ne coûtait rien d'essayer. Je souris à Seth.

— C'est d'accord. Mais je vais devoir rentrer me changer, dis-je en regardant mon jean.

La coutume à Oxford voulait que de nombreux collèges organisent deux dîners : un premier, l'*Informal Hall* plus décontracté, et un second, le *Formal Hall* plus cérémonieux. Et l'étiquette du *Formal Hall* impliquait que l'on se change pour le repas : les hommes devaient porter une veste et une cravate élégantes, et les femmes quelque chose d'habillé, ainsi que leur toge noire. Le *Formal Hall* était une expérience unique, depuis les boissons servies avant le dîner dans l'antichambre et les grâces solennellement prononcées en latin avant le repas, jusqu'à l'agréable dîner en trois plats, servi par le personnel du collège en uniforme, accompagné de vin et de porto. Je m'y étais habituée durant mes années d'études, mais c'était étrange de me dire que j'allais le revivre.

— Vais-je devoir déterrer ma vieille toge ?

— Eh bien, tu sais que c'est apprécié quand on est membre – ou ancien membre – de l'université, mais tu peux toujours prétendre que tu n'es pas des nôtres, sourit Seth.

Je levai les yeux au ciel.

— Très bien, on se retrouve à 19 heures.

— Formidable ! Je dois y aller. À ce soir !

Je le vis s'empresser de traverser la cour. Soudain, j'avais vraiment hâte de dîner.

Chapitre 9

Je m'examinai d'un œil critique dans le miroir. Je n'avais plus l'habitude de m'habiller élégamment. Les huit années que j'avais passées en Australie m'avaient fait oublier tout le côté efforts vestimentaires. Les Australiens préféraient un mode de vie plus décontracté – même les milliardaires et les personnalités de haut rang traînaient souvent au café du coin, vêtus de jeans décolorés et de tongs. La décontraction du pays des kangourous m'avait habituée à porter de vieux T-shirts confortables. Ma mère – membre de la brigade des colliers de perles et des gilets en cachemire – était désespérée chaque fois que je rentrais, horrifiée par mon manque de féminité.

Mais ce soir-là, elle aurait été agréablement surprise. Dans ma belle robe en crêpe, avec mes collants transparents noirs et mes talons aiguilles, ma coupe à la garçonne domptée, complétée par un rouge à lèvres prune léger et un trait d'eye-liner noir classique, j'étais l'élégance incarnée.

Je pris mon pashmina rose pâle préféré et sur un coup de tête, je retournai vers ma garde-robe. Je sortis du fin fond de l'armoire une grande robe noire aux manches volumineuses et son dos renforcé avec son tissu plissé. C'était ma toge d'étudiante d'Oxford. Elle faisait autrefois partie de ma vie quotidienne, surtout pour le cérémonial du *Formal Hall*. Je la fixai pendant un long moment, puis je l'enfilai et je me regardai une fois de plus dans le miroir.

C'était étrange comme les vêtements avaient le pouvoir de nous transformer. Soudain, je me sentais à nouveau intégrée à l'université – comme si je revendiquais une identité perdue. Je savais que je n'étais pas obligée de la porter, mais je décidai de la garder. Je souris à mon reflet, repris le pashmina, tournai les talons et quittai ma chambre.

⁂

— Un peu plus de vin, Miss Rose ?

Je me tournai vers le vieil enseignant à côté de moi, qui s'était présenté comme étant le professeur Edmund Wilkins, et je lui souris.

— Avec plaisir.

Je le regardai remplir mon verre. Jusqu'à présent, l'expérience avait été légèrement surréaliste. Je m'étais attendue à ce qu'il soit étrange de retrouver le *Formal Hall* après tout ce temps… mais le fait d'être assise à la *High Table* accentuait cette sensation d'étrangeté. En tant qu'étudiante de premier cycle, je n'avais jamais dîné à la *High Table* ; en fait, je n'y avais jamais vraiment prêté attention. C'était simplement l'endroit où les membres de la *Senior Common Room* s'asseyaient pour dîner ; une table séparée du reste de la salle, sur une estrade surélevée à une extrémité de la pièce. Perchée sur cette estrade, j'avais l'impression de ne pas être à ma place. J'observai la salle. Je savais que ce n'était pas mon ancien collège et que ce n'était pas la grande salle que j'avais connue, mais j'avais tout de même le sentiment d'être un imposteur. J'aurais dû être en bas, assise aux longues tables, à manger avec les autres étudiants…

Le vieil enseignant posa la bouteille de vin et regarda ma robe en coin.

— Vous faites partie de l'université, très chère ? Je ne me souviens pas que Seth vous ait amenée avant.

— Oui, mais ce n'est pas mon collège, dis-je en désignant les élèves qui se trouvaient en contrebas. Je me disais justement que je devrais être en bas, avec eux. Je n'arrive pas à croire que cela fait plus de huit ans que je n'ai pas fréquenté le *Formal Hall*. D'une certaine manière, j'ai l'impression de n'être jamais partie.

— Oui… acquiesça le professeur Wilkins, balayant du regard la grande salle. Cela fait près de quarante-sept ans que je suis à *Gloucester College* ; je suis arrivé en tant qu'étudiant de premier cycle et je n'en suis jamais parti.

Il eut un petit rire sec.

— J'ai vu passer tellement d'étudiants que j'ai l'impression de revoir sans cesse les mêmes visages.

— Vous devez avoir une bonne mémoire alors, dis-je en souriant.

— Je fais de mon mieux. Bien sûr, certains étudiants se démarquent plus que d'autres.

Il me regarda avec curiosité.

— Alors, vous êtes de retour à Oxford pour poursuivre vos études ?

Seth rit de l'autre côté de la table.

— Elle est de retour à Oxford pour servir le thé, dit-il. Gemma a repris un salon de thé dans un village des Cotswolds.

— Un salon de thé, dit l'une des enseignantes assises plus loin à table avec un rire incrédule. Vous êtes sérieuse ?

Je me sentis rougir et levai le menton.

— Oui, répondis-je.

— Qu'avez-vous étudié à Oxford ? demanda-t-elle avec insolence.

— L'anglais.

— Je suppose que vous mettez votre éducation à profit au salon de thé, dit-elle avec un sourire narquois.

Je sentis ma mâchoire se contracter et je tentai de la détendre. Seth nous regarda, l'enseignante et moi, et s'empressa de dire :

— Eh bien, je trouve que Gemma fait un travail fantastique au salon de thé. Et ses scones sont incroyables.

Il se tourna vers le professeur Wilkins.

— Edmund, si vous n'y êtes jamais allé, vous ne savez pas ce que vous ratez.

Le vieil enseignant fit un signe de tête affable.

— Comment s'appelle votre salon de thé ? me demanda-t-il.

— Le Little Stables Tearoom, répondis-je.

— Vous êtes la propriétaire du Little Stables Tearoom ? s'exclama la voix aiguë d'un convive assis plus loin.

Je me retournai et vis un homme mince, chauve et avec des lunettes à monture métallique, qui me regardait attentivement. Bien que Seth m'ait présentée aux professeurs dans la *Senior Common Room* un peu plus tôt, je n'avais pas eu l'occasion de parler à cet enseignant en particulier.

Il semblait renfermé sur lui-même, buvant un verre de sherry sec et ne regardant personne dans les yeux. C'était la première fois qu'il s'adressait à moi de la soirée.

— Professeur Hughes, *vous* devriez vraiment tester ces scones, dit le professeur Wilkins d'un ton jovial. Vous n'avez que la peau sur les os. Un peu de gras ne vous ferait pas de mal !

Hughes ? Je repensai à la signature sur la lettre de l'Américain et je regardai l'homme avec un intérêt nouveau. Je remarquai que son visage semblait étrangement gonflé et que la peau autour de ses yeux était bouffie et rouge.

— Le Little Stables Tearooms n'était-il pas au journal du soir ? demanda soudain une autre femme. Par rapport à une mort suspecte ?

Je me sentis légèrement rougir en voyant tous les regards se tourner vers moi à la *High Table.*

— Oui, admis-je. Il y a eu un incident malheureux ce matin. Hum… Un des clients – un touriste américain – a été retrouvé mort dans la cour.

Il y eut des hoquets de surprise, conjugués à des regards de curiosité sordide.

— C'est vous qui l'avez trouvé ? demanda la femme.

— Oui… malheureusement.

Elle frissonna.

— Quelle horreur !

— La police pense-t-elle que c'est un meurtre ?

— Savent-ils ce qui s'est passé ?

— Ont-ils des suspects ?

Je sentais le regard de Hughes posé sur moi. Je décidai de ne pas être tout à fait honnête.

— Je ne sais pas trop. La police a ouvert une enquête. Est-ce qu'ils ont dit quelque chose aux informations ?

Je reportai mon regard sur Hughes.

— Non, ils ont simplement dit que c'était une mort suspecte, se contenta-t-il de répondre.

— Comme c'est passionnant ! s'écria un autre enseignant. Ça rappelle ces séries policières à la télé ! C'est un peu notre *Inspecteur Morse* ou *Inspecteur Barnaby* local !

Les autres convives se joignirent volontiers aux spéculations.

— Je parierais sur une ex-maîtresse jalouse.

— Ou un maître chanteur ! C'est toujours un maître chanteur…

— Non, je pense que c'était de l'espionnage industriel. Il était américain, non ? Il vendait probablement des secrets commerciaux à une société britannique et a été réduit au silence.

— C'était très certainement quelque chose de beaucoup plus prosaïque, déclara le professeur Wilkins avec un nouveau petit rire. Quelle est cette expression que les jeunes emploient ? Un « vol qui aurait mal tourné ». Ou c'est peut-être un sans-abri ivre qui l'a frappé sur la tête avec une bouteille de vin…

Je remarquai que Hughes était resté silencieux pendant ces folles conjectures. Je croisai son regard et lui demandai :

— *Avez-vous* des théories, professeur Hughes ?

Il détourna les yeux.

— Moi ? Non, pourquoi en aurais-je ? Je ne connais même pas cet homme.

Menteur, pensai-je. Je n'avais pas de preuve, mais j'étais prête à parier que le nom « Hughes » figurait au bas de la lettre que j'avais vue dans le dossier de l'Américain. Il devait avoir à peu près le même âge que Washington – ils avaient probablement été étudiants à Oxford à la même époque. Était-il possible que Hughes soit la personne que Washington était revenu voir dans son ancien collège ?

— Je suis sûr que c'était de l'espionnage industriel, répéta l'un des plus jeunes enseignants, hochant la tête avec enthousiasme. Il travaillait probablement pour le crime organisé et pensait pouvoir gérer, mais ensuite il s'est retrouvé plongé jusqu'au cou dedans et…

Seth éclata de rire.

— Je crois que quelqu'un a lu trop de romans d'espionnage, pas vrai Gordon ?

Le jeune homme parut indigné.

— Ça arrive aussi dans la vie réelle ! Il pensait peut-être pouvoir rester dans son coin, mais ça s'est retourné contre lui. Vous savez ce qu'on dit : une fois qu'on s'est sali les mains, c'est impossible de les laver réellement.

— Ce pourrait être une citation de votre philosophe préféré, dit le professeur Wilkins en faisant un clin d'œil à Hughes. Quelle était cette phrase déjà ? À propos de l'abîme ?

Hughes hésita, puis cita :

— « Si tu plonges longtemps ton regard dans l'abîme, l'abîme te regarde aussi. »

— Nietzsche, dis-je en reconnaissant la citation.

Hughes me regarda avec un intérêt nouveau.

— Je croyais que vous aviez étudié l'anglais, pas la philosophie ?

— Oui, mais j'ai toujours aimé Nietzsche – du point de vue linguistique au moins –, il avait un véritable don pour les mots.

Je marquai une pause et j'ajoutai :

— Ma citation préférée est : « Et ceux qui dansaient furent considérés comme fous par ceux qui ne pouvaient entendre la musique. »

Le vieil enseignant se tourna vers moi en riant :

— Mon Dieu, le professeur Hughes et vous devriez passer du temps ensemble. Il est obsédé par Nietzsche.

— Je ne suis pas obsédé, rétorqua Hughes avec véhémence. Il se trouve que je l'admire et que je suis d'accord avec beaucoup de ses idées.

— Vous avez ses citations partout dans votre bureau, sur votre répondeur, dans vos articles de recherche et dans la signature de vos e-mails, se moqua le jeune homme. Je dirais que vous êtes obsédé, Hughes ! Vous auriez dû enseigner la philosophie, et devenir un expert de Nietzsche, au lieu de vous lancer dans la pharmacologie.

— Ne l'encouragez pas davantage, dit un autre enseignant en levant les yeux au ciel.

Hughes avait l'air un peu gêné.

— Ma discipline me convient parfaitement, dit-il avec raideur.

— Alors la police ne vous a rien dit ? me demanda la femme, ramenant la conversation au meurtre.

— Pas vraiment.

— Savent-ils quelque chose sur la victime ? demanda Hughes. D'où il venait ou ce qu'il faisait à Oxford ?

Je haussai les épaules.

— Je ne sais pas. Il faudrait demander à la police. Ils ne m'ont pas donné beaucoup d'informations.

Au moins, ce n'était pas un mensonge. Je fis une pause, puis je regardai Hughes droit dans les yeux.

— Je suis sûre qu'ils vont examiner son passé et ses déplacements, pour trouver qui aurait eu le mobile – et l'opportunité – de le tuer.

Hughes détourna le regard et se concentra sur la découpe de ses pommes de terre rôties. La conversation bascula vers l'augmentation de la criminalité à Oxford et je vis que Hughes avait l'air soulagé. Il n'ouvrit guère plus la bouche, et s'excusa dès que le dessert fut servi.

Je le regardai quitter la salle. Il savait quelque chose sur le meurtre de l'Américain – j'en étais certaine. Dès que les convenances le permirent, je priai Seth et les autres enseignants de bien vouloir m'excuser, et quittai à mon tour la salle. Alors que je me dirigeais vers la porte du collège, je sortis mon téléphone de mon sac à main et j'ouvris la galerie, pour regarder à nouveau la photo que j'avais prise. Je zoomai et me concentrai sur le jeune homme à côté de Washington. Oui, c'était bien Geoffrey Hughes – avec beaucoup plus de cheveux, mais la même expression sérieuse.

Je ressentis un élan d'excitation. Je pensai à Devlin. Je savais que j'aurais dû lui en parler. Cela aurait pu être une piste précieuse. Puis je me souvins de sa froideur, sa brusquerie et sa désinvolture à mon égard. Cela me fit l'effet d'une douche froide. Et je me rappelai ma promesse de ne plus lui fournir d'informations de moi-même.

Laissons Devlin faire les connexions lui-même, me dis-je d'un ton rebelle. *Je ne compte pas l'aider davantage dans cette enquête !*

Chapitre 10

— Gemma ? Gemma, tu es réveillée ? Elles seront là d'une minute à l'autre.

— Hmm ?

J'ouvris un œil et fus aveuglée par le soleil qui pénétrait dans la pièce. On frappa à la porte de ma chambre, puis la voix de ma mère s'éleva à nouveau :

— Gemma, ma chérie… Il est presque 10 heures.

— QUOI ?

Je me redressai d'un bond dans le lit. *10 heures ! Comment avais-je pu dormir si longtemps ?*

Je me frottai les yeux. Ces dernières semaines – depuis l'ouverture du salon de thé – avaient dû être plus épuisantes que je ne le pensais. Les week-ends étant les jours les plus chargés dans le secteur du tourisme, je n'avais pas fait de grasse matinée depuis mon retour en Angleterre et la seule raison pour laquelle je n'avais pas mis l'alarme ce matin était que j'avais reçu un message de Devlin la veille au soir m'indiquant que la police n'en aurait pas fini avec le salon de thé avant le déjeuner. Pas de travail aujourd'hui non plus, et pas besoin de me lever à l'heure habituelle.

Mais tout de même, je n'avais pas l'intention de me lever si tard !

La porte de ma chambre s'ouvrit et ma mère passa la tête à l'intérieur. Elle haussa légèrement les sourcils en me voyant tout échevelée.

— Si tu te dépêches, tu auras encore le temps de te doucher avant leur arrivée.

— Avant l'arrivée de qui ? demandai-je en bâillant.

— Du club de lecture, voyons ! Tu te souviens que je t'en ai parlé au dîner samedi soir ? J'accueille la réunion ce mois-ci. Quelle chance que tu aies dû fermer le salon de thé aujourd'hui, comme ça, tu peux assister à la réunion !

Elle referma la porte derrière elle. Je m'effondrai sur le lit en gémissant. *Argh !* J'avais oublié la réunion du club de lecture. À présent, je ne pouvais plus y échapper ; pas sans contrarier ma mère. Je me relevai et sortis du lit en poussant un soupir. Autant en tirer le meilleur parti. Ce n'était pas comme si j'avais quelque part où aller ce matin-là.

Je me douchai, m'habillai et descendis dans le salon au moment où les premiers membres arrivaient. Mon sourire faiblit légèrement lorsque je vis Mabel Cooke passer la porte d'entrée. Je voyais bien à la lueur dans ses yeux qu'elle comptait me cuisiner à propos du meurtre, mais je réussis à l'éviter en m'empressant d'indiquer à ma mère que j'allais chercher les rafraîchissements. Je ne pus toutefois m'offrir guère plus de dix minutes de répit, à rôder dans la cuisine. Heureusement, lorsque je revins au salon avec le plateau à thé, tout le monde s'était assis et Mabel était trop occupée à bavarder avec une autre dame pour me voir rejoindre discrètement le groupe.

Il existait deux types de clubs de lecture : ceux dont les membres étaient des lecteurs « sérieux » qui passaient leur temps à disséquer férocement le texte pour y trouver un sens caché auquel l'auteur n'avait probablement jamais pensé, et les clubs de lecture plus orientés commérages, dont les membres cherchaient simplement une excuse pour se retrouver et s'enthousiasmer au sujet de leurs coupes de cheveux respectives, et échanger des ragots sur leurs enfants et leurs voisins. Je me rendis rapidement compte que le groupe de ma mère appartenait à cette dernière catégorie. Au bout de vingt minutes, nous n'avions même pas encore mentionné le titre du livre.

La plupart des membres étaient issus du cercle social de ma mère. Elles étaient vêtues de pulls et gilets en cachemire Marks & Spencer terriblement semblables, d'escarpins et de colliers de perles, mais une femme se démarquait, tel un cygne noir au milieu de cygnes blancs. Elle était beaucoup plus jeune que les autres – plus proche de mon âge – et elle avait quelque chose de très glamour, de sensuel. Elle arriva dans un nuage de parfum de créateur, vêtue d'une robe fourreau en soie qui mettait en valeur ses courbes généreuses et faisait ressortir sa peau blanche et laiteuse. Ses yeux étaient verts et habilement accentués de mascara, et ses boucles rousses brillantes tombaient en cascade sur ses épaules. Du roux naturel, pas une coloration sortant d'un flacon. J'eus du mal à ne pas la fixer. Il était rare de voir une créature aussi glamour et attirante en dehors des pages d'un magazine de mode.

Ma mère la présenta sous le nom de Justine Smith – elle avait rejoint le club récemment – et alors qu'elle saluait l'assemblée d'une agréable voix traînante, je réalisai qu'elle était américaine. Je fus heureuse de pouvoir m'asseoir à côté d'elle.

— Vous êtes nouvelle à Oxford ? demandai-je.

— Oh non, dit-elle. Je vis ici depuis des années. J'ai une maison au coin de la rue, en fait.

— Je crois que je vous ai vue l'autre jour, dit ma mère en s'arrêtant à côté de nous pour nous offrir une assiette de biscuits sablés. La grande maison de ville Regency ? Vous déchargiez les courses d'une grande voiture noire garée devant.

Ma mère secoua la tête en signe d'admiration.

— Comment avez-vous réussi à obtenir une place de parking aussi formidable ? Juste devant chez vous ! Je viens de parler à Dorothy et elle m'a expliqué que c'était un cauchemar pour obtenir l'autorisation de se garer dans la rue.

Justine lui adressa un sourire timide.

— Je suppose que j'ai juste eu de la chance.

Ma mère secoua à nouveau la tête et alla s'entretenir avec les dames assises sur le canapé suivant. Je me retournai vers Justine. Elle ne correspondait pas vraiment au cercle habituel de ma mère. Je me demandai ce qui l'avait incitée à rejoindre le club de lecture. Mon interrogation dut transparaître dans mon expression. Elle sourit et m'expliqua :

— Je me suis dit qu'il était temps que je me cultive un peu.

Puis elle rit. Elle avait un rire profond et rauque, et beaucoup de grâce et d'assurance. Je me sentis soudain gauche et peu attirante à côté de son luxe de sophistication.

— Je ne suis pas sûre que les échanges soient vraiment culturels, dis-je tristement, jetant un coup d'œil aux invitées, toutes affairées à bavarder.

Ma mère et deux amies discutaient de la meilleure façon de conserver le saumon fumé, Mabel indiquait à une autre dame âgée quel était le meilleur type de son à consommer au petit déjeuner, et trois autres dames comparaient agressivement les photos de leurs petits-enfants.

— Quel est le livre actuel du club ? demandai-je.

— *Persuasion* de Jane Austen.

— Oh, c'est mon préféré d'Austen ! m'exclamai-je avec enthousiasme.

Elle m'adressa un petit sourire.

— Vraiment ? Je pensais que la plupart des gens préféraient *Orgueil et Préjugés*.

— Oh, j'ai un faible pour Darcy... comme toutes les filles. Mais le capitaine Wentworth détient la palme de la lettre la plus romantique de tous les temps. Et en plus... hésitai-je. Je trouve qu'il y a quelque chose de particulièrement beau et poignant dans l'histoire d'Anne Elliot – tout ce côté seconde chance et renouveau.

Elle me regardait avec amusement.

— Oui, c'est bien les livres, ça. Dommage que ça ne se passe pas comme ça dans la vraie vie.

— Vous êtes très cynique.

— Disons simplement que je crois à l'adage selon lequel le léopard ne se déplace pas sans ses taches.

— Les gens ne sont pas des léopards.

— Oh, ils ne sont pas si différents, fit-elle avec un sourire ironique. Les gens sont ce qu'ils sont, ils ne peuvent pas changer.

— Je ne suis pas d'accord. Les gens changent tout le temps, dis-je vivement. Ils recommencent, se réinventent…

Je m'interrompis en la voyant m'observer avec curiosité. Je me rendis compte que je réagissais probablement de façon excessive. J'inspirai profondément. Peut-être Justine avait-elle touché un point sensible. Le salon de thé était ma « deuxième chance », ma chance de tout recommencer, maintenant que j'étais plus âgée et plus sage. Je voulais croire – je *devais* croire – que je pouvais être complètement différente de « l'ancienne moi » et connaître tout de même le succès et le bonheur.

Nous fûmes interrompues à ce moment-là par ma mère qui m'appelait depuis l'autre côté de la pièce. Elle avait son iPad sur les genoux et fronçait les sourcils.

— Gemma, ma chérie, quel est mon mot de passe Apple ID déjà ? Je pensais que c'était « gemmarose », mais ça ne fonctionne pas.

— Tu as mis le « G » en majuscule ? demandai-je. Souviens-toi que la première lettre de ton mot de passe Apple ID est toujours en majuscule.

Et félicitations pour avoir donné ton mot de passe à toutes les personnes présentes dans la pièce, pensai-je.

Ma mère tapa sur son iPad.

— Oh… Oh, oui ! C'est bon, ça fonctionne ! Tiens, regarde…

Elle se tourna vers Dorothy Clarke, assise à côté d'elle.

— Et donc, on peut lire *The Times* directement sur son iPad maintenant. N'est-ce pas merveilleux ? Plus besoin de se faire livrer le journal tous les jours…

Dorothy se pencha pour regarder.

— Oh, c'est merveilleux, Evelyn. La technologie est étonnante, n'est-ce pas ? Je devrais peut-être me procurer un iPad. Ma fille ne cesse de me dire de rejoindre ce Face-chose où l'on peut voir les photos de ses amis sur l'ordinateur.

— Oh, oui, je sais tout sur Facebook. Helen m'a aidée à créer un compte la semaine dernière. J'ai six amies dessus, dit fièrement ma mère. Et elles sont formidables. Elles aiment tout ce que je dis. Ce matin, j'ai publié un message sur le meurtre choquant du salon de thé de Gemma et dix personnes l'ont aimé en moins d'une heure ! Je ne sais pas pourquoi j'ai eu dix « J'aime » alors que je n'ai que six amies, mais…

Je la regardai avec incrédulité.

— Mère ! Tu ne devrais pas parler du meurtre à n'importe qui sur Facebook !

Dorothy poussa une exclamation et me regarda.

— Oh, Gemma ! Je ne savais pas que c'était *ton* salon de thé quand j'ai vu les informations hier soir ! Un touriste américain assassiné ! Quelle horreur !

Je sentis Justine se raidir à côté de moi.

— En effet, répondis-je. C'est la raison de ma présence aujourd'hui. Je devrais être au travail, mais on a dû fermer le salon de thé parce que la police examine toujours la scène de crime.

Dorothy se pencha en avant, adoptant un chuchotement théâtral :

— C'est toi qui as trouvé le corps ?

Je laissai échapper un soupir. Je commençais à me dire que je devais me promener avec une FAQ remplie de réponses telles que « Oui, c'est moi qui ai trouvé le corps », « Non, je ne sais pas qui la police suspecte », « Oui, on l'a retrouvé avec un scone dans la bouche », « Non, j'ai bien peur que nous soyons complets cette semaine, mais je peux prendre des réservations pour la semaine prochaine » (bon d'accord, avec le dernier, je prenais un peu mes désirs pour des réalités).

— J'ai entendu aux informations que la police avait déjà un suspect en garde à vue, dit l'une des autres dames.

— Ce sont des sottises, déclara Mabel avec aigreur. Ils n'ont personne en garde à vue. Ils n'ont que quelques théories farfelues – ce qui n'est guère surprenant compte tenu de l'incompétence du sergent que j'ai rencontré. Vraiment ! Ce garçon ne trouverait pas son propre zizi s'il n'était pas enfermé dans son pantalon ! La police ne sait absolument pas où elle va.

— Je suis sûre d'avoir entendu dire qu'ils avaient un suspect, s'obstina l'autre dame. Quelqu'un qui avait attaqué l'Américain dans un pub ou quelque chose comme ça...

Mabel renifla.

— Oui, ils essaient de faire porter le chapeau au petit-neveu de Glenda Bailey.

— La police suspecte Mike Bailey ? demandai-je.

— Oui, tout ça parce qu'ils ont trouvé chez lui des scones qui venaient du salon de thé !

Mabel secoua la tête d'un air exaspéré.

— Glenda a dû appeler et expliquer que c'était elle qui les lui avait donnés.

Je fronçai les sourcils.

— Mais ça ne suffirait pas pour qu'ils le suspectent, pas vrai ? Plusieurs personnes m'ont acheté des scones samedi.

— C'est à cause de cette bagarre au pub, fit une autre dame. Mon fils était là avec ses amis et il m'a dit que Mike Bailey avait frappé l'Américain au visage !

Mabel fit un signe de main dédaigneux.

— Mike a du caractère, mais ce n'est pas un meurtrier. Je le connais depuis qu'il est enfant. On devrait lui tirer les oreilles et lui apprendre à se taire, mais ce n'est pas le genre à tuer quelqu'un.

Peut-être pas volontairement, me dis-je. *Mais cela ne m'étonnerait pas que Mike blesse quelqu'un par inadvertance dans un accès de colère.* Ce ne serait pas la première fois que quelqu'un serait tué par accident. Les gens pouvaient perdre leur sang-froid et les choses pouvaient devenir incontrôlables. De plus, qui sait ce dont une personne était vraiment capable ?

Cassie m'avait raconté que Mike était de plus en plus amer ces derniers temps, depuis qu'il avait perdu son emploi à l'usine automobile à la suite de son rachat par les Américains. Il était du genre à toujours chercher à blâmer quelqu'un pour ses malheurs, et un riche conglomérat américain était le parfait bouc émissaire. Cela lui donnait encore plus de raisons de se sentir lésé : l'homme seul face au puissant géant injuste de l'entreprise.

Mike Bailey aurait pu nourrir une rancœur contre les Américains, en effet. Et vu la façon dont Washington le narguait le samedi soir, il n'aurait pas été surprenant que Mike décide de se venger en s'en prenant à l'Américain suffisant.

— Eh bien, *moi,* j'ai entendu dire que l'Américain s'est étouffé avec un scone, déclara une autre dame. Vous imaginez ?

— Oui, cela a dû se produire entre 7 h 45 et 8 h 40, heure où Gemma l'a découvert, déclara Mabel.

— Comment diable pouvez-vous le savoir ? laissai-je échapper. Je doute que la police ait déjà eu le rapport d'autopsie.

— Parce qu'il a appelé la réception de l'hôtel à 7 h 45 pour demander qu'on change l'ampoule de sa salle de bain. La nièce de Frances Moore travaille au Cotswold's Manor Hotel. Elle l'a dit à Jane Addison – qui l'a dit à Judith Powell – qui me l'a dit à la poste ce matin.

Je vis Justine regarder Mabel avec un mélange d'étonnement et d'émerveillement. Personnellement, je n'étais pas surprise. En fait, j'étais plus étonnée que Mabel n'ait pas découvert quelle marque de dentifrice Washington utilisait et quelle était sa taille de chaussures. Tout bien réfléchi, elle le savait probablement.

— J'ai entendu dire que l'inspecteur qu'ils ont mis sur l'affaire est très bon, déclara Dorothy. L'inspecteur Devlin O'Connor. J'ai reconnu son nom lorsqu'ils l'ont mentionné aux informations hier soir. Il y a eu un article sur lui dans les journaux en début d'année, à propos d'un meurtre dans le nord… À Leeds, je crois… Personne n'avait réussi à le résoudre depuis dix-sept ans. Eh bien, lui, il l'a fait.

Ma mère m'adressa un regard perçant.

— Devlin O'Connor ? Est-ce que c'est… ?

— Oui, dis-je d'un ton égal.

Elle parut sur le point de dire autre chose, puis elle jeta un coup d'œil autour et se ravisa. Je vis Mabel nous observer de son regard pénétrant.

Une autre dame prit la parole :

— En fait, je me souviens aussi d'avoir lu cet article. Et il me semble me souvenir d'un scandale lié à cette affaire – n'y avait-il pas une rumeur selon laquelle il aurait eu une histoire avec l'une des suspectes ou quelque chose comme ça ? Une jeune femme très séduisante. Et ils mettaient en doute son impartialité dans l'enquête – bien qu'il ait finalement résolu l'affaire et traduit le meurtrier en justice…

— Si c'est le Devlin O'Connor auquel je pense, je ne suis pas surprise, dit ma mère en pinçant les lèvres.

Je ressentis un soudain agacement, sans savoir pourquoi. Ce n'était pas comme si j'éprouvais une quelconque loyauté envers Devlin.

— Un beau garçon comme lui – pas étonnant qu'il ait un faible pour les jolis minois, gloussa Dorothy.

— Y a-t-il un homme qui y soit insensible ? souligna une autre dame, et tout le monde rit poliment.

Mabel croisa les bras.

— L'inspecteur O'Connor est peut-être doué, mais il y a des choses à côté desquelles il passera forcément, parce qu'il n'est pas du coin. Nous connaissons l'Oxfordshire, nous y vivons, nous sommes impliquées dans les communautés locales, nous savons à qui nous adresser… Je pense que nous avons un avantage sur la police.

Je la regardai, perplexe. Qui ça, « nous » ?

— Florence, Glenda, Ethel et moi, déclara Mabel comme si c'était une évidence. Nous avons décidé de mener notre propre enquête.

Je la regardai, abasourdie.

— Votre propre enquête ?

— Oui ! Nous n'allons pas laisser la police arrêter le petit-neveu de Glenda alors qu'il est innocent. Ce n'est pas un simple meurtre – il y a un mystère derrière tout ça et nous allons le résoudre. Après tout, si Agatha a pu le faire, alors nous aussi.

— Qui est Agatha ? demandai-je, totalement perdue.

Mabel me regarda, l'air exaspérée.

— Mais enfin, Agatha Christie, bien sûr !

— Euh... Mais Mabel, vous êtes bien consciente qu'il s'agit de fiction ? Elle a inventé ces histoires, donc bien entendu, elle savait qui était le tueur et comment le meurtre avait été commis. Elle n'a pas réellement résolu de meurtres.

Mabel balaya cette information d'un revers de la main, comme s'il s'agissait d'un simple détail.

— Je suis sûre que les principes restent les mêmes, très chère. En rentrant à Meadowford-on-Smythe, j'irai m'entretenir personnellement avec l'inspecteur O'Connor.

Que Dieu ait pitié de Devlin, pensai-je avec une pointe d'amusement acerbe. C'était le juste châtiment pour sa brusquerie à mon égard. J'allais prendre plaisir à le regarder souffrir aux mains des vieilles chouettes.

— Oooh, Mabel, il faudra que tu nous rapportes toutes les informations de la police.

— Oui, et n'oublie pas de leur dire que les nains de Mr Thomas ont disparu de son jardin – c'est peut-être important.

— Et la fuite d'eaux usées du mois dernier ? J'ai trouvé cela très suspect.

— Oh oui, l'odeur était nauséabonde.

— Pensez-vous qu'il puisse s'agir d'un meurtre rituel ?

On entend parler de gens qui appartiennent à toutes sortes de sectes horribles…

— Ne sommes-nous pas en train de nous emballer pour rien ? demanda ma mère. Il semblerait que la police ait déjà un suspect solide en la personne de Mike Bailey et qu'il ne soit pas nécessaire de mener une enquête plus approfondie.

Mabel fronça les sourcils.

— Mais *si*, c'est nécessaire ! Je vous le dis, Mike est innocent. S'ils l'arrêtent, le vrai meurtrier s'en sortira.

— Mike a-t-il un alibi pour dimanche matin ? demandai-je.

— Non, admit Mabel. Pas vraiment. Le pauvre garçon avait la gueule de bois et est resté au lit jusqu'à près de midi. Mais il vit seul, donc il n'y avait personne pour le confirmer. Glenda lui a parlé vers 11 heures quand elle l'a appelé pour lui dire ce qui s'était passé au salon de thé.

— Ce n'est pas vraiment un alibi, dis-je doucement. Après tout, le meurtre a eu lieu vers 8 h 30 du matin.

— Eh bien, il lui a dit qu'il n'avait pas revu l'Américain après avoir quitté le pub – ses amis et lui sont allés manger un curry, puis il est rentré chez lui se coucher, dit Mabel en hochant la tête avec véhémence. Et c'est ce qu'il a dit à la police quand ils l'ont interrogé hier soir.

— Je me demande si la police a parlé à quelqu'un d'autre la nuit dernière, fit Dorothy.

— C'est le cas, fit Justine, prenant la parole pour la première fois. Ils m'ont interrogée.

Tous les yeux se tournèrent vers elle.

— Vous ? demanda Mabel. Pourquoi la police vous interrogerait-elle ?

— Parce que… commença Justine avant de prendre une profonde inspiration. Parce que Smith est mon nom de jeune fille. Mon nom d'épouse est Washington. L'homme qu'on a assassiné s'appelait Brad Washington et c'était mon mari.

Chapitre 11

Je réfléchissais encore à la bombe qu'avait lâchée Justine tandis que je rentrais tranquillement à vélo à Meadowford-on-Smythe quelques heures plus tard. *La femme de Brad Washington ?* Je n'arrivais pas à le croire. Mais sa froide assurance ne laissait planer aucun doute. Elle était mariée à l'Américain, mais ils étaient séparés et il vivait aux États-Unis alors qu'elle vivait à Oxford. En tant qu'épouse, elle était automatiquement l'un des premiers suspects que la police avait interrogés, mais elle avait un alibi pour le dimanche matin : elle assistait à un cours de yoga, qui avait commencé à 8 heures et ne s'était terminé qu'à 9 heures.

— Et pourquoi aurais-je voulu le tuer ? avait-elle dit en riant. Brad et moi étions séparés, mais c'était une séparation à l'amiable. Nous nous envoyions des e-mails de temps à autre, mais nous nous voyions rarement. Je ne savais même pas qu'il était à Oxford jusqu'à ce que la police se présente à ma porte.

Quelque chose dans sa façon de prononcer le mot « police » m'avait amenée à me demander si c'était Devlin qui l'avait interrogée. Cette pensée me contrariait sans que je sache pourquoi.

La réunion du club de lecture avait alors pris un tout autre tournant. Plus personne n'avait cherché à faire semblant de vouloir parler littérature. Mabel et les autres se marchaient pratiquement sur les pieds pour soutirer des informations à Justine. Elle avait géré la situation comme une cheffe, répondant habilement à leurs questions, parlant beaucoup sans vraiment dire grand-chose. Je l'avais regardée avec admiration. Il fallait un certain talent pour échapper aux fourberies de Mabel, mais Justine était une professionnelle.

Une femme habituée à cacher la vérité, me dis-je. *Ou du moins, à tourner la vérité à son avantage.*

La réunion avait pris fin sans apporter tous les éclaircissements escomptés sur le mariage de Justine, sa situation financière, sa famille ou son passé. Le visage de Mabel était rouge de frustration lorsqu'elle avait quitté la maison de mes parents, même si elle avait très certainement pris la direction de Meadowford pour partager le peu d'informations qu'elle avait réussi à glaner.

Quand j'arrivai au Little Stables Tearoom, je constatai que la police était partie et que Cassie était déjà là. Elle vidait le frigo, triant la nourriture qui pouvait encore être utilisée et celle qui devait être consommée le jour même ou jetée. Je grimaçai en voyant la quantité de nourriture gaspillée. Comme nous étions fermés depuis près de deux jours, nous n'avions pas utilisé nos stocks habituels, et comme je me faisais un devoir de ne servir que des produits fraîchement préparés, je ne pouvais pas les garder pour les servir la semaine suivante. En soupirant, je retroussai mes manches et me joignis à Cassie. Pendant que nous travaillions, je lui parlai de la réunion du club de lecture et de Justine Washington.

— Bon sang… le monde est petit, hein ? fit-elle en hochant la tête. Tu penses qu'elle est impliquée ?

— Je ne sais pas. C'est une femme intéressante… J'ai été surprise qu'elle donne d'elle-même toutes ces informations. Mais c'était peut-être calculé. Elle doit bien se rendre compte que dans un endroit comme Oxford – en particulier avec Mabel Cooke dans les parages –, son identité aurait rapidement été dévoilée. En ne cherchant pas à le cacher, elle a l'air moins coupable que si elle avait gardé le silence et qu'on avait appris plus tard que la police l'interrogeait. Elle fait évidemment partie des suspects.

— Oui, et je connais d'autres personnes que la police suspecte, fit Cassie d'un ton ironique. Fletcher et moi.

Je la regardai fixement.

— Tu plaisantes ?

Elle fit la grimace.

— Pas du tout. Ce sergent arrogant m'a poursuivie hier soir pour que je lui rende compte de mes déplacements de dimanche matin. Et il a eu le culot de dire qu'avec mon irritabilité, j'étais du genre à assassiner quelqu'un.

Je souris à Cassie.

— Il n'a pas tort, tu sais.

Elle me regarda d'un air renfrogné.

— Ce crétin n'a simplement pas aimé que je lui réponde quand il a interrogé Fletcher hier matin, dit-elle en haussant les épaules. De toute façon, heureusement pour moi, j'étais chez mes parents samedi soir et j'y suis restée tout le week-end. La moitié de mes frères et sœurs étaient là aussi. Je souhaite bonne chance au sergent qui devra tous les interroger pour vérifier mon alibi…

Elle éclata d'un rire diabolique.

— Et Fletcher ?

Son visage se fit plus grave.

— Le sergent en a toujours après lui : il insiste pour que Fletcher lui explique pourquoi il est arrivé en retard au travail. Il n'arrive pas à joindre Ethel pour vérifier l'alibi de Fletcher : elle est partie rendre visite à son neveu à Bath et ne reviendra pas avant quelques jours. En attendant, je crois qu'ils considèrent Fletcher comme suspect, soupira-t-elle. Et il ne fait rien pour arranger son cas. Tu sais comment il est – voir un policier étrange débarquer chez lui est déjà assez compliqué comme ça, sans qu'il se mette en plus à le bombarder de questions. Il est très nerveux, ce qui laisse penser à la police qu'il est coupable… Et en plus, il est toujours contrarié au sujet de Muesli.

— Elle n'est pas encore rentrée ? demandai-je, soudain inquiète.

Cassie secoua la tête. Je grimaçai et je me sentis légèrement coupable d'être restée traîner à la maison ce matin-là. J'aurais dû me rendre au village plus tôt et aller voir Fletcher.

— Pourquoi vous considèrent-ils, Fletcher et toi, comme suspects ? Vous n'aviez jamais vu cet homme avant samedi.

— Ils semblent faire une fixation sur l'arme du crime, le scone, donc je suppose qu'ils passent en revue tous ceux qui auraient pu avoir accès aux scones du salon de thé.

— Mais ça pourrait être la moitié de l'Oxfordshire, si l'on considère tous les touristes qui passent par ici !

Cassie me jeta un regard curieux.

— Le sergent n'est pas venu t'interroger ? Intéressant. Peut-être que Devlin a décidé de t'accorder un traitement de faveur… fit-elle en haussant un sourcil de façon suggestive.

— Bien sûr que non, dis-je d'un ton plus brusque que prévu. Pourquoi le ferait-il ? Il n'y a plus rien entre nous.

— Est-ce que j'ai dit le contraire ? dit Cassie avec un sourire.

Je connaissais ce regard.

— Cass… ne commence pas. Tu sais bien que ça fait plus de huit ans que je ne l'ai pas vu.

— Oui, et j'ai aussi vu comment vous vous êtes regardés hier quand il est entré. *Pfiouuu*… J'aurais pu allumer un feu de joie avec les étincelles dans la pièce. De toute façon, l'amour n'a pas de date d'expiration.

— Qui a parlé d'amour ? C'était juste un stupide béguin d'université.

— Un béguin d'université ? Arrête, Gemma ! Tu peux peut-être duper tout le monde, mais pas moi. Devlin O'Connor est le premier homme que tu aies vraiment aimé ! Tu n'arrêtais pas de me casser les pieds à me parler de lui ! Tu disais qu'il était ton âme sœur, ton…

— C'était il y a longtemps et j'étais très jeune, m'empressai-je de dire. Et d'accord, c'est peut-être le premier homme pour lequel j'ai eu des sentiments sérieux, mais…

— Tout le monde sait que le premier amour est toujours le plus intense.

— Peut-être dans les livres, mais pas dans la vraie vie.

Je changeai de sujet :

— Mabel Cooke pense que la police fait fausse route, et je commence à penser qu'elle a raison.

— Comment ça ?

— Oh, elle pense qu'ils ont tort de se concentrer sur Mike Bailey et que le vrai meurtrier va finir par s'en tirer.

— En même temps, c'est l'amie de Glenda, et Mike est le petit-neveu de Glenda. Tu ne penses pas qu'elle pourrait être un peu… disons… partiale ?

— Peut-être. Mais je pense quand même qu'elle marque un point. Il manque beaucoup d'informations à la police.

— Comme quoi ?

— Eh bien, comme le comportement étrange de Washington samedi et les choses qu'il a dites et qui suggéraient un lien avec l'université d'Oxford.

Cassie gémit.

— Gemma, tu ne vas pas remettre ça !

— Je te le dis, ce n'était pas le fruit de mon imagination ! Je suis certaine que ça a un lien avec le meurtre. Et même si je me trompe sur le passé de Washington, il y avait ce dossier avec la lettre.

— Mais la police a dû le trouver en fouillant la chambre de Washington. Ils n'en ont pas parlé, n'est-ce pas ? Ce qui suggère que ce n'était peut-être pas aussi important que tu le penses.

Je pris le temps de la réflexion. Cassie avait raison. Si la police avait découvert un dossier présentant un lien avec l'université d'Oxford, il y avait fort à parier que Mabel l'aurait su. Mais elle n'en avait pas parlé ce matin-là.

Je fronçai les sourcils.

— C'est étrange, en effet. Je devrais peut-être contacter Devlin – juste pour m'assurer que la police a trouvé le dossier.

— Tu es sûre que tu ne cherches pas une excuse pour lui parler à nouveau ? demanda Cassie avec un sourire sournois.

— Cassandra Jenkins ! Ôte-moi ce sourire de ton visage !

Elle rit.

— Comment ça ? Tu es vraiment sur la défensive – tu rougis même !

— C'est faux, rétorquai-je, luttant contre la couleur qui me montait aux joues.

C'était ridicule. Je n'avais pas à être embarrassée – et je ne cherchais certainement pas une excuse pour parler à nouveau à Devlin. En fait, j'étais déterminée la veille à ne pas l'aider du tout et à ne même pas lui parler de *Gloucester College* et de Geoffrey Hughes. Mais je devais avouer qu'après une bonne nuit de sommeil, je m'étais quelque peu calmée et j'avais un peu honte de mon attitude. Cela semblait rancunier et puéril. Quels que soient mes sentiments personnels à l'égard de Devlin, je devais partager les informations pertinentes avec la police.

— C'est probablement une bonne idée de vérifier si la police a trouvé le dossier. Tu ferais simplement ton devoir de citoyenne, dit gentiment Cassie.

Puis elle ajouta avec un sourire malicieux :

— Bien sûr, il est toujours plus facile de faire son devoir de citoyenne quand il s'agit de parler à un bel inspecteur aux yeux bleus, fringant et sexy.

Je lui fis une grimace et je changeai de sujet. Cassie partit peu de temps après et je terminai seule. Puis, sur un coup de tête, je sortis mon téléphone, composai le numéro du quartier général de la police et demandai à être mise en relation avec l'inspecteur Devlin O'Connor du CID de l'Oxfordshire. On me répondit qu'il n'était pas disponible, mais qu'on lui transmettrait mon message. Je raccrochai, me résignant à ne lui parler que le lendemain matin, mais à ma grande surprise, mon téléphone sonna quelques minutes plus tard. Il s'agissait d'un numéro masqué. Mon cœur tressaillit lorsque j'entendis la voix grave de Devlin à l'autre bout du fil.

— Gemma ? Ils m'ont dit que tu voulais me parler.

Il m'avait prise au dépourvu et je lui dis la première chose qui me vint à l'esprit :

— Oh… je… hum… eh bien, j'étais juste… hum… je pense que la façon dont ton sergent s'acharne sur Fletcher est ridicule. Je t'ai dit hier qu'il était particulièrement sensible et j'apprends que ton sergent a fait irruption chez lui, qu'il le perturbe avec toutes ses questions et…

— Gemma.

Il n'éleva pas la voix, mais je me tus.

Devlin avait l'air amusé.

— Est-ce que tu m'as appelé juste pour me faire la leçon sur les abus de la police ?

— Non, je… euh… il y avait autre chose, mais je pense quand même que Fletcher…

Il soupira.

— Mon sergent peut être un peu… trop enthousiaste. Je vais lui parler. Tu as dit qu'il y avait autre chose ?

— Oui, je… j'ai des informations qui pourraient être utiles. Sur l'Américain qui a été assassiné.

Il y eut une pause, puis Devlin demanda :

— Où es-tu ?

— Au salon de thé.

— D'accord, on se retrouve là-bas ?

— Tu veux venir ici ?

— Oui, c'est généralement plus facile de parler en face à face. En plus, je n'ai pas encore eu l'occasion de t'interroger sur tes déplacements de dimanche matin.

— Oh, je vois, répondis-je froidement. Alors tu m'ajoutes aussi à la liste des suspects ?

Il poussa un soupir exaspéré.

— C'est la procédure. Tu sais qu'on doit interroger tout le monde, établir les alibis et éliminer tous les suspects possibles.

J'affichai un air penaud.

— Oui, évidemment. Désolée.

— Écoute, je suis sur une autre affaire en ce moment, mais je devrais avoir fini pour 18 heures. Tu pourrais passer chez moi si tu veux ?

— Chez toi ?

— Oui, je vis juste à côté de Meadowford, en fait.

J'avais imaginé la neutralité impersonnelle d'une salle d'interrogatoire de la police. Retrouver Devlin chez lui n'avait rien à voir.

— Gemma ?

— Hum… tu es sûr que ce n'est pas déplacé ? Je veux dire, le fait que je vienne chez toi…

Il parut à nouveau amusé.

— Je te promets de ne pas abuser de ma position. Je me suis dit que ce serait plus confortable que la salle d'interrogatoire du poste. Mais on peut se retrouver là-bas si tu préfères.

— Non, c'est d'accord pour chez toi, répondis-je. On se retrouve là-bas à 18 heures.

Il m'indiqua son adresse et je raccrochai. Je restai debout à fixer le téléphone dans ma main. Une partie de moi aurait voulu rappeler Devlin et lui dire que j'avais changé d'avis – que je préférais le retrouver au poste. Mais je redressai les épaules. En quoi le fait de le voir seul chez lui devrait-il être un problème ? Après tout, comme je l'avais dit à Cassie, Devlin O'Connor et moi, c'était de l'histoire ancienne. Il n'y avait plus rien entre nous.

Chapitre 12

— Tu veux boire quelque chose ?

Devlin me regardait depuis l'autre côté du bar en marbre.

— Je veux bien une tasse de thé, merci.

Je m'efforçai de ne pas le regarder tandis qu'il arpentait la cuisine avec ses mouvements fluides et précis. Il avait toujours fait preuve d'une belle économie de mouvement, d'une grâce dynamique, et il l'avait conservée, même s'il semblait mieux contrôler ce feu et cette énergie nerveuse qui émanaient de lui. Plutôt que de brûler à pleine puissance, comme c'était le cas lorsque nous étions étudiants, c'était comme si les flammes couvaient désormais.

Il parvenait mieux à cacher ses émotions à présent, et il était difficile de savoir ce qu'il pensait. Par exemple, je n'avais aucune idée de ce qu'il ressentait à l'idée d'être seul avec moi, alors que j'avais l'impression que ma nervosité et mon malaise étaient évidents.

Je fis pivoter le tabouret du bar et regardai autour de moi, pour me donner une contenance. J'avais été surprise en découvrant là où vivait Devlin. C'était une grange rénovée dans un style coûteux, mais sans être tape-à-l'œil.

Elle était surplombée d'un impressionnant toit à blochets. D'un côté du vaste espace intérieur se trouvait la cuisine, moderne et étincelante, et de l'autre, un spacieux salon comprenant des portes-fenêtres. Elles étaient fermées et recouvertes de rideaux, mais j'imaginais qu'en journée, elles devaient offrir une vue panoramique sur la campagne de l'Oxfordshire. Un escalier ouvert – les grands espaces entre les marches ajoutant à la sensation de légèreté de la pièce – menait à la mezzanine, qui faisait sans doute office de « chambre ».

C'était une véritable garçonnière et j'étais gênée d'admettre que cela me rassurait. J'avais ressenti une certaine tension en chemin, me demandant si je n'allais pas me présenter sur le pas de la porte d'un trois-pièces de banlieue et trouver Devlin avec une femme derrière lui et un bambin accroché à sa jambe.

Bien entendu, je me doutais qu'il devait y avoir des femmes dans la vie de Devlin. En le regardant subrepticement, je constatai que les années l'avaient rendu encore plus attirant.

— Avec du lait et du sucre ?

Je tressaillis lorsqu'il me tira de mes pensées. Je croisai le regard de Devlin et j'eus l'étrange sentiment qu'il pouvait lire dans mes pensées.

— Juste du sucre, s'il te plaît. Un morceau.

— On ne change pas les bonnes vieilles habitudes, dit-il avec un sourire en coin.

Je le regardai avec surprise.

— Tu t'en souviens ?

— Je me souviens de pas mal de choses à ton sujet, répondit-il doucement.

Je m'éclaircis la gorge et m'empressai de faire remarquer :

— Dis donc… c'est sympa chez toi. Comment tu as trouvé ce logement ?

— Oh, de la manière classique. J'ai consulté des sites web d'agences immobilières et j'ai vu que cette grange était à vendre. J'ai eu un coup de cœur et je l'ai achetée.

— Tu l'as achetée ?

Je ne pus dissimuler ma surprise et je le vis me lancer un regard narquois.

Connaissant le prix de l'immobilier dans la région des Cotswolds, cet endroit devait coûter une fortune. Où Devlin avait-il trouvé tout cet argent ? Je ne savais pas grand-chose du salaire des policiers, mais je doutais que les inspecteurs de police gagnent suffisamment pour s'offrir ce genre de propriétés. Et Devlin ne venait pas d'une famille riche. En fait, son appartenance à la classe ouvrière avait été l'un des principaux motifs de conflit entre ma mère et moi lorsque nous étions ensemble.

Je baissai les yeux vers la tasse, prenant une gorgée pour me donner une contenance. Mais en mon for intérieur, je me disais que les choses pouvaient vraiment changer radicalement avec le temps. Huit ans plus tôt, lorsque nous nous étions séparés, c'était Devlin qui luttait pour se faire une place, tandis que je m'épanouissais dans mon milieu privilégié. Et à présent, j'étais de retour chez mes parents pendant que Devlin vivait dans ce luxueux logement de campagne. S'il était du genre revanchard, il devait se délecter de l'ironie de la situation !

Mais en l'observant, je ne vis aucune trace de jubilation dans ses yeux. Au lieu de cela, ils abritaient une expression insondable.

Il dit gentiment :

— Tu sais, Gemma, je trouve que c'est vraiment admirable ce que tu as fait ; abandonner ton travail à Sydney pour revenir réaliser ton rêve.

Je le regardai, bouche bée. J'avais été touchée par les compliments d'Ethel, mais les paroles de Devlin m'émurent aux larmes et je sentis une boule se former dans ma gorge. Gênée, je me détournai et glissai du tabouret, me dirigeant vers les fenêtres du salon. J'écartai les rideaux et fixai l'obscurité.

Je m'éclaircis la gorge.

— Hum... La vue d'ici doit être fantastique.

Il ne répondit pas immédiatement, puis il prit exemple sur moi et confirma :

— Oui, c'est particulièrement beau le matin. Tu devrais voir ce que ça donne aux premières lueurs de l'aube.

Dans un moment d'égarement, je crus qu'il allait me demander de revenir voir la vue à la lumière du jour – et je me demandai follement quelle serait ma réponse. Puis, voyant le silence s'étirer entre nous, je me réprimandai pour mes folles pensées. J'étais ici pour affaires, me rappelai-je.

Je me raclai alors la gorge et dis :

— Alors... tu voulais vérifier mon alibi ?

Il fit un signe de tête, reprenant instantanément ses manières d'inspecteur. Il me posa une série de questions rapides pour établir mes déplacements du dimanche matin.

— Mais, tu sais, c'est bête, finis-je par faire remarquer. Je veux dire... Washington était costaud et le meurtrier devait être assez fort pour lui enfoncer ce scone dans la gorge, et le maintenir assez longtemps pour qu'il s'étouffe. Ça réduit la recherche à des hommes grands et forts, non ?

— Pas nécessairement, fit Devlin. Le médecin légiste a fait l'autopsie ce matin et j'ai reçu le rapport il y a une heure. Apparemment, Washington aurait eu une attaque par le passé, provoquant des lésions du système nerveux et une altération des fonctions cérébrales. Il semble notamment qu'il ait pu souffrir d'une affection appelée dysphagie. Cela signifie qu'il avait des difficultés à avaler et qu'il avait plus de risques de s'étouffer.

— Oh… maintenant que tu le dis… Il a fait tout un plat avec les sandwiches, insistant sur le fait qu'ils devaient être moelleux.

Devlin fit un signe de tête.

— Oui, une personne dysphagique préfère forcément les aliments plus mous et plus faciles à avaler.

— Donc… tu es en train de me dire que n'importe qui aurait pu être le meurtrier ?

— Eh bien, je doute qu'un enfant ait pu le faire, mais oui, il est fort possible qu'une personne plus petite et moins forte ait pu être le meurtrier. Il n'y avait pas besoin de le maintenir très longtemps pour qu'il s'étouffe et s'asphyxie.

Il m'observa attentivement.

— En fait, même une femme déterminée aurait pu le faire…

— Une femme comme Justine Washington ?

Il se raidit légèrement et son expression se fit plus circonspecte.

— Que sais-tu de Justine Washington ?

— Je sais que c'est le conjoint qu'on soupçonne généralement en premier en cas de meurtre.

Devlin inclina la tête.

— Oui, dit-il. Mais elle a un alibi.

Quelque chose dans son ton laissait entendre qu'il avait rencontré Justine. C'était lui qui avait dû l'interroger la veille au soir. Je sentis un picotement qui ressemblait à… de la jalousie ? Je chassai cette idée. *Ne sois pas stupide.* De quoi pouvais-je être jalouse ? Devlin ne représentait plus rien pour moi. Je me fichais de savoir avec qui il fricotait. S'il trouvait Justine Washington attirante, c'étaient ses affaires.

— Je l'ai interrogée hier soir, juste après avoir parlé à Mike Bailey, poursuivit Devlin. Elle ne savait pas que Washington était de retour à Oxford et elle avait un alibi pour dimanche matin. Elle suivait un cours de yoga, au studio de danse de Meadowford-on-Smythe.

— Je suppose que tu vas le vérifier.

Devlin haussa un sourcil, et je rougis.

— Mon sergent s'en chargera demain, répondit-il. Tout comme il vérifiera ton alibi, celui de Cassie et celui de Fletcher. Et avant que tu ne montes à nouveau sur tes grands chevaux, pour ce que ça vaut, je ne *te* considère pas sérieusement comme suspecte.

Il n'inclut pas Cassie ou Fletcher dans ce commentaire.

Devlin se pencha en avant.

— Et maintenant… tu as dit que tu avais d'autres informations pour moi ?

Je lui parlai des commentaires étranges de Washington le samedi au salon de thé, de sa réaction agressive en me voyant manipuler le dossier et de mes soupçons quant à son lien avec l'université. Je m'attendais à moitié à ce que Devlin fasse preuve du même scepticisme que Cassie, mais à ma grande surprise, il hocha la tête et ses yeux brillèrent de satisfaction.

— Oui, je soupçonnais un lien avec l'université.

— Alors vous avez trouvé le dossier ?

Il fronça les sourcils.

— Non, il n'y avait aucun dossier sur lui correspondant à cette description. On a trouvé son portefeuille et diverses cartes – cartes de crédit, permis de conduire – confirmant son nom, Brad Washington, et son statut de citoyen américain.

— Le tueur a dû prendre le dossier ! m'exclamai-je avec enthousiasme. Ce qui signifie qu'il doit y avoir quelque chose d'incriminant dedans, quelque chose qui pourrait indiquer l'identité du meurtrier.

— On sait que Washington est arrivé à Heathrow jeudi dernier, la veille de sa venue dans ton salon de thé.

— Et le reste du groupe de touristes ? Ils ne savent rien à son sujet ?

— Il n'était pas avec le groupe. Il s'est peut-être employé à le faire croire, mais il voyageait en fait tout seul. Il se trouve qu'il était dans le même hôtel et qu'il est entré dans ton salon de thé en même temps que le groupe.

En y repensant, Devlin avait raison. Washington n'avait jamais dit qu'il faisait partie de ce groupe – c'était ce que j'avais supposé, car ils étaient Américains eux aussi.

— Avec son nom, vous arriverez sûrement à enquêter sur son passé.

Devlin fit un signe de tête.

— C'est ce qu'on fait en ce moment même. J'ai fait une demande auprès d'Interpol et ils font une vérification complète de ses antécédents, mais ces choses peuvent prendre un peu de temps. Les premières recherches semblent indiquer que Washington était un homme d'affaires – il était à la tête d'une sorte de société pharmaceutique aux États-Unis.

— Et tu penses qu'il était vraiment là pour les vacances ?

— Je pense que c'est ce qu'il voulait faire croire. Mais à mon avis, tu as raison et il était ici pour autre chose – quelque chose en rapport avec l'université d'Oxford.

Il se frotta la mâchoire d'un air pensif.

— La question est de savoir quoi.

— Vous n'avez pas découvert ce qu'il faisait à Oxford samedi après-midi ?

— Non. On a réussi à retracer son chemin jusqu'en ville – mon sergent a parlé au chauffeur de bus qui l'a conduit là-bas –, mais on ne sait pas encore où il est allé après.

— Je pense que je le sais, dis-je.

Rapidement, je lui racontai ma visite à *Gloucester College* et lui expliquai avoir trouvé Washington sur les photos d'admission. Je lui parlai ensuite de mon dîner à la *High Table* et de la réaction étrange de Geoffrey Hughes en apprenant le meurtre, ainsi que de sa présence sur la photo à côté de Washington.

— La lettre qui se trouvait dans le dossier – j'ai eu un aperçu de la signature et je suis sûre à présent que le nom était « Hughes ». Ils étaient à Oxford ensemble. Je pense que Washington est revenu voir Hughes.

— C'est du très bon boulot d'inspectrice, Gemma, fit Devlin. Je suis impressionné.

Je souris bêtement, flattée par ses éloges.

— Pour l'instant, je dirais que Mike Bailey est notre principal suspect. Il n'a pas d'alibi pour dimanche matin, il a des antécédents de comportement violent, et on l'a vu en train d'agresser la victime la nuit précédente. Mais je vais aller voir Hughes demain pour savoir ce qu'il faisait dimanche matin.

— Je n'arrive pas à croire que Mike l'ait fait, dis-je, faisant inconsciemment écho à Mabel Cooke. Ça ne correspond pas au personnage. Je veux dire, je n'ai pas de mal à l'imaginer en venir aux mains avec Washington en sortant du pub, mais attendre le lendemain matin et surprendre l'Américain alors qu'il est assis dans ma cour – et utiliser un scone… Ça ne colle pas !

— Les gens peuvent parfois vous surprendre, déclara Devlin. Dans mon métier, j'ai appris à ne pas faire de suppositions sur la nature humaine.

Il semblait n'y avoir rien d'autre à dire et je me levai, ne voulant pas donner l'impression que je cherchais à prolonger notre tête-à-tête.

— Hum… Je ferais mieux d'y aller. Mes parents m'attendent pour dîner.

Il me raccompagna à la porte et me regarda monter sur mon vélo. Je me souvins soudain de toutes ces fois où Devlin et moi avions parcouru ensemble les rues pavées d'Oxford, côte à côte sur nos vélos. Il était difficile d'arrêter le flot constant de souvenirs chaque fois que j'étais près de lui. *Mais je dois me rappeler que tout cela appartient au passé*, me répétai-je.

Je lui adressai un au revoir froid et me mis à pédaler, consciente que son regard me suivait, mais refusant de me retourner.

Chapitre 13

J'avais peur que ce meurtre ne nuise à mon entreprise, mais je compris vite que je n'avais pas à m'inquiéter. Le lendemain matin fut le mardi le plus chargé que nous ayons jamais eu, probablement parce que – en plus des touristes – beaucoup de locaux avaient entendu la nouvelle et étaient venus au salon de thé par simple curiosité.

Et ils n'étaient pas les seuls. La presse était déjà là en nombre, encerclant l'établissement comme des vautours. Un journaliste eut même le culot de se faire passer pour un client et de prendre une table à l'intérieur, tout cela pour tenter de nous interviewer, Cassie ou moi.

— Aucun commentaire, dis-je en réponse à ses questions, alors que je me tenais à côté de la table avec un bloc-notes.

— Mais vous devez bien avoir quelque chose à dire, dit-il, cherchant à me persuader.

C'était un jeune homme d'une vingtaine d'années, l'air affamé, mais voulant se nourrir d'autre chose que de nourriture.

— Nous sommes juste intéressés par vos réactions, c'est tout. Nous ne cherchons pas de faits concernant l'enquête ou quoi que ce soit. C'est vous qui avez trouvé le corps, n'est-ce pas ? Qu'avez-vous ressenti ? Cela a dû être un choc terrible.

Il se pencha vers moi, adoptant un chuchotement théâtral :

— Y avait-il beaucoup de sang ?

Je pris du recul et je le regardai avec dégoût.

— Comme je l'ai dit, je ne ferai aucun commentaire. Maintenant, à moins que vous ne commandiez, je vais devoir vous demander de partir.

— Oh, ne soyez pas comme ça, je voulais juste quelques mots !

— Vous voulez quelques mots, jeune homme ? Je vais vous dire quelques mots.

Mabel se leva de la table d'à côté où elle était assise avec les vieilles chouettes, qui avaient manifestement tout entendu.

Le journaliste se tourna vers elle avec empressement.

— Ah oui ? Avez-vous été témoin de la scène vous aussi ?

— Oh oui, et j'ai même rencontré la victime la veille, acquiesça Mabel d'un air important.

— Vraiment ? Comment était-il ?

La langue du journaliste était pratiquement pendante.

— Flatulent.

— Euh… fla… flatulent ?

Il avait l'air déconcerté.

Mabel fit un signe de tête.

— Oui, je ne l'ai pas vraiment entendu lâcher un vent, mais cela se voyait rien qu'à son teint. Pas assez de fibres dans son alimentation. J'en suis certaine. Il aurait vraiment dû prendre une cuillère de son tous les matins, comme le fait Mr Cooke. Mon médecin a recommandé cette idée fabuleuse à mon Henry. Surtout si vous êtes constipé ou que vous avez des hémorroïdes. Pas besoin de laxatifs pour accélérer les choses.

Elle regarda intensément le journaliste.

— Allez-vous régulièrement à la selle, jeune homme ?

— Je... euh... fit-il en s'éloignant d'elle. Je viens juste de me rappeler que j'ai un rendez-vous...

Il commença à se lever de son siège.

— Attendez... dit Mabel. Je n'ai pas fini mon histoire. Vous n'avez pas entendu la partie concernant ma journée au service de coloscopie.

— Ce... ce c'est pas grave, dit le journaliste en se précipitant pour récupérer ses affaires. J'ai eu plus qu'assez d'informations. Je vous remercie.

Et il sortit à la hâte du salon de thé. Je ne savais pas s'il me fallait rire ou pleurer. J'aurais peut-être dû engager Mabel et ses amies en tant que videuses gériatriques de mon salon de thé !

Cependant, les vieilles chouettes ne pouvaient me protéger en totalité de l'intérêt malveillant des médias et, au fil de la matinée, j'eus la désagréable surprise de regarder par les fenêtres et de voir plusieurs personnes interviewées à l'extérieur. Il s'agissait pour la plupart d'habitants du coin qui avaient dû venir au salon de thé une ou deux fois et qui estimaient manifestement que cela les rendait compétents pour commenter l'enquête sur le meurtre. Ils désignaient le salon de thé d'un air exalté pendant qu'ils parlaient et, à l'expression ravie sur le visage des journalistes, j'avais le mauvais pressentiment que ces témoignages jouaient davantage la carte du sensationnalisme que de la vérité. Le fait est que les gens cherchaient tous à bénéficier de quelques minutes de gloire et que s'il leur fallait pour cela répéter des ragots juteux – aussi farfelus soient-ils –, ce n'était pas un problème. Mais cela me mettait mal à l'aise, car je me demandais ce qu'on disait de moi et de mon salon de thé.

Devlin apparut juste avant le déjeuner, et les journalistes et l'équipe de tournage se précipitèrent sur lui tandis qu'il s'approchait de la porte d'entrée. Il les repoussa avec une facilité déconcertante et entra dans le salon, son imposante silhouette dominant instantanément la pièce. J'essayai d'ignorer le léger bond que fit mon cœur en le voyant. Je remarquai que de nombreuses clientes l'observaient avec intérêt tandis qu'il se dirigeait vers le comptoir où je me trouvais.

— J'ai pensé que ça t'intéresserait de le savoir : on a vérifié vos alibis – le tien et celui de Cassie – et vous êtes totalement blanchies.

Je me demandai pourquoi Devlin était venu en personne – il aurait pu simplement m'appeler –, mais j'étais trop heureuse pour m'en soucier. Puis je me souvins de quelque chose.

— Et Fletcher ?

Il fronça les sourcils.

— Nous n'avons pas encore réussi à mettre la main sur Ethel Webb. Elle est toujours à Bath, semble-t-il. Nous lui avons laissé des messages. Tant qu'elle ne peut pas confirmer son alibi, Fletcher reste suspect. Personne d'autre ne l'a vu au village ce matin-là, donc personne ne peut confirmer qu'il est parti de chez lui à l'heure qu'il prétend.

— Mais… c'est ridicule ! m'écriai-je, en colère. Vous ne pouvez pas sérieusement soupçonner Fletcher ! Il ne ferait pas de mal à une mouche.

Devlin pinça les lèvres.

— Gemma… on en a déjà parlé. Je ne peux pas me permettre d'accorder de traitements de faveur. Et il s'est comporté de manière inhabituelle le matin du meurtre.

— Oh, pour l'amour de Dieu – il était en retard parce qu'il n'a pas entendu son réveil ! Ça arrive chaque jour à des centaines de personnes dans le pays ! Il avait passé une mauvaise nuit parce que son chat avait disparu et il s'est probablement couché très tard.

— On doit encore vérifier son alibi, déclara Devlin, impassible.

Je poussai un soupir.

— Très bien. Mais vous perdez du temps avec ça alors que vous devriez suivre d'autres pistes.

— Le vrai travail d'inspecteur consiste à vérifier chaque détail, pas seulement à se précipiter sur des pistes qui semblent « palpitantes », rétorqua Devlin.

Puis il jeta un coup d'œil à la salle et changea de sujet :

— Je vois que ça n'a pas affecté les affaires…

Pas encore, du moins. Je jetai un regard inquiet à la presse qui campait devant les fenêtres.

— Oui, jusqu'à présent, ça m'a plutôt fait de la publicité, je pense. Je n'avais jamais réalisé que les gens avaient un tel appétit pour les faits divers macabres ! Des locaux qui n'avaient jamais mis les pieds au salon se sont mis à me demander une table près de l'endroit du meurtre. Ils n'ont pas caché leur déception quand je leur ai dit qu'il avait eu lieu dans la cour.

Devlin sourit.

— Dommage que le corps n'ait pas été retrouvé à l'intérieur. Tu aurais pu tracer une ligne à la craie sur le sol et disposer des tables tout autour pour que les gens puissent prendre leur thé à côté de la scène de crime.

Je secouai la tête en le regardant.

— Comment peux-tu plaisanter sur de tels sujets ?

Devlin haussa les épaules.

— Dans mon métier, il faut savoir plaisanter. C'est un moyen de tenir le coup, je suppose. Sinon, ce serait impossible d'affronter toute l'obscurité et la douleur que nous voyons. Les médecins le font aussi. On appelle ça l'humour noir.

Il avait probablement raison. Et je devais bien admettre qu'il était difficile d'éprouver de la compassion pour une personne aussi désagréable que Washington. Pourtant, il devait bien manquer à *quelqu'un* ? Je pensai à Justine Washington, avec son glamour sensuel et son sang-froid. Je me demandai si son mari lui manquait et si elle était en deuil. Je savais qu'ils étaient séparés et qu'elle ne vivait même pas dans le même pays que lui, mais on devait sûrement ressentir quelque chose en perdant pour de bon la personne qui avait été son mari ? Bien que leurs chemins se soient *a priori* vraiment séparés. C'était en effet très étrange que Washington soit venu jusqu'en Angleterre sans même prendre la peine d'aller voir sa femme…

J'allais dire quelque chose, quand un doigt crochu tapa sur l'épaule de Devlin. Il se retourna et se retrouvez nez à nez avec Mabel Cooke, les bras croisés, entourée des trois autres vieilles chouettes.

— Jeune homme, j'ai des informations pour vous, déclara Mabel.

— Je vous écoute, Mrs Cooke ?

— L'épouse de la victime – Justine Washington –, je l'ai rencontrée lundi à une réunion du club de lecture.

— Eh bien ?

Mabel redressa le menton.

— Elle nous a dit qu'elle ne savait pas que l'Américain était à Oxford ; qu'elle ne l'avait découvert que lorsque la police était venue l'interroger après le meurtre.

— C'est exact.

Mabel enfonça son doigt dans la poitrine de Devlin.

— Eh bien, elle ment, inspecteur. Je sais de source sûre qu'elle l'a retrouvé samedi soir dans un bar d'Oxford.

Devlin lui jeta un regard perçant.

— Comment le savez-vous ?

Mabel renifla.

— J'ai mes sources.

Je dus réprimer un sourire en voyant la frustration sur le visage de Devlin.

— Mrs Cooke, si vous ne me donnez pas une bonne raison de penser que Justine Washington a vu la victime, je ne peux pas vous croire sur parole…

— Dites à votre empoté de sergent d'aller interroger le personnel du Freud, rétorqua Mabel. Montrez-leur une photo de l'Américain et de sa femme. Je suis sûre que vous aurez la confirmation qu'ils étaient là, tard dans la nuit de samedi à dimanche.

Devlin la fixa un moment, puis il fit un signe de tête brusque, me marmonna un au revoir et quitta le salon de thé.

Je regardai Mabel.

— C'est vrai ? Vous en êtes sûre ?

— Bien sûr que j'en suis certaine.

Justine avait donc bien menti. Sur quoi d'autre avait-elle caché la vérité ? Son alibi ? Je repensai à lundi matin et à cette femme froide que j'avais rencontrée. Pouvais-je l'imaginer commettre un meurtre ? *Oh que oui.* Justine était le genre de femme qui ne laissait rien se mettre en travers de son chemin. Elle aurait été prête à tuer quelqu'un de sang-froid – sans même salir sa robe de grand couturier.

Mais qu'en était-il de Geoffrey Hughes ? Je n'arrivais toujours pas à me défaire de mon sentiment que le meurtre était lié à l'université d'Oxford. Hughes s'était comporté de manière très étrange à la *High Table* dimanche soir – j'étais convaincue qu'il en savait davantage sur Washington et le meurtre.

Quoi que Devlin puisse dire sur Mike Bailey, je ne pensais pas que ce meurtre soit dû à une dispute qui aurait mal tourné.

Chapitre 14

Mes parents étaient sortis ce soir-là et je profitai d'un dîner solitaire de bonne heure sans les commentaires incessants de ma mère sur mon style de vie. J'avais décidé de me faire une pomme de terre au four : rien ne vaut l'arôme simple de ce plat fait maison. Quand je la sortis du four, avec sa peau brunie et parfaitement croquante, je la coupai en deux et recouvris sa chair fumante et moelleuse de beurre, de haricots et de cheddar râpé. C'était délicieux.

Ensuite, je pris quelques Jaffa Cakes – ou Pim's, ces petits gâteaux fourrés qui m'avaient terriblement manqué pendant mes huit années en Australie – dans le garde-manger, et je montai dans ma chambre. Même si ce n'était pas aussi excitant que de résoudre un meurtre, j'avais des problèmes plus triviaux qui constituaient une menace plus immédiate pour mon bien-être qu'un tueur en liberté. Comme les semaines de linge sale qui s'entassaient dans le coin de ma chambre. En temps normal, j'aurais tout fourré dans la machine à laver, mais ma mère accordait une dévotion presque religieuse aux étiquettes de lavage et cela aurait été un sacrilège que de les ignorer sous son toit.

Je soupirai et me résignai à passer une soirée à séparer le blanc des couleurs, la laine du délicat.

Mais en rangeant ma chambre et en m'assurant que je n'avais rien d'autre à ajouter à la pile de linge, je me rendis compte qu'il me manquait mon pashmina. Hormis le fait qu'il était assez cher, il avait une valeur sentimentale pour moi – c'était le petit plaisir que je m'étais offert avec ma toute première paie. Inquiète, j'inspectai mon sac à main, la commode, l'armoire, la chaise à côté de mon lit… mais il était introuvable.

Je m'assis sur mon lit et repensai à mes déplacements au cours du week-end. J'étais certaine de l'avoir en allant dîner à *Gloucester College* le dimanche soir. En fait, je me souvenais de l'avoir drapé sur mes épaules et m'être regardée dans le miroir avant de quitter ma chambre. Et le lendemain ? Je fronçai les sourcils. Je ne m'en souvenais plus, mais je savais que je ne l'aurais pas porté au salon de thé – j'avais tendance à m'y habiller de façon beaucoup plus décontractée, d'autant plus que j'avais prévu de faire un peu de ménage et de rangement le lundi.

J'avais donc dû le laisser à *Gloucester College* dans la nuit de dimanche. Agacée, je me levai et jetai un coup d'œil à l'horloge. Il n'était pas tard, je pouvais encore descendre au collège pour le chercher. Je mis un pull sur mes épaules, pris mon sac à main et sortis de la maison.

Il était un peu plus de 20 heures lorsque je franchis la porte principale de *Gloucester College*. Des étudiants traversaient la cour, ôtant leur toge en chemin. Ils sortaient probablement du *Formal Hall*. Je montai en courant presque les marches de la *Porter's* Lodge, et je me présentai au guichet en bois avec des fenêtres coulissantes.

Un homme d'une soixantaine d'années, à l'air affable, portant le costume noir traditionnel des concierges de l'université, me sourit en me demandant :

— Puis-je vous aider, ma jolie ?

Je lui parlai de mon pashmina et lui demandai si quelqu'un l'avait déposé dans la boîte des objets trouvés. Il secoua la tête, d'un air désolé.

— On ne m'a rien apporté qui corresponde à cette description. Où l'avez-vous perdu ?

— Je ne sais pas vraiment, répondis-je. J'ai assisté dimanche soir à un dîner à la *High Table* et je pense que j'ai dû le perdre à ce moment-là.

— Avez-vous regardé dans la SCR ?

— Non… Je me disais que quelqu'un l'aurait apporté ici s'il l'avait trouvé.

— Pas forcément. S'il était dans la SCR, les enseignants ne se sont probablement pas dit qu'il appartenait à un étudiant. Ils pourraient l'avoir laissé là en pensant que leur collègue le récupérerait. Vous devriez aller jeter un coup d'œil.

Je le remerciai pour son aide et pris la direction de la *Senior Common Room*, située dans la tour nord-ouest du quadrangle principal. Le collège était relativement calme, peut-être parce que c'était un soir de semaine et que la plupart des étudiants se rendaient à divers clubs universitaires, réunions de société ou fêtes, s'ils n'étaient pas en train d'étudier dans leur chambre (d'après ma propre expérience, les premières hypothèses étaient plus probables).

Mes pas résonnaient en montant l'escalier en bois jusqu'à la SCR. Je frappai à la lourde porte en chêne. Il n'y eut pas de réponse. Je l'ouvris lentement. La pièce était vide. Un feu mourait dans la cheminée. J'aperçus mon pashmina rose presque instantanément. Il était drapé sur le dossier d'un des fauteuils à oreilles en cuir près de la cheminée. Je traversai la pièce à la hâte, le récupérai et sortis en moins d'une minute. Cependant, alors que je m'apprêtais à redescendre l'escalier, j'entendis des murmures furtifs.

Je m'interrompis pour jeter un coup d'œil.

L'escalier continuait à monter dans la tour, probablement jusqu'aux salles où divers *tutors* encadraient des *tutorials*, ces cours en petits groupes. J'imaginais qu'il pouvait s'agir d'une poignée d'étudiants, attendant de parler à leur tuteur. Mais les voix semblaient trop mûres pour être celles d'étudiants. En fait, je réalisai qu'elles m'étaient vaguement familières.

Piquée par la curiosité, je fis volte-face et montai quelques marches, levant la tête vers le haut dans la cage d'escalier faiblement éclairée. Je vis quatre formes recroquevillées sur le palier suivant, chuchotant bruyamment. On aurait dit qu'elles se disputaient. Mes yeux s'écarquillèrent lorsque je réalisai de qui il s'agissait. Les vieilles chouettes, dont Ethel qui avait dû revenir de Bath cet après-midi-là.

Je courus vers elle.

— Qu'est-ce que vous faites là ? m'étranglai-je.

Elles se figèrent et me regardèrent, tels des lapins pris dans des phares.

— Gemma ! dit enfin Mabel Cooke. Quel plaisir de te voir, très chère, dit-elle, comme s'il était parfaitement normal de rôder dans l'escalier de l'université.

— Qu'est-ce que vous faites là ? répétai-je.

Mabel jeta un regard à ses amies et elles me regardèrent toutes avec la même expression coupable. J'eus la soudaine impression d'être face à quatre fillettes espiègles, plutôt qu'à quatre personnes âgées.

— Eh bien, vois-tu... nous l'avons vu par hasard... et nous nous sommes dit que nous allions le suivre...

— Juste par curiosité...

— Non pas que nous l'espionnions ou quoi que ce soit...

— Non, non, bien sûr que non...

— Espionner qui ? demandai-je, confuse.

Mabel jeta un regard furtif en haut de l'escalier, puis se retourna vers moi et baissa la voix :

— L'inspecteur O'Connor !

— Devlin ?

— Chut !

— Vous espionnez l'inspecteur ?

— Nous ne l'espionnons pas, fit Mabel, indignée. Nous étions à Oxford – c'est la soirée des seniors à la vieille caserne de pompiers, vois-tu – et nous avons vu par hasard l'inspecteur O'Connor... alors nous... euh... l'avons suivi et nous l'avons vu entrer à *Gloucester College*. Bien sûr, nous savions que l'Américain assassiné était venu là pour rencontrer l'un des professeurs.

— Comment l'avez-vous découvert... ? m'étranglai-je. Peu importe.

— Nous étions certaines que l'inspecteur O'Connor viendrait interroger ce professeur, dit Florence avec enthousiasme.

Ethel acquiesça.

— Un suspect dans une affaire de meurtre !

— Oui, nous nous sommes donc précipitées derrière lui et nous sommes arrivées juste à temps pour l'entendre dire au concierge à la porte qu'il avait rendez-vous avec le professeur Hughes.

— Mais comment êtes-vous entrées dans le collège ? Ne me dites pas que vous avez réussi à vous faire passer pour des étudiantes, dis-je.

Glenda gloussa

— Oh, eh bien, le concierge – Roger – est un de mes soupirants.

— Votre… soupirant ?

Je ne pensais pas que les gens utilisaient encore ce mot.

Elle hocha la tête, gloussant à nouveau comme une écolière.

— Oui, je danse souvent avec Roger. Il est agile sur ses pieds, pour un homme de sa corpulence. Et c'est vrai que la façon de danser des hommes reflète leurs aptitudes au lit…

Beurk. Je fermai brièvement les yeux. Cette information rentrait clairement dans la catégorie du *Je ne veux pas savoir.* Malgré ma curiosité initiale, je n'avais pas besoin de connaître la vie sexuelle de petites vieilles.

— Alors, Roger vous a laissées entrer, résumai-je précipitamment.

— Oui, je lui ai promis une danse privée plus tard en guise de remerciement, déclara Glenda avec un clin d'œil.

Double beurk.

— Et vous avez suivi Devlin jusqu'ici ?

Mabel fit un signe de tête.

— Nous l'avons vu monter et avons entendu quelqu'un lui ouvrir. Un homme.

Elle leva le menton en direction du palier suivant.

— Il vient d'entrer.

Elle se tourna vers les autres.

— Allons-y.

Je posai une main sur son bras.

— Attendez, qu'allez-vous faire ?

Elle me regarda comme si j'étais stupide.

— Écouter leur conversation, bien sûr !

Elles commencèrent à monter l'escalier, serrant leurs mouchoirs en lin et leurs sacs à main en cuir verni lavande. Je les regardai, comme si j'étais dans un film de la *Panthère rose*. Allaient-elles sérieusement écouter aux portes pendant un interrogatoire ?

Je tournai les talons et commençai à descendre, mais je n'avais pas fait deux pas que je m'interrompis. Je voulais entendre la conversation entre Devlin et Geoffrey Hughes. Je regardai à nouveau vers le haut de l'escalier. Allais-je me faire battre par quatre petites vieilles, simplement parce que j'avais peur de faire quelque chose de « mal » ? Oui, ma mère m'avait toujours répété qu'il était terriblement impoli d'écouter aux portes – et alors ? Qu'était-il advenu de ma nouvelle détermination à prendre des risques et à vivre dangereusement ?

Je fis volte-face et m'empressai de gravir les marches derrière les vieilles chouettes. Je les trouvai sur le palier du dessus, pressant littéralement leurs oreilles contre la grande porte en chêne. C'était tellement ridicule que je faillis éclater de rire. Au lieu de cela, je pris position à côté d'elles et plaquai à mon tour ma propre oreille contre la porte.

Je n'entendis rien.

Comme c'était souvent le cas dans les collèges d'Oxford, cette porte était une solide antiquité, taillée dans du bois massif, et avait probablement résisté aux oreilles indiscrètes pendant des siècles.

— C'est inutile, on n'entend rien à travers cette porte, chuchotai-je à Mabel. On devrait laisser tomber.

Elle me regarda d'un air dédaigneux et posa la main sur la poignée de la porte.

— Mabel... !

Je la regardai avec incrédulité.

Très, très lentement, elle actionna la poignée. Je fus impressionnée de voir qu'une personne de son âge pouvait avoir la main aussi assurée. Elle parvint à ouvrir légèrement la porte – suffisamment pour que nous puissions entendre, mais pas assez pour que quelqu'un puisse remarquer que la porte était ouverte, à moins d'y faire vraiment attention.

Heureusement, il semblait que ce n'était pas le cas de Devlin. J'attendis en retenant mon souffle, mais personne ne se leva pour venir voir qui avait ouvert la porte. À présent, nous parvenions à entendre le murmure de la conversation à l'intérieur. Visiblement, Devlin en avait fini avec les questions préliminaires et demandait à Hughes ce qu'il avait fait durant l'après-midi du samedi précédent.

— Oui, Brad Washington est venu me voir. Nous avons étudié ensemble à Oxford, il y a bien longtemps. Il avait une nouvelle entreprise commerciale dans laquelle il m'invitait à investir. Nous en avons parlé pendant un moment, puis il est parti vers 17 heures.

— Et avez-vous décidé d'investir dans sa nouvelle entreprise ?

Il y eut un blanc.

— Non, j'ai décidé que ce n'était pas pour moi.

— Une raison particulière à cela ?

— N-non... Vous devez comprendre, inspecteur, que je suis un expert mondial de cette classe de médicaments et qu'on me demande constamment de participer à des essais de recherche ou de m'impliquer dans le développement de nouveaux produits. Je ne peux pas m'engager partout, il me faut donc faire des choix.

Devlin parut changer de cap.

— Donc Brad Washington était un vieil ami de l'université, si j'ai bien compris ?

— Oui, nous sommes tous deux arrivés à *Gloucester College* pour faire un doctorat en pharmacologie. En fait, nous avons travaillé sur le même projet de recherche. Mais nous ne nous étions pas vus depuis quinze ans.

— Alors, pourquoi vous contacter maintenant ?

— Je vous l'ai déjà dit : pour me parler de sa nouvelle entreprise.

— Certes, mais il avait dû entreprendre un certain nombre de choses au cours des quinze dernières années. Pourquoi venir vous voir maintenant ?

— J'ai bien peur que vous ne deviez le lui demander personnellement.

— J'ai bien peur que ce soit impossible. Comme vous le savez, il est mort.

Il y eut un blanc.

— Oh oui, évidemment.

— Et vous n'avez jamais pensé à contacter la police ? Vous êtes probablement l'une des dernières personnes à l'avoir vu vivant.

— Je… euh… je ne pensais pas que notre réunion aurait une quelconque pertinence. J'ai entendu dire qu'il se serait battu avec un ivrogne du coin et que l'homme l'aurait tué plus tard en guise de représailles.

— Cela correspond-il à la personnalité de Washington ? Se battre comme ça ?

Il eut un rire dépourvu d'humour.

— Oui, Washington avait une grande gueule et n'avait pas peur de l'utiliser. C'était le genre à se battre avec un voyou du coin, surtout s'il commençait à jeter l'argent par les fenêtres.

— Il en avait beaucoup, n'est-ce pas ?

— Eh bien, quand il a quitté Oxford, il est retourné aux États-Unis avec les résultats de nos recherches et comme on dit, il a fait fortune.

— Vous travaillez donc ici tous les deux sur la même chose et il s'en va et s'enrichit grâce à vos recherches communes. Vous ne lui en avez pas voulu ?

— Non, pourquoi aurais-je dû ? Il a choisi le commerce et j'ai choisi l'université.

Devlin en revint à sa question initiale :

— Vous avez donc eu une discussion, puis il est parti et vous n'avez plus jamais revu Washington ?

— Je vous l'ai déjà dit. C'est la dernière fois que je l'ai vu.

— Je trouve toujours curieux que vous ne vous soyez pas présenté à la police. Nous avons très clairement indiqué au journal du soir que nous faisions appel à toute personne ayant des informations sur la victime.

— Oui, eh bien… fit Hughes, mal à l'aise. Je suppose que j'aurais dû me présenter, mais vous savez… personne n'a très envie d'aller voir la police, à moins d'y être obligé.

— Ce n'est pas la vision que j'en ai, dit Devlin d'un ton sec. D'après mon expérience, le public aime s'impliquer et est très désireux d'aider dans une enquête sur un meurtre. En fait, nous avons généralement du mal à trier tous les témoignages et les appels téléphoniques que nous recevons, regorgeant d'informations inutiles. Ce sont généralement ceux qui ont quelque chose à cacher qui ne veulent pas parler à la police.

— Eh bien, je n'ai rien à cacher… rétorqua Hughes d'un air bravache.

— Bien.

Il y eut un silence tendu. Je ne pouvais pas le voir, mais je n'en avais pas besoin pour deviner que Devlin adressait probablement à Hughes un de ses fameux regards perçants.

— Votre visage est très enflé, professeur. Vous êtes-vous battu ?

— Non, j'ai une allergie. Je suis très sensible aux poils d'animaux et mes voisins viennent d'avoir un nouveau chiot. Ils l'ont apporté pour me le montrer dimanche – il m'a léché le visage et j'ai commencé à enfler.

— Je vois. N'est-ce pas une coïncidence que cela se soit produit dimanche, le jour même où votre ami, Washington, a été assassiné ?

— Je ne sais pas où vous voulez en venir. Je vous le dis, ce gonflement est dû à une allergie. Les poils d'animaux me font cet effet. Je dois prendre des antihistaminiques sur ordonnance.

— Et en avez-vous pris cette fois-ci ?

— J'en ai pris dimanche soir, une fois que j'ai réalisé ce qui se passait… mais il faut du temps pour que les symptômes se résorbent. Parfois jusqu'à quarante-huit heures.

— Hmm… Eh bien, professeur Hughes, ce sera tout pour l'instant. J'aurai peut-être d'autres questions à vous poser, mais, pour l'instant, je vous remercie d'avoir pris le temps de me recevoir. Voici ma carte… Si vous pensez à autre chose…

Il y eut du bruit à l'intérieur de la pièce. On pouvait entendre des personnes se lever et le plancher grincer sous leur poids. Puis des bruits de pas qui se rapprochaient, plus vite que prévu.

Mabel s'éloigna de la porte à la hâte.

— Il arrive !

Chapitre 15

Prise de panique, je manquai de tomber à la renverse. Pas le temps de descendre – Devlin nous verrait forcément dans la cage d'escalier. Nous observâmes fébrilement les alentours, à la recherche d'une cachette. C'était le dernier étage de la tour et il n'y avait qu'une seule autre porte sur le palier. Mabel courut vers elle et l'ouvrit en grand. C'était un placard à balai, rempli de matériel d'entretien.

— Vite ! Là-dedans ! siffla-t-elle aux autres vieilles chouettes.

Elles s'y entassèrent, entre balais et serpillières. Je fus impressionnée de voir à quelle vitesse quatre vieilles dames pouvaient se glisser dans un espace aussi exigu, avec leurs sacs à main lavande et tout le reste. Seulement voilà… il n'y avait plus de place pour moi.

— Désolée, Gemma, le privilège de l'âge, dit Mabel sans ménagement, et elle me ferma la porte au nez.

Je regardai le placard d'un air incrédule. *Quoi ? Elles me laissent affronter Devlin toute seule ? J'aurai leur peau, privilège de l'âge ou non !*

Regardant tout autour, j'examinai les options qui se présentaient à moi. J'entendais le grondement des voix venant du bureau de Hughes – on aurait dit que les deux hommes s'étaient arrêtés pour parler juste devant la porte. Cela m'offrit quelques secondes de répit supplémentaires. Je jetai un coup d'œil autour de moi. La seule autre issue sur le palier était une étroite fenêtre gothique. Je me précipitai vers elle et j'ouvris le battant. Au lieu de l'à-pic auquel je m'attendais, la fenêtre donnait sur un rempart circulaire qui entourait la tour. Si je parvenais à sortir par-là, je pourrais m'accroupir et me cacher au niveau du parapet jusqu'à ce que Devlin descende.

C'était ridicule et humiliant, mais pas dangereux. J'enjambai le rebord de la fenêtre et j'essayai de me glisser par l'étroite ouverture. Ce n'était pas aussi facile que je l'aurais cru. J'étais assise à califourchon, une jambe dedans, l'autre dehors, essayant de faire passer mon ventre, quand j'entendis la voix tant redoutée :

— Gemma ?

Flûte. Je me figeai, puis tournai lentement la tête.

Devlin se tenait sur le palier, me regardant d'un air perplexe.

— Mais qu'est-ce que tu fais ?

Repensant à l'astuce de Mabel, je décidai de faire comme si sortir par les fenêtres de l'université d'Oxford était une activité parfaitement normale pour moi. Je laissai échapper un petit rire. C'était effrayant comme à cet instant je ressemblais à ma mère.

— Oh, Devlin, ha ha… Quelle merveilleuse surprise !

Cela ne parut pas fonctionner. Il s'approcha de moi en fronçant les sourcils.

— Qu'est-ce que tu fais ?

— Hum…

Je me creusai la tête pour tenter de trouver une explication à ma position. Mais rien ne me vint.

— Je… hum… je cherchais mon… pashmina ! En fait, je l'ai perdu et je pensais l'avoir oublié là après l'invitation à la *High Table* dimanche soir.

— Et ton pashmina a réussi à grimper tout seul jusqu'au parapet devant le bureau du professeur Hughes ? demanda Devlin, haussant un sourcil narquois.

Je me sentis rougir.

— Il faut croire… C'est drôle, n'est-ce pas, cette manie qu'ont les choses d'atterrir dans les endroits les plus étranges ?

— Et je suppose que tu n'étais pas au courant que je m'entretenais avec le professeur Hughes ?

J'ouvris de grands yeux, feignant l'innocence.

— Oh, vraiment ? Quelle drôle de coïncidence !

— N'est-ce pas ? fit Devlin. Et je suppose que c'est aussi une drôle de coïncidence que la porte de son bureau ait été légèrement ouverte – alors que je suis certain de l'avoir fermée derrière moi quand je suis arrivé ?

— Oh… tu sais comme ces vieux bâtiments d'Oxford sont sujets aux courants d'air, dis-je avec un sourire éclatant. La porte ne s'est probablement pas bien enclenchée quand tu l'as fermée, et le vent l'a rouverte.

— Et naturellement, tu n'as pas entendu ma conversation avec lui…

— Eh bien… hum… tu sais, le palier est si exigu que… j'ai peut-être entendu quelques bribes de la conversation… non pas que je cherchais à entendre, naturellement…

— Naturellement, fit Devlin d'un ton neutre.

Un éternuement étouffé nous parvint. Devlin se tourna brusquement vers le placard à balais. Il y avait du mouvement à l'intérieur, accompagné de chuchotements :

— *Pousse-toi !*

— *Je ne peux pas ! Pousse-toi, toi !*

— *Il n'y a pas de place !*

— *C'est à cause de ton stupide sac à main, Glenda ! Je t'avais bien dit de ne pas choisir cette forme.*

— *Ce n'est pas mon sac à main, c'est ton derrière ! Tu dois perdre du poids, Florence.*

— *Sottises !*

— *Chut, ils vont nous entendre !*

Devlin grommela dans sa barbe, puis s'avança et ouvrit la porte du placard. Qui révéla quatre vieilles dames, serrées les unes contre les autres.

— Hiii !

— Inspecteur O'Connor ! Quelle surprise !

Mabel abandonna ses comparses et sortit du placard, reprenant contenance à une vitesse spectaculaire.

Devlin poussa un profond soupir.

— Oui, encore une surprise. J'en ai eu ma dose pour ce soir. Je suppose que vous cherchiez le pashmina de Gemma dans le placard à balais ?

Mabel me jeta un regard.

— Que… Oui… bien sûr ! Comme vous êtes perspicace ! Ce n'est pas pour rien que vous êtes un enquêteur si brillant… ha ha…

Elles sortirent l'une derrière l'autre, s'époussetant et arrangeant leur coiffure.

— Mrs Cooke… commença Devlin, semblant faire un effort surhumain pour garder son calme. J'apprécie vos efforts pour nous aider, mais, comme je vous l'ai déjà dit, je dois vous demander de laisser la police faire son travail. Ce n'est pas votre métier et vous risqueriez de vous mettre en danger – il lança un regard aux autres – et vos amies aussi.

C'était peut-être dû à son ton ou à ses yeux bleus perçants, mais pour une fois, Mabel parut penser qu'il était préférable qu'elle tienne sa langue et elles redescendirent les escaliers, après avoir été dûment réprimandées. Devlin nous escorta jusqu'à la porte d'entrée, et il resta les bras croisés, regardant les vieilles chouettes s'éloigner ensemble sur le chemin pavé. Je m'éloignai pour aller chercher mon vélo dans l'abri à côté de la *Porter's* Lodge, mais alors que je passais les portes du collège en traînant mon vélo, Devlin s'approcha de moi et posa une main sur mon bras.

— Gemma, avant de t'enfuir… ça te dirait de prendre un verre ?

Je le regardai avec surprise. Qu'est-ce que c'était que ça ? Une véritable invitation ? Ou une excuse pour un nouvel interrogatoire de police ? J'hésitai, puis je fis un signe de tête.

— D'accord.

Il sortit du collège en même temps que moi. Alors que nous approchions de l'angle de Broad Street, il esquissa un signe du menton vers le King's Arms.

— Ça te dit, le K.A. ?

J'hésitai à nouveau, puis me repris. Si Devlin était capable de fréquenter l'un de nos anciens lieux de prédilection sans une once de sentiments, alors je pouvais faire preuve du même détachement.

— C'est parfait.

J'attachai mon vélo à un poteau à l'extérieur du bâtiment qui abritait le plus vieux pub d'Oxford, puis nous entrâmes. J'eus le souffle coupé en franchissant le seuil. C'était comme si j'avais fait un bond en arrière dans le temps. Le long bar en bois était toujours là, avec les affiches faisant la promotion de boissons comme « Young's Stout » et « Addlestones Premium Cloudy Cider ». Les pièces sombres et cosy étaient meublées avec les mêmes canapés en cuir et chaises en bois solide sur lesquels je m'étais autrefois assise en tant qu'étudiante. Les photos en noir et blanc familières et les vieux clichés d'Oxford étaient toujours accrochés aux murs. Combien de fois étais-je entrée dans ce pub avec Devlin à mes côtés, sa main sur mon coude ?

Je chassai ces souvenirs et j'entrai dans le pub, en prenant délibérément une table au milieu de la pièce, loin des recoins intimes et confortables.

— Qu'est-ce que tu veux boire – un panaché ?

Je ressentis un vif plaisir – idiot – en voyant qu'il se souvenait de mes goûts.

— Je veux bien, merci.

Il partit vers le bar et j'eus amplement le temps de me ressaisir avant qu'il ne revienne avec deux verres. J'avais également préparé quelques questions sur l'affaire, pour m'éviter la gêne de devoir parler de choses et d'autres.

— Alors… le professeur Hughes a-t-il un alibi pour dimanche matin ?

Devlin prit une gorgée de sa pinte et me regarda d'un air narquois.

— Mabel Cooke t'a chargée de me soutirer des informations ?

Je souris, me détendant un peu.

— Non, c'est juste par curiosité.

Il m'adressa un sourire puéril, semblant soudain beaucoup plus jeune. Mon cœur se mit à battre à tout rompre.

— Oui, j'ai demandé à mon sergent de vérifier l'alibi de Hughes ce matin, avant de l'interroger. Le professeur dit qu'il était au collège, en train de corriger des essais dans son bureau, et ça semble se confirmer. Mon sergent a parlé à un étudiant, Tom Rawlings, qui a entendu Hughes dans son bureau se disputant avec quelqu'un au téléphone, au moment où Washington aurait été assassiné.

— Alors, il est hors de cause ? dis-je avec déception.

— Eh bien, je ne dirais pas ça. Hughes cache certainement quelque chose. Mais pour ce qui est de son alibi, il semble confirmé.

Devlin fit un geste vers son téléphone.

— J'ai appelé mon sergent avant de quitter le bureau de Hughes et je lui ai demandé de vérifier l'histoire de l'allergie aux animaux et des antihistaminiques.

— Pour ce que ça vaut, le visage de Hughes avait l'air légèrement enflé quand je l'ai vu au dîner à la *High Table* dimanche soir, dis-je.

Devlin fit un signe de tête.

— Ça ne ressemblait pas aux séquelles d'une bagarre selon moi – mais on n'est jamais trop prudent. En même temps, je n'espérais rien en tirer de spécial. Si ça avait été

Mike Bailey qui avait eu le visage gonflé, ça aurait été une autre histoire.

— C'est toujours votre principal suspect ?

— En effet.

— Et... hésitai-je. Et Justine ?

— Eh bien quoi, Justine ? fit Devlin en prenant une nouvelle gorgée de bière.

— Tu as vérifié ce que Mabel a dit – le fait qu'elle ait vu Washington samedi soir à Oxford ?

— Oui.

Devlin s'interrompit comme s'il hésitait sur ce qui allait suivre, puis il dit :

— Justine a avoué avoir vu Washington. Elle n'a pas voulu le dire avant, parce qu'elle savait que les conjoints sont toujours suspectés dans les affaires de meurtre, en particulier lorsque le conjoint a tout à gagner à la mort de la victime.

Je haussai les sourcils d'un air interrogateur.

— En tant qu'épouse et sans testament stipulant le contraire, Justine est la bénéficiaire de la totalité de la succession de Washington.

Je me redressai sur ma chaise.

— Waouh. Ce serait un mobile suffisant pour la plupart des gens.

Devlin ne dit rien. Je lui adressai un regard perçant.

— Il y a autre chose, n'est-ce pas ? Une autre bonne raison pour Justine de vouloir la mort de Washington.

Devlin inclina la tête à contrecœur.

— Elle dit qu'elle a retrouvé Washington samedi soir parce qu'il avait demandé à la voir. Il voulait divorcer. Ils étaient séparés, mais Justine avait toujours hésité et

Washington ne semblait pas s'en soucier avant. Ils vivaient séparés depuis deux ans, même s'il lui versait une pension régulière.

Une pension très généreuse, me dis-je en me souvenant des vêtements de marque de Justine et de sa coiffure et de son maquillage coûteux. Et il était clair qu'elle ne travaillait pas. *Je parie qu'elle n'était pas contente d'apprendre que Washington voulait divorcer.*

— Je suppose que ces versements auraient cessé une fois qu'ils auraient divorcé ? demandai-je.

— Oui. Ils avaient une sorte de contrat prénuptial qui stipulait que Justine ne recevrait aucune pension alimentaire à moins d'avoir des enfants. Ils n'en ont pas eu. Mais il semble que Washington était assez satisfait du statu quo jusqu'à récemment. Interpol nous a fourni des informations, poursuivit Devlin. Apparemment, Washington avait une nouvelle petite amie aux États-Unis et elle faisait pression sur lui pour qu'il divorce. Elle voulait probablement qu'il lui passe la bague au doigt.

— Justine serait donc restée sur la paille, dis-je. Alors que maintenant, avec la mort de Washington, c'est une veuve très riche.

Devlin termina sa pinte et s'adossa à nouveau à sa chaise.

— Oui. Mais elle a un alibi pour dimanche matin. Aussi désireuse qu'elle ait pu être de tuer Washington, le fait est qu'elle n'a pas pu le faire parce qu'elle était ailleurs au moment du meurtre.

Il secoua la tête.

— En tout cas, je ne pense pas que ce soit elle.

— Comment le sais-tu ?

Il haussa les épaules.

— L'instinct. Une intuition. Peu importe comment tu veux l'appeler.

Le désir, pensai-je. Je me demandai si Devlin aurait été aussi prompt à insister sur l'innocence de Justine si elle ne ressemblait pas à Jessica Rabbit.

— En parlant d'alibis... commença Devlin. Mon sergent a enfin réussi à mettre la main sur Ethel Webb et elle confirme avoir vu Fletcher sortir de chez lui à 8 h 45, c'est-à-dire après le meurtre. Il est donc hors de cause.

— Ohhh... il sera tellement heureux d'entendre ça, dis-je en souriant. Je lui dirai demain matin à la première heure. C'était vraiment pesant pour lui, tu sais, surtout avec la disparition de son chat.

Devlin haussa un sourcil.

— Son chat ?

— Ne te moque pas, m'empressai-je de dire. Son chat est très important pour lui. Fletcher est très réservé et il... il a du mal avec les gens.

— Je ne me moque pas, assura Devlin. En fait, j'ai déjà vu dans certaines affaires des gens qui étaient plus bouleversés de perdre leur animal de compagnie que leur conjoint. Et j'ai rencontré beaucoup de gens qui préfèrent la compagnie des animaux à celle des humains. Mais je dois dire que j'ai toujours préféré les chiens.

— Oui, moi aussi, admis-je. En fait, jusqu'à ce que je rencontre Muesli, je n'aurais jamais pensé aimer les chats... mais... eh bien, elle a su se frayer un chemin jusque dans mon cœur, dis-je en riant. Elle est sournoise, exaspérante, effrontée et contrariante... Elle me rend folle... mais je ne peux pas m'empêcher de l'aimer.

— Ça me rappelle quelqu'un.

Je levai la tête vers lui, mais il détourna les yeux et inspecta la pièce, observant les autres clients.

— Alors… vous pensez toujours que Mike Bailey est le coupable ? demandai-je après une pause gênante. Ça semble d'une simplicité grossière que Washington ait été tué à la suite d'une bagarre d'ivrognes. Ça devrait être plus compliqué que cela !

— La vie réelle *est* souvent d'une simplicité grossière, dit Devlin. C'est seulement dans les livres et les films qu'ils rendent ça si romantique et compliqué.

Chapitre 16

J'arrivai au salon de thé tôt le lendemain matin. Fletcher était déjà là, en train de préparer des *Chelsea buns* – des roulés à la cannelle. Je le rejoignis et nous travaillâmes ensemble dans un silence complice. La pâtisserie n'était certainement pas un talent inné pour moi, mais Fletcher était un excellent professeur – patient, n'ayant aucun problème à se répéter, fournissant des explications simples – et depuis que j'avais commencé à travailler avec lui, je commençais à gagner en confiance (et à préparer des plats à peu près comestibles) grâce à ses conseils.

Tandis que je pétrissais la pâte collante, puis l'étalais et la saupoudrais de cannelle, de raisins secs, de groseilles et de sucre muscovado avant de l'enrouler en un serpentin serré, je réfléchissais à ce mystère. C'était en partie pour occuper mes pensées, sans quoi j'aurais constamment repensé à la nuit précédente et au verre que j'avais pris avec Devlin au King's Arms – me rappelant sa moindre expression, ses moindres gestes, les nuances de sa voix…

Je tentai de chasser ces souvenirs en me concentrant sur l'affaire. Mike Bailey. Justine Washington.

Geoffrey Hughes. Chacun d'entre eux avait un mobile ou avait eu l'opportunité de tuer Washington.

Mike Bailey était le suspect évident, avec ses antécédents de comportement violent et son agression de la victime la veille. Et il n'avait pas d'alibi pour le matin du meurtre. Et pourtant, il me semblait être le coupable le moins probable. Cela paraissait trop évident – et ne collait pas avec certains éléments, comme le lien énigmatique entre Washington et l'université d'Oxford. Se pouvait-il que la solution soit aussi simple ? Je me souvins du commentaire de Devlin sur le fait que la plupart des crimes étaient d'une simplicité grossière, et n'avaient rien à voir avec les mystères alambiqués que l'on trouvait dans les livres et les films. Les gens s'entretuaient tout le temps pour les raisons les plus triviales. Peut-être refusais-je de l'admettre simplement parce que je préférais l'idée romantique d'un meurtre mystérieux, motivé par des secrets enfouis dans le passé.

Et Justine Washington ? Elle *avait* un alibi, mais elle avait aussi une très bonne raison de vouloir la mort de Washington. Sa demande de divorce aurait mis un terme aux versements réguliers qu'elle recevait de sa part et aurait fait voler en éclats sa petite vie paisible. Au lieu de cela, elle était désormais une femme très riche, seule bénéficiaire de l'ensemble de sa fortune. Oui, le meurtre de Washington avait rapporté gros à Justine. Devlin était fermement convaincu de l'innocence de la belle Américaine, mais pouvait-on se fier à son instinct concernant Justine ?

Et le professeur Geoffrey Hughes ? Je devais admettre qu'il ne m'avait pas fait bonne impression. Ses lèvres pincées, ses petits yeux froids derrière ses lunettes à monture métallique… oui, j'imaginais bien Hughes commettre un meurtre. Et son lien avec l'ancien collège de la victime semblait éclaircir le mystère. À première vue, il ne semblait pas avoir de mobile sérieux pour vouloir la mort de Washington, mais qui savait ce qu'il cachait encore ? J'étais certaine que Hughes n'avait pas tout dit à Devlin à propos de cette « nouvelle entreprise » dans laquelle Washington avait essayé de le faire investir. Le meurtre devait être lié d'une manière ou d'une autre à cette entreprise – et à l'université. C'était trop gros que Washington se rende à Oxford – furtivement – pour parler à Hughes et qu'il soit ensuite tué par un ivrogne rencontré dans un pub…

Mais Hughes avait un alibi, me rappelai-je. Devlin avait demandé à son sergent de le vérifier la veille, et un étudiant – quel était son nom déjà ? Ah oui, Tom Rawlings avait confirmé que Hughes était dans son bureau au moment du meurtre. Le sergent avait également appelé Devlin au moment où nous quittions le King's Arms la veille au soir, confirmant l'histoire de l'allergie de Hughes aux animaux de compagnie : les voisins avaient en effet emmené leur nouveau labrador pour le montrer à Hughes le dimanche et la pharmacie avait confirmé que le professeur de pharmacologie avait une ordonnance pour un antihistaminique puissant. Il semblait donc que, jusqu'à présent, tout ce que Hughes avait dit à la police était vrai.

Mais je ne pouvais toujours pas me résoudre à lui faire confiance. Il cachait quelque chose – ou mentait au sujet de quelque chose… J'arrêtai soudain ce que je faisais.

Et si son alibi était faux, d'une manière ou d'une autre ? Après tout, il avait menti sur sa rencontre avec Washington le samedi – il aurait également pu mentir au sujet de son alibi. En éliminant l'hypothèse qu'il avait un alibi solide pour le meurtre, alors tous les autres faits semblaient s'imbriquer.

J'étais encore en train d'y réfléchir lorsque Cassie arriva quelques minutes plus tard pour préparer l'ouverture. Je m'attendais à retrouver le même afflux de clients que la veille, et je fus interloquée de constater qu'à 10 heures, nous n'avions eu que deux clients – l'un ayant seulement commandé un café à emporter.

— C'est un peu calme aujourd'hui, non ? fit remarquer Cassie, perchée sur un tabouret derrière le comptoir, dessinant quelque chose sur son carnet.

Je regardai la pile de croquis achevés à côté d'elle, qui montrait à quel point l'affluence était faible.

— C'est l'euphémisme de l'année, soupirai-je.

Je fronçai les sourcils et regardai par les fenêtres du salon de thé.

— Je ne comprends pas. Hier, c'était de la folie, et je pensais que cette curiosité malsaine aurait mis quelques jours à se dissiper…

À l'heure du déjeuner, je commençais à être vraiment inquiète. Je jetai un coup d'œil à l'horloge : 13 h 15 représentait généralement le coup de feu du déjeuner. J'observai la salle. Une seule table était occupée. Nous avions eu des jours sans, bien entendu, depuis l'ouverture, et j'avais appris à faire face aux hauts et aux bas de la gestion d'un tel commerce. Mais nous n'avions jamais rien connu de tel. Le salon de thé était véritablement désert.

Alors que je me tenais derrière le comptoir, fixant la pièce vide devant moi en essayant de ne pas m'inquiéter, Cassie passa en trombe la porte d'entrée, le visage rouge de colère. Elle était descendue au bureau de poste pour acheter des timbres et je vis qu'elle brandissait un tabloïd dans son poing serré.

— Quelle bande d'abrutis finis ! gronda-t-elle. Je vais tuer celui qui a écrit ça !

— Quoi, Cassie ? Qu'est-ce qu'il y a ? m'écriai-je, alarmée.

Elle jeta le journal sur le comptoir devant moi.

— Regarde ! Voilà pourquoi on n'a aucun client aujourd'hui.

Je baissai la tête et réprimai un mouvement d'horreur. En première page du journal, il y avait une photo de mon salon de thé accompagnée d'un gros titre affreux :

SCONES MORTELS DANS
UN SALON DE THÉ DES COTSWOLDS !

Mes yeux parcoururent la page. Je ne voulais pas lire ce qui était écrit, mais j'étais incapable de m'arrêter.

La mort a frappé un village pittoresque des Cotswolds le week-end dernier lorsqu'un touriste américain a été retrouvé assassiné au Little Stables Tearoom. Plus choquant encore, on a découvert que la victime s'était étouffée avec les scones du salon de thé.

« J'ai mangé là-bas plusieurs fois – j'étais loin de me douter que leurs scones étaient si dangereux », nous a indiqué un client.

« La propriétaire est nouvelle dans le village et j'ai entendu dire qu'elle revenait de l'étranger. Avec plein d'idées saugrenues. On se demande ce qu'elle met dans la nourriture », nous a confié un autre habitant du village, qui affirme avoir souffert de ballonnements après avoir mangé au salon de thé.

D'autres sources ont rapporté avoir été témoins d'une altercation entre la victime et l'une des serveuses.

« Je l'ai entendue le menacer, nous a rapporté un client. Elle était vraiment en colère et a dit qu'elle allait l'étouffer, devant tout le salon de thé ! »

Il règne aujourd'hui à Meadowford-on-Smythe une atmosphère de peur et d'incertitude et beaucoup craignent de retourner au salon de thé.

« Je ne veux pas être la prochaine victime, déclare un habitant du quartier. Cet endroit est trop dangereux ! Ils pourraient bien empoisonner votre nourriture si votre tête ne leur revient pas ! »

La police poursuit l'enquête et fait appel à toute personne qui pourrait avoir des informations sur la victime, un touriste américain nommé Brad Washington (photo en encart).

— C'est un ramassis de bêtises ! fulmina Cassie. Ils racontent vraiment n'importe quoi ! Je n'ai jamais menacé d'étouffer quelqu'un !

Je me rappelai quelque chose et la regardai avec consternation.

— Cass… Je crois que c'est quand tu as dit que tu espérais qu'il s'étouffe avec ses scones. Tout le salon de thé a entendu, tu te souviens ?

— Hein ? (Cassie sembla confuse pendant un moment, puis elle comprit.) Mais ils ont sorti mes mots de leur contexte ! C'est juste quelque chose qu'on dit quand on est contrarié – et j'avais une bonne raison de l'être ; ce sale type venait de me mettre la main aux fesses !

— Je sais bien… répondis-je. Mais ces journaux adorent sortir les choses de leur contexte. Sinon, ils n'auraient rien à publier.

Je fermai les yeux et me massai les tempes.

— J'ai vu un groupe de personnes interrogées devant le salon hier et je me suis demandé ce qu'elles pouvaient bien dire…

— Oh mon Dieu, Gemma, je suis désolée, gémit Cassie. Je n'aurais jamais pensé que mes paroles seraient interprétées comme ça…

— Ce n'est pas ta faute, m'empressai-je de la rassurer. Ils auraient déterré autre chose dans tous les cas.

— Oui, qu'est-ce que c'est que cette histoire de poison ? dit Cassie en regardant l'article avec dégoût. Ça, c'est totalement inventé ! Pas étonnant que les gens aient peur de venir ! Tu devrais poursuivre le journal pour diffamation !

Je laissai échapper un soupir.

— Le problème, c'est que je suis sûre qu'ils ont l'habitude. Ils savent comment éviter les poursuites judiciaires avec leurs articles. Regarde toutes ces phrases : « Des sources rapportent que… » et « un client prétend que… » – je suis sûre qu'on n'obtiendrait jamais quoi que ce soit devant un tribunal.

— Foutus menteurs, marmonna Cassie en jetant le journal à la poubelle.

— Ça finira bien par passer, dis-je avec une fausse gaieté. Peut-être que les gens réaliseront que ce n'est qu'un ramassis de bêtises de tabloïds sensationnalistes.

Je ne voulais pas laisser paraître à quel point j'étais inquiète. Mon petit salon de thé commençait à peine à marcher. Il n'était pas suffisamment établi pour résister à ce genre de mauvaise presse, et je n'avais pas non plus le capital nécessaire pour supporter des pertes continues. Une semaine sans clients suffirait à m'obliger à fermer. Mon cœur se serra dans ma poitrine en pensant à toutes les économies que j'avais investies dans cet endroit, sans parler de tous mes espoirs et mes rêves…

Il faut qu'ils trouvent le véritable meurtrier, pensai-je. Cela mettrait fin à toutes les spéculations sur mon salon de thé et ses produits. Cela m'aurait arrangée que la police publie davantage de communiqués, pour donner aux tabloïds autre chose à quoi s'accrocher, mais Devlin ne souhaitait pas encore abattre ses cartes. Jusqu'à présent, la position officielle du CID de l'Oxfordshire était que l'enquête « suivait son cours ».

Ça me fait une belle jambe, pensai-je en regardant à nouveau la salle vide. Ils devaient avancer sur l'affaire, résoudre le mystère de la mort de Washington et trouver le véritable coupable.

Je pris le temps de la réflexion. En fait…

Ce n'étaient pas *eux* qui devaient avancer sur l'affaire et résoudre le mystère.

C'était *moi*.

Il fallait que *je* trouve le meurtrier. Je ne pouvais pas me contenter d'attendre que la police – Devlin et son sergent peu futé – établisse les connexions et résolve l'affaire. Mon activité pourrait avoir périclité d'ici là.

Non, il fallait que je trouve par moi-même. Je n'avais jamais été le genre de personne à rester assise et à attendre que les autres règlent mes problèmes. Et cette fois, je savais que je pouvais faire la différence. Comme l'avait dit Mabel Cooke, j'étais sur le terrain, j'étais du coin, j'avais un pied dans le monde de l'université d'Oxford, et je pouvais découvrir des choses auxquelles la police n'avait pas accès… Mon passage à la *High Table* de *Gloucester College*, par exemple, m'avait fourni des renseignements précieux auxquels la police n'aurait jamais eu accès…

Mon téléphone sonna, me tirant de mes pensées. Je fouillai dans ma poche et je jetai un coup d'œil à l'écran avant de répondre. C'était ma mère.

— Ma chérie ! roucoula-t-elle. Je suis à Debenhams avec Helen Green et nous essayons de nous rappeler le nom de l'actrice qui jouait l'ex-femme dans le film *La Dame du vendredi…*

— Et… ? demandai-je, perplexe. Je ne comprends pas ce que ça a à voir avec Debenhams ? *Ou moi ?*

— Oh, nous sommes dans le rayon des ustensiles de cuisine et je trouve que la vendeuse lui ressemble. Mais je ne me souviens pas de son nom.

J'éloignai le téléphone de mon oreille et je le fixai pour m'assurer que je ne rêvais pas. Je ne comprenais toujours pas pourquoi ma mère m'appelait. Je remis le téléphone à mon oreille.

— Je suis désolée, mère. Je ne sais pas non plus qui c'est. Hum… est-ce que tu as ton iPad avec toi ? Tu pourrais chercher en ligne ? Je suis sûre que si tu cherches le film sur Internet, tu trouveras.

— Oh, mais c'est exactement pour cela que je t'appelais, ma chérie ! Tu ne te souviendrais pas de mon mot de passe Apple ID, par hasard ? Je pensais que c'était « gemmarose », mais cela ne fonctionne pas.

— *Mère*, dis-je en essayant de ne pas hausser le ton. Je te l'ai déjà dit un million de fois. *Tu dois mettre en majuscule la première lettre du mot de passe*. Est-ce que tu l'as fait ? Si tu n'as pas mis de « G » majuscule, ça ne peut pas marcher.

— Oh...

Il y eut un bruissement et ma mère chuchota d'un ton autoritaire :

— *Ce n'est pas comme ça qu'on tape, Helen ! Il faut garder les doigts bien droits.*

Puis elle revint au bout du fil.

— Oh, cela a fonctionné, ma chérie ! C'est merveilleux ! Bien, nous devons nous dépêcher. Ils viennent de sortir le nouveau mixer Breville et il faut que je sois bien placée dans la file d'attente. À bientôt !

J'ôtai le téléphone de mon oreille et le fixai à nouveau, comme si je venais de vivre une expérience extracorporelle. Cassie souriait à côté de moi. Au moins, le coup de téléphone de ma mère l'avait mise de meilleure humeur.

— Tu devrais peut-être le lui faire tatouer ou quelque chose comme ça, suggéra-t-elle en riant. Ou alors, il te faudrait trouver un jingle – ou peut-être une citation célèbre ou quelque chose comme ça – tu sais, un moyen mnémotechnique qui l'aiderait à se souvenir.

— Oh, elle trouverait le moyen de m'appeler tout le temps pour me demander quelle était la citation…

Je m'interrompis soudain en pensant à quelque chose.

— Quoi ? demanda Cassie en me regardant.

Je me redressai. Une idée folle m'était venue.

— Cassie, je peux te laisser t'occuper du salon ? Je dois retourner à Oxford.

— Eh bien, je ne risque pas d'être débordée, je pense, fit Cassie en jetant un regard sombre à la salle vide.

Puis elle me regarda d'un air curieux.

— Qu'est-ce que tu vas faire ?

— Je te le dirai en revenant. C'est juste une idée… ce n'est pas sûr que ça donne quoi que ce soit.

Je quittai Cassie, qui commençait un nouveau croquis, et je sortis ma bicyclette de la cour. Mais avant de monter en selle, je sortis mon téléphone et j'appelai Seth. Il décrocha à la première sonnerie.

— Dis-moi, Seth, est-ce que tu connais les étudiants que le professeur Hughes a en *tutorials* en ce moment ?

— Tu veux dire les « première année » ? Oui, je crois que je les connais… Pourquoi ?

— Apparemment, l'un d'entre eux a confirmé l'alibi de Hughes pour dimanche matin. Il s'appelle Tom Rawlings. J'aimerais lui poser quelques questions. Tu saurais où je peux le trouver ?

— Hmm… tu peux essayer la bibliothèque du collège. Je crois qu'il y passe généralement ses après-midi. Il étudie quelques heures avant de partir à la rivière à 17 heures. Tom est dans l'équipe d'aviron du collège, expliqua Seth. Si tu vas la bibliothèque, tu ne pourras pas le rater. C'est un grand gaillard, avec des cheveux roux et des taches de rousseur.

— Super, merci !

Je trouvai Tom exactement là où Seth l'avait dit, assis dans un coin tranquille de la bibliothèque de *Gloucester College*, penché sur un énorme manuel de biochimie. J'approchai de lui et chuchotai :

— Tom Rawlings ?

Il leva les yeux, surpris.

— Oui ?

Je m'assis à côté de lui et m'adressai à lui d'un ton aussi autoritaire que possible.

— J'ai cru comprendre que vous aviez fait une déposition confirmant l'alibi du professeur Hughes pour dimanche matin ? J'aimerais juste vérifier quelques éléments.

Je retins mon souffle, espérant que le bluff fonctionnerait. Je comptais sur le fait que les inspecteurs du CID ne portaient pas d'uniforme et que, si je paraissais assez naturelle et sûre de moi, il pourrait simplement supposer que je travaillais avec Devlin. Bien sûr, s'il demandait à voir mon mandat, ma stratégie tomberait à l'eau, mais j'espérais qu'il serait tout aussi naïf et confiant que moi quand j'étais en première année.

Mon bluff fonctionna. Il hocha la tête d'un air affable.

— En effet. Ils voulaient savoir si le professeur était dans son bureau comme il l'affirmait.

— Et il y était ?

Tom acquiesça à nouveau.

— Oui, je suis allé le voir pour lui poser une question sur mon essai pour ce vendredi. J'allais frapper à la porte, mais je l'ai entendu à l'intérieur, parler au téléphone.

— Savez-vous avec qui ?

— Aucune idée. On aurait dit qu'ils avaient une sorte de débat.

— À propos de quoi ?

Il haussa les épaules.

— Je ne sais pas trop. Il disait simplement qu'il n'y avait pas d'absolu. C'est l'une de ses bêtes noires : les gens pensent toujours qu'il y a une seule façon « correcte » de faire les choses, mais il a toujours insisté sur le fait qu'il n'y en a pas, qu'il y a une multitude de façons différentes d'aborder un problème.

— Vous rappelez-vous ses mots exacts ?

Il me regarda, surpris.

— Je ne sais pas trop. C'est important ?

— Ça pourrait l'être, dis-je prudemment. Est-ce que vous pourriez essayer de vous en souvenir ?

— Eh bien... (Il fronça les sourcils en se concentrant.) Je pense qu'il disait qu'il avait son chemin et que l'autre personne avait le sien et qu'aucun des deux n'était correct... ou quelque chose comme ça...

Je citai lentement :

— « "Or ceci est – mon chemin –, où est donc le vôtre ?" Voilà ce que je répondais à ceux qui me demandaient "le chemin". Le chemin, en effet – il n'existe pas ! » C'est ce que vous avez entendu ?

Il resta bouche bée.

— Oui ! Oui... c'est exactement ce que j'ai entendu ! Comment l'avez-vous su ?

— Je... euh... je suppose que je suis habituée à la façon de parler du professeur Hughes, répondis-je maladroitement.

Heureusement, il ne me posa pas d'autres questions, et, après l'avoir remercié, je quittai la bibliothèque, mes pensées s'agitant en tous sens. Si je connaissais les mots exacts que Tom avait entendus, c'était parce qu'il s'agissait d'une citation de Friedrich Nietzsche. Je compris alors comment Hughes pouvait avoir un alibi béton, sans même s'être trouvé dans son bureau à ce moment-là. Je sortis mon téléphone et composai un numéro, puis demandai à être mise en relation avec le bureau du professeur Hughes. J'écoutai un moment, puis je raccrochai et souris.

Les pièces du puzzle commençaient enfin à s'assembler.

Chapitre 17

Je traversai à pas lents les cloîtres en direction de la cour principale, réfléchissant intensément à ce que je devais faire. La logique aurait voulu que j'appelle Devlin pour l'informer de ma découverte. Il voudrait forcément enquêter davantage sur Hughes. *Et il devrait réprimander sévèrement son sergent pour ne pas avoir mieux vérifié l'alibi*, pensai-je avec ironie. Cette nouvelle révélation changeait totalement la donne, notamment concernant l'importance de Hughes dans l'enquête.

Je me figeai soudain en voyant une grande silhouette chauve sortir de la *Porter's* Lodge et se diriger vers l'escalier de la tour nord-ouest. *Geoffrey Hughes !*

J'hésitai une seconde, puis je me lançai à sa poursuite. Je le rattrapai au moment où il montait la première volée de marches. Il avait un tas d'enveloppes à la main et venait manifestement de récupérer son courrier dans la *Porter's* Lodge.

— Professeur Hughes… !

Il se retourna. Je vis à ses yeux qu'il me reconnaissait.

— Oh… Miss Rose, c'est bien ça ? Nous nous sommes rencontrés à la *High Table* l'autre soir.

Je hochai la tête tout en gravissant les quelques marches me séparant de lui.

— Pourrais-je vous dire un mot ? En privé ?

Il me fixa un moment comme s'il allait refuser, puis il hocha la tête et me montra le chemin jusqu'à son bureau. Je n'avais pas pensé à ce que j'allais dire à Hughes. J'avais agi sur un coup de tête je n'avais pas réellement de plan. En entrant dans son bureau, je décidai que le meilleur plan d'action était l'attaque. Immédiate. Avant qu'il n'ait eu l'occasion de se mettre sur la défensive. Ainsi, dès qu'il ferma la porte, avant même qu'il ne puisse traverser la pièce et mettre entre nous la barrière de son grand bureau en acajou, j'allai droit au but :

— Vous m'avez menti l'autre soir à la *High Table*, Professeur Hughes.

Il parut abasourdi.

— Comment ça ?

— Vous m'avez dit que vous ne connaissiez pas Brad Washington alors qu'en fait, vous le connaissiez très bien. C'était un ami et camarade de classe d'Oxford, n'est-ce pas ?

Son visage était impassible.

— Oui, je l'ai dit à la police. Washington et moi avons étudié ici ensemble, nous faisions un doctorat en pharmacologie.

— Et vous l'avez revu samedi après-midi, la veille de son assassinat.

Il fit un signe de tête réticent.

— Alors, pourquoi avoir menti ?

Il me regarda du bout de son long nez étroit.

— Ce ne sont pas vos affaires, mais j'ai juste pensé que ce serait plus facile.

— Plus facile ?

Il eut un mouvement d'humeur.

— Oui, j'ai entendu parler du meurtre à la télévision et je savais que les choses allaient probablement devenir… « compliquées » avec la police. Je ne tenais pas à être impliqué dans une enquête pour meurtre et je ne voulais certainement pas que le reste des enseignants fasse des commérages sur moi. J'ai donc pensé qu'il était plus facile de prétendre que je ne le connaissais pas. Après tout, comme je l'ai dit à l'inspecteur O'Connor, ma rencontre avec Washington n'avait de toute façon aucun rapport avec le meurtre.

Je fis un pas en avant.

— Mais ce n'est pas la seule chose sur laquelle vous avez menti.

Il me passa devant et se dirigea vers son bureau, le mettant entre nous.

— Je ne sais pas de quoi vous parlez, jeune fille.

— Je parle de votre alibi pour dimanche matin. Vous avez dit que vous étiez ici au collège, dans cette pièce, à corriger des essais…

Il déposa les enveloppes sur son bureau, puis déplaça des papiers de manière ostentatoire, ses longs doigts parcourant les pages.

— En effet, c'est ce que je faisais. Écoutez, j'ai déjà dit tout ce que je savais hier au sergent et ensuite à l'inspecteur O'Connor dans la soirée. Je ne sais vraiment pas pourquoi vous remuez encore tout ça.

— Parce que vous n'avez pas dit la vérité à l'inspecteur O'Connor, répondis-je. Vous n'étiez pas au collège dimanche matin. Votre alibi est faux.

Il leva les yeux avec colère.

— Je vous arrête tout de suite, Miss Rose ! Pour qui vous prenez-vous, à venir ici et à proférer de telles accusations à mon égard ? J'ai un alibi parfaitement valable que le sergent a déjà vérifié. Un de mes étudiants s'est porté garant de ma présence dans cette pièce.

— Je sais. Je viens de lui parler.

Il me regarda avec méfiance.

— Vraiment ?

— Oui, et il m'a dit quelque chose de très intéressant. Vous voyez, contrairement au sergent, j'ai demandé à Tom Rawlings de me décrire en détail ce qu'il avait entendu. Il a dit que vous étiez au téléphone, en train de vous disputer avec quelqu'un, et que vous aviez un débat sur votre sujet favori : l'ambiguïté du bien et du mal absolus. Seulement… (Je m'avançai pour me pencher sur le bureau.) Ce qu'il a entendu n'était pas *vous*, professeur. Ce qu'il a entendu, c'était votre *répondeur.*

— Mon quoi ?

J'acquiesçai.

— J'ai reconnu les mots que Tom vous a entendus prononcer. C'est une citation de Nietzsche. Et je me suis souvenue de ce que les autres enseignants avaient dit à votre sujet à la *High Table* : que vous étiez obsédé par Nietzsche et ses enseignements. En fait, je me souviens que l'un d'eux s'est moqué de vous et a dit que vous aviez même des citations de Nietzsche sur votre répondeur.

Hughes ne répondit rien, mais blêmit.

— « “Or ceci est – mon chemin –, où est donc le vôtre ?” Voilà ce que je répondais à ceux qui me demandaient “le chemin”. Le chemin, en effet – il n’existe pas ! », citai-je. C’est le message de votre répondeur, n’est-ce pas ?

Je regardai le répondeur à côté du téléphone sur le coin de son bureau et je vis ses yeux se diriger dans la même direction.

— Quand la police vous a demandé votre alibi, vous avez menti en disant que vous étiez présent au collège. C’est par pure chance que Tom s’est présenté devant votre porte juste au moment où quelqu’un vous a appelé et où votre répondeur s’est enclenché. C’est le genre de coïncidences heureuses qui vous permettent de vous tirer d’affaire. Et quand vous l’avez appris, vous avez dû être ravi. Tout ce que vous aviez à faire, c’était de vous taire et de laisser tout le monde supposer que le récit de Tom vrai.

— Je ne sais pas de quoi vous parlez, fulmina-t-il. Tout cela est absurde ! C’est une invention totale ! Vous ne pouvez rien prouver !

Ses yeux glissèrent de nouveau vers le répondeur sur le coin de son bureau et je savais ce qu’il pensait.

— Oh, non, n’espérez pas effacer le message dès que je serai partie, dis-je. J’ai téléphoné au collège et j’ai demandé à être mise en relation avec votre bureau, juste avant de vous voir. J’ai enregistré le message – avec votre voix – et je suis certaine que si on interrogeait à nouveau Tom Rawlings, il confirmerait que c’est exactement ce qu’il a entendu. Tout est ici – enregistré dans mon téléphone, dis-je en montrant mon portable. Et je serais ravie de le remettre à la police.

Hughes parut sur le point de rétorquer quelque chose, puis il sembla se dégonfler comme un ballon, juste devant mes yeux.

— Que voulez-vous ? demanda-t-il faiblement.

— Je veux connaître la vérité. Où étiez-vous dimanche matin ? Pourquoi avez-vous menti sur votre alibi ?

Il s'enfonça dans son fauteuil, la mine défaite.

— Très bien. Je n'étais pas à l'université ce matin-là. J'étais à Meadowford-on-Smythe.

Il grimaça en voyant mon expression.

— Oui, je suis venu à votre salon de thé. J'étais censé y retrouver Brad. Nous nous sommes vus samedi après-midi, comme je l'ai dit à la police, et Brad voulait qu'on se revoie pour… discuter davantage. Il a suggéré votre salon de thé parce qu'il avait apprécié votre cuisine et qu'il était proche de son hôtel. Ça me convenait aussi, car je ne voulais pas vraiment être vu avec lui dans un café d'Oxford. Nous devions nous retrouver à 8 h 15 et je suis arrivé avec environ dix minutes de retard. Quand je suis entré dans la cour, il était déjà mort.

Il secoua la tête.

— J'ai paniqué. C'était un tel choc de le voir comme ça. Puis j'ai vu ce dossier sur la table. Je… je pense que je n'avais pas les idées très claires. Je ne voulais simplement pas être lié à lui de quelque façon que ce soit. Alors j'ai pris le dossier et je me suis enfui.

Il haussa les épaules.

— C'est tout.

— Mais si c'est tout, pourquoi ne pas l'avoir dit à la police ?

— Vous plaisantez ? Ils ne m'auraient jamais cru ! Je ne voulais pas être impliqué dans une enquête pour meurtre ! Je savais que ce n'était pas moi qui l'avais tué – il était déjà mort quand je suis arrivé – donc que je n'avais rien à voir avec ça. Je me suis dit que le plus simple serait de récupérer le dossier et de faire comme si cette réunion n'avait jamais existé.

— Mais... ça n'a pas de sens, dis-je. Si vous ne l'avez pas tué, pourquoi avoir peur que la police sache que vous étiez censé le retrouver ?

Il émit un petit bruit agacé.

— Oh, pour l'amour de Dieu, vous n'avez jamais regardé ces drames policiers à la télévision ? Je devais le retrouver pile à l'heure où il a été assassiné, ce qui aurait déjà fait de moi le suspect principal, sans parler du fait que j'ai découvert son corps ! C'était plus simple si... j'« effaçais » toute trace de ma présence. Si la police avait su que je devais retrouver Brad, cela n'aurait fait que les embrouiller et leur faire prendre la mauvaise direction. Ils auraient perdu beaucoup de temps à enquêter sur moi au lieu de chercher le véritable coupable.

Je fronçai les sourcils. D'une certaine manière, ce qu'il disait avait du sens, même si je n'arrivais pas à effacer le sentiment que je passais à côté de quelque chose.

Hughes passa une main sur son visage d'un air las.

— Pour être honnête, j'ai paniqué. On ne se comporte pas vraiment de manière rationnelle lorsqu'on panique, pas vrai ? Ce n'est pas tous les jours qu'on tombe sur un cadavre. On réagit sans réfléchir. J'avais déjà fait la moitié du trajet retour avec le dossier quand j'ai réalisé ce que j'avais fait.

— Et qu'avez-vous fait du dossier ?

Il me regarda sans ciller.

— Je l'ai brûlé.

Il avait réponse à tout. Je devais bien le lui accorder. Quelque chose dans son récit sans accrocs me dérangeait, mais je ne pouvais rien faire de plus à ce sujet. Son histoire était plausible.

— Vous allez le dire à la police ? demandai-je.

— Je n'ai plus vraiment le choix maintenant, n'est-ce pas ?

Il me lança un regard irrité.

— Très bien, je vais appeler l'inspecteur O'Connor tout à l'heure et lui dire la vérité sur mon alibi. Maintenant, si vous voulez bien m'excuser... Je suis un homme très occupé...

Avant que je ne puisse trouver autre chose à dire, il me fit sortir de son bureau et me claqua la porte au nez. Je restai un moment face à la porte fermée, puis lentement, je descendis l'escalier en bois et je sortis sous le soleil d'automne du quadrangle principal du collège.

Chapitre 18

L'envie que j'avais de parler à Devlin était encore plus forte à présent. Hughes n'avait pas seulement admis avoir fourni un faux alibi, il avait également avoué qu'il se trouvait sur la scène du crime le jour du meurtre ! Cela changeait tout. Malgré ce qu'il en disait, cela faisait de lui un suspect sérieux. En outre, j'avais toujours le sentiment qu'il me cachait quelque chose, qu'il ne m'avait pas dit toute la vérité. Peut-être Devlin aurait-il plus de succès.

Dès que je quittai *Gloucester College*, je sortis mon téléphone pour l'appeler, puis je me souvins que je n'avais pas son numéro. Devlin avait bloqué la présentation du numéro, de sorte qu'il ne s'affichait jamais sur les téléphones. Après un instant d'hésitation, j'appelai la police de l'Oxfordshire, demandant à être mise en relation avec l'inspecteur O'Connor. On m'informa qu'il était absent, car il enquêtait sur le terrain, et on m'invita à communiquer mes informations au standard.

— Mais j'ai vraiment besoin de lui parler. J'ai des informations qui pourraient être utiles pour l'affaire. Ne pouvez-vous pas me donner son numéro de portable ou m'indiquer où je pourrais le trouver ? Je suis à Oxford en ce moment.

— Nous ne pouvons pas donner son numéro à la première venue. Il perdrait trop de temps à répondre aux appels de tout le monde.

— Vous ne comprenez pas, dis-je avec impatience. Je ne suis pas la première venue. Je suis impliquée dans l'affaire sur laquelle il enquête actuellement. Ça concerne le meurtre au Little Stables Tearoom à Meadowford-on-Smythe. Je suis le propriétaire de ce salon de thé.

Il y eut une pause à l'autre bout du fil, puis la femme dit :

— Écoutez, je vais vous mettre en relation avec son sergent.

Un instant plus tard, la voix familière et arrogante du sergent de Devlin se fit entendre. Il ne m'avait pas fait bonne impression quand je l'avais rencontré le week-end précédent, et ses manières ne s'étaient visiblement pas améliorées. Mais il fut pris de court lorsque je lui révélai le trou béant dans l'alibi de Hughes.

— Mer…

Il ravala le juron et marmonna :

— L'inspecteur va me passer un savon.

— Savez-vous où il se trouve ? Je dois lui parler de toute urgence.

— Il interroge quelqu'un au sujet de l'affaire. Mais vous pouvez me parler à moi, dit-il d'un air important.

— Non, je pense qu'il serait préférable que je transmette l'information à l'inspecteur O'Connor en personne, répliquai-je sèchement. Je préfère éviter tout autre cafouillage.

Je le sentis grimacer à l'autre bout du fil.

— Écoutez, si je vous dis où il est, pourriez-vous… euh… lui glisser un mot en ma faveur ? Donner l'impression que ce n'est pas vraiment ma faute si je suis passé à côté du faux alibi... ?

— Très bien, dis-je en souriant.

Il semblait si jeune et anxieux – et je me dis que ce n'était pas vraiment sa faute s'il n'avait pas fait le lien avec Nietzsche.

— L'inspecteur est au Randolph Hotel. Vous devriez pouvoir le trouver au Morse Bar – il a rendez-vous là-bas.

Je le remerciai et raccrochai, puis je m'empressai de descendre Broad Street et de prendre à droite sur Magdalen Street. J'atteignis le Randolph au coin de la rue. Logé dans un bâtiment gothique victorien vieux de 150 ans, le Randolph se targuait d'être le plus grand hôtel de luxe d'Oxford. Ce n'était pas une de ces monstruosités de chaînes cinq étoiles. Non, le Randolph était un boutique hôtel, avec son charme historique et sa grandeur élégante, de somptueux intérieurs en boiseries, des arcs gothiques et un large escalier sculpté, qui dominait la réception. Et le Morse Bar était probablement l'endroit le plus célèbre de l'hôtel.

J'aperçus Devlin dès l'entrée. Il était assis dans un des coins reculés, les jambes croisées. Il avait retiré sa veste de costume et ses yeux bleus étaient plongés dans ceux de la personne assise à côté de lui, son corps sensuellement drapé dans son siège... Justine Washington.

Je m'arrêtai net. Ils ne m'avaient pas encore vue – la disposition du bar était telle que j'étais partiellement cachée par le comptoir. Sans réfléchir, je reculai et me plaquai contre le mur de manière à être complètement masquée à leurs regards. Il y avait une poignée de clients dans le bar – principalement des touristes, à première vue –, mais ils ne me prêtèrent pas vraiment attention. Toute *mon* attention à moi était concentrée sur Devlin et la femme à côté de lui.

Il y avait quelque chose dans l'intimité de la scène qui me serra le cœur. Pendant que je les observais, Justine tendit la main et frôla langoureusement le bras de Devlin du bout des doigts. Elle dit quelque chose, avec ses grands yeux et son beau visage. Je n'entendais pas leur conversation, mais le regard suggestif qu'elle lui lança était sans équivoque.

Je ne pouvais pas voir le visage de Devlin sous cet angle, mais je le vis hocher la tête, puis se pencher vers elle. Je reculai, sentant la nausée me gagner. Un sentiment de trahison s'empara de moi et je tournai les talons, sortant en courant du bar. Je sortis en titubant par l'entrée principale de l'hôtel et récupérai mon vélo.

Je grimpai dessus et quittai Oxford, pédalant à l'aveuglette et parcourant les routes sans vraiment en avoir conscience. Je n'arrêtais pas de revoir Justine Washington tout sourire alors qu'elle tendait la main pour caresser le bras de Devlin, puis sa tête qui s'inclinait vers elle… Certes, je ne l'avais pas vraiment vu l'embrasser, mais je doutais qu'il se soit juste penché vers elle pour lui dire qu'elle avait quelque chose sur le visage.

Je levai le nez de mon guidon et réalisai à ma grande surprise que j'entrais dans la rue principale du village de Meadowford. Je n'avais aucun souvenir de la façon dont j'étais arrivée là. Je descendis de vélo devant le salon de thé et je le traînai dans la cour, l'attachant près de la porte arrière. Puis je pénétrai dans le salon. J'y retrouvai Cassie au comptoir, toujours en train de faire des croquis. La salle était désespérément vide.

Elle me regarda d'un air avide.

— Alors ?

Je désignai la pièce.

— Est-ce qu'on a eu du monde ?

Elle hocha la tête.

— Désolée. Je pense qu'on devrait fermer plus tôt.

Je grimaçai, mais, en regardant à nouveau autour de moi, je me dis qu'elle avait raison. Il y avait peu de chances pour que la situation évolue aussi tard dans la journée et le fait de rester assises là était déprimant.

— En fermant plus tôt, on pourrait aider Fletcher à coller des affiches, ajouta Cassie.

Je lui jetai un regard interrogateur. Elle me montra la feuille sur laquelle elle travaillait et je vis que c'était un croquis de Muesli, assise comme elle le faisait souvent, la queue enroulée autour de ses pattes avant, son petit minois effronté levé, semblant attendre quelque chose. C'était particulièrement ressemblant, surtout pour un croquis fait de mémoire. Je connaissais Cassie depuis toujours ou presque, et pourtant son talent n'avait de cesse de m'impressionner.

— C'est formidable, Cass. Ça lui ressemble comme deux gouttes d'eau.

Elle hocha la tête et ajouta rapidement une bordure au dessin, puis inscrivit en grosses lettres au-dessus : « AVEZ-VOUS VU CE CHAT ? » puis le numéro de téléphone de Fletcher.

— Oui, je me disais qu'en la photocopiant et en collant les affiches dans tout le village et même au-delà, quelqu'un pourrait appeler pour nous donner des informations. Ce serait bien de faire quelque chose. Ça aiderait à remonter un peu le moral de Fletcher.

— Il n'a eu aucun signe d'elle ?

Cassie secoua la tête.

— Il est vraiment bouleversé. Je lui ai dit qu'après avoir collé les affiches, je viendrais l'aider à fouiller les bois près de chez lui.

— Moi aussi.

J'espérais que Muesli allait bien. Pas seulement pour le bien de Fletcher. Je ne voulais pas l'admettre, mais j'aimais beaucoup le petit félin et l'idée que quelque chose ait pu lui arriver me rendait malade. Je soupirai. Cette semaine était un véritable cauchemar. Depuis que Brad Washington avait fait son apparition, cela n'avait été qu'une succession de problèmes.

Cassie me regarda avec curiosité.

— Alors, où es-tu allée ?

Rapidement, je lui racontai ma rencontre avec Tom Rawlings, la citation de Nietzsche sur le répondeur et ma confrontation avec Hughes.

— C'était sacrément intelligent, Gemma, la façon dont tu as percé à jour son faux alibi.

Elle me regardait avec admiration.

Je balayai ses éloges d'un revers de la main.

— Écoute ça : Hughes était en réalité ici dimanche matin pour retrouver Washington, dis-je avec enthousiasme.

— Ici ?

J'acquiesçai.

— Il a trouvé le corps à son arrivée, alors il a paniqué et s'est enfui.

— Waouh.

Cassie prit un moment pour digérer l'information.

— Ça change tout. Tu réalises qu'il pourrait facilement être le tueur ? Il n'avait qu'à mentir et *prétendre* avoir trouvé le corps. C'est le meilleur double bluff du monde. Admettre qu'il était là – ce qu'il ne peut plus cacher –, mais assurer qu'il ne l'a pas fait.

Je fronçai les sourcils.

— Le seul problème, c'est que je ne vois pas pourquoi il aurait voulu tuer Washington.

— Washington et lui étaient amis à Oxford, pas vrai ?

— Oui, ils ont fait leur doctorat en même temps.

— Hum… Quelque chose a pu se passer à l'époque – quelque chose que Washington aurait fait à Hughes, peut-être ? Ce Washington était un sale type, doublé d'une brute. Ça ne m'étonnerait pas qu'il ait essayé de profiter d'un homme plus faible. Peut-être que Hughes lui en a voulu pendant toutes ces années et que dimanche, il a décidé de se venger…

Je secouai la tête impatiemment.

— Mais pourquoi avoir attendu jusqu'à maintenant ? Ça remonte à quinze ans. Si Hughes n'avait pas digéré quelque chose à l'époque, il aurait probablement cherché à se venger bien avant, non ? Pourquoi attendre quinze ans pour l'assassiner ?

— Je suppose que c'est à la police de le découvrir.

Elle me jeta un regard perçant.

— Tu l'as dit à Devlin, je suppose ?

— Je… j'ai laissé un message, répondis-je.

Cassie plissa les yeux. Je tentai de conserver un visage impassible. Ma meilleure amie me connaissait trop bien et la dernière chose dont j'avais besoin était qu'elle commence à poser des questions gênantes sur des choses auxquelles je ne voulais pas réfléchir.

— Qu'est-ce qui s'est passé hier soir avec Devlin ? Tu ne m'as pas raconté.

— Rien du tout, dis-je d'un ton léger.

— Gemma.

Elle me regarda avec une sévérité simulée.

— Tu ne peux pas me duper aussi facilement, tu sais. Tu as bu un verre avec le seul homme que tu aies jamais aimé et tu me dis qu'il ne s'est rien passé ?

— Ce n'est pas le seul homme que j'aie jamais aimé, murmurai-je. Je *suis* sortie avec d'autres gars.

— Comme ce comptable à Sydney ? Ou le gars qui t'a donné des cours de surf ? se moqua-t-elle. Gemma, on parle de Devlin ! Devlin O'Connor ! J'étais là, tu te souviens ? Je sais combien tu l'aimais. Bon sang, tu envisageais même de l'épouser !

— Eh bien, je ne l'ai pas fait, dis-je brusquement en me détournant.

Je repensai à cette scène au Randolph Hotel.

— Et tout ce qu'il y a pu y avoir entre nous, c'est du passé.

Cassie était sur le point de dire autre chose, mais je lui coupai la parole :

— Quoi qu'il en soit, pour revenir à l'affaire – je pense que la clé se trouve dans ce qui s'est passé entre Hughes et Washington il y a quinze ans. Si j'arrivais à en savoir plus à ce sujet, je pourrais peut-être découvrir pourquoi Hughes aurait voulu tuer Washington.

— Tu as essayé l'*Oxford City Library* ?

Je regardai Cassie, perplexe.

— Non, pourquoi ?

— Eh bien… dans les films, les détectives vont toujours dans les bibliothèques chercher des microfiches ou…

— Je pense qu'on ne fait plus de microfiches de nos jours, dis-je en riant. Mais tu sais, ce n'est peut-être pas une mauvaise idée…

Je repensai à l'article du tabloïd au sujet de mon salon de thé. La technologie et les modes avaient peut-être changé, mais les journaux à sensation et la soif de ragots étaient les mêmes quinze ans plus tôt. Je décrochai mon téléphone pour appeler l'*Oxford City Library* et j'eus une bibliothécaire très serviable en ligne. Je lui expliquai que j'étais à la recherche de tout article mentionnant des étudiants de *Gloucester College*, en particulier répondant aux noms de « Brad Washington » ou « Geoffrey Hughes » – ou de toute référence à des troubles ou scandales au sein du collège.

— Je peux faire une demande de recherche dans les archives pour vous, déclara la bibliothécaire. Cela pourrait prendre un certain temps, mais je vous rappelai certainement d'ici demain matin.

— Merci, c'est parfait.

Je lui donnai mes coordonnées, puis je raccrochai. Je n'avais plus qu'à attendre en espérant que mon intuition soit correcte.

Chapitre 19

Je me rendis dans la cuisine pour expliquer à Fletcher que nous allions fermer plus tôt. Je le trouvai en train de nettoyer les plaques du four.

— Hé, Fletcher, comment ça va ? Écoute, on va fermer plus tôt aujourd'hui. Tu veux que je te donne un coup de main ?

Il hocha la tête et nous nous affairâmes dans un silence complice pendant un certain temps. Alors que nous nous tenions près de l'évier, je lui dis :

— J'ai appris que Muesli n'était toujours pas revenue. Je suis désolée.

Il secoua gravement la tête.

— Ça fait quatre jours maintenant.

Je grimaçai. Les chances que le petit chat revienne indemne s'amenuisaient de jour en jour. Mais je ne voulais pas l'inquiéter davantage. Au lieu de cela, je cherchai quelque chose pour le distraire. Ces derniers jours, j'avais l'impression que tout avait uniquement tourné autour du meurtre… puis je me souvins de la réunion du club de lecture chez mes parents et je lui en parlai.

— Tu es déjà allé dans un club de lecture, Fletcher ? demandai-je en terminant.

Il secoua la tête timidement.

— Tu aimerais en rejoindre un ? Ça pourrait être un bon moyen pour toi de rencontrer des gens.

Il haussa les épaules.

— Je ne lis pas beaucoup.

— Eh bien, je ne pense pas que les membres du club de lecture de ma mère lisent beaucoup non plus, dis-je en riant. C'est plus une façon de voir du monde qu'autre chose. Tu sais, un moyen de se faire des amis…

Il ne répondit rien, et j'étais sur le point d'essayer un autre sujet lorsqu'il demanda :

— Qu'est-ce qu'ils lisent en ce moment ?

— Un livre de Jane Austen. Il s'appelle *Persuasion.* Tu en as entendu parler ?

Il secoua la tête.

— J'ai entendu parler d'*Orgueil et Préjugés.*

J'éclatai de rire.

— Oui, tout le monde a entendu parler d'*Orgueil et Préjugés.* C'est le plus célèbre. Mais *Persuasion* est probablement mon roman préféré d'Austen.

— Pourquoi ?

Je regardai par la fenêtre de la cuisine.

— Je suppose… que c'est parce qu'il parle de seconde chance et de renouveau. C'est l'histoire d'une fille qui a abandonné un homme qu'elle aimait quand elle était très jeune parce que sa famille lui a dit qu'il n'était pas fait pour elle, et ils se revoient huit ans plus tard et il a alors beaucoup de succès et est très riche, et elle se rend compte qu'elle n'a jamais cessé de l'aimer…

Je m'interrompis, soudain mal à l'aise en prenant conscience de ce que je disais.

Fletcher me regarda d'un air curieux.

— Est-ce que tu crois aux secondes chances, Gemma ? Tu penses que les gens peuvent recommencer à zéro, même lorsqu'ils ont fait une erreur ?

Je repensai à Justine et aux remarques cyniques qu'elle m'avait faites ce matin-là à la réunion du club de lecture. Étaient-elles basées sur quelque chose en particulier ? Un aspect de son passé ? Ou faisait-elle référence au comportement de Brad Washington ?

Je parvins à m'extirper de mes pensées et souris à Fletcher.

— Oui, je crois qu'ils peuvent. Je pense que si on veut quelque chose suffisamment fort – et qu'on veut vraiment changer – alors oui, on peut recommencer à zéro.

Fletcher m'observa attentivement, et j'eus du mal à ne pas gigoter, tant j'étais mal à l'aise. Parfois, son côté direct rappelait un enfant. Personne n'aimait être percé à jour aussi facilement, mais il n'y avait pas besoin d'être un génie pour comprendre que ce salon de thé et tout ce qu'il représentait étaient ma « seconde chance », l'occasion pour moi de recommencer à zéro.

Lentement, Fletcher sourit et acquiesça.

— Oui, dit-il de façon encourageante. Oui.

Cassie passa la tête par la porte de la cuisine.

— Vous avez bientôt fini ? J'aimerais aller à la poste avant qu'elle ne ferme, pour pouvoir faire des photocopies de l'affiche.

Une demi-heure plus tard, nous nous rendîmes chez Fletcher, après avoir collé plusieurs affiches de Muesli dans tout le village. Nous descendîmes la rangée de maisons mitoyennes impeccables jusqu'au bout de la rue, passant devant Ethel qui taillait les rosiers de son jardin. Elle me fit signe en passant et je lui rendis son salut. Nous suivîmes Fletcher dans son petit cottage entretenu avec un soin manique, et nous empruntâmes la porte de derrière donnant sur le bois imposant qui s'étendait sur un côté de la maison. Il s'étalait sur plusieurs kilomètres et mon cœur se serra à l'idée d'essayer de trouver un petit chat au milieu de cette végétation sauvage.

Néanmoins, nous entreprîmes de chercher méthodiquement, appelant Muesli et fouillant dans les sous-bois. Nous n'étions pas allés très loin, cependant, quand mon téléphone sonna, le son strident vint percer le silence des bois. Je le sortis de ma poche et regardai l'écran. C'était un numéro masqué. Je me rappelai soudain la dernière fois que j'avais reçu un appel similaire – c'était lorsque Devlin m'avait contactée, le lundi précédent. J'hésitai, puis je jetai le téléphone à Cassie.

— Tu pourrais me rendre un service ? Tu veux bien répondre à ma place, et si c'est Devlin, lui dire que je ne suis pas disponible ?

Elle me regarda étrangement, mais répondit docilement au téléphone :

— Allô ? Vous êtes bien sur le téléphone de Gemma.

Elle écouta, me cherchant du regard.

— Oh, salut, Devlin. Non, elle est occupée là. Je peux prendre un message ?

Elle marqua une pause.

— OK, je lui demanderai de t'appeler dès qu'elle sera disponible. À plus.

Elle mit fin à l'appel et me rendit le téléphone.

— Bon, tu vas me dire à quoi tu joues ?

Je tentai de la duper à nouveau, puis je vis son regard et je sus que je ne m'en sortirais pas cette fois-ci. Je jetai un coup d'œil à Fletcher. Il cherchait derrière des buissons à quelques mètres de là et semblait perdu dans son propre monde. Je baissai la voix :

— Je… euh… je n'ai pas envie de parler à Devlin en ce moment.

— Pourquoi ?

— Je l'ai vu plus tôt dans la journée.

Je pris le temps de la réflexion.

— Au Randolph. Au Morse Bar. Avec Justine Washington.

Cassie leva un sourcil.

Je rougis en voyant la façon dont elle me regardait.

— C'est juste que… eh bien, ils n'avaient pas l'air très… euh… professionnels.

Cassie s'étrangla de rire.

— Professionnels ? Pourquoi n'admets-tu pas que tu es jalouse ?

Je lui jetai un regard noir.

— Je ne suis pas jalouse ! Il est libre de faire ce qu'il veut, après tout. Mais tu aurais dû les voir – elle était pratiquement sur ses genoux ! Il était censé l'interroger, mais cela m'a paru beaucoup plus amical qu'un interrogatoire de police.

— Eh bien, c'est peut-être sa méthode, dit Cassie. Il cherchait peut-être juste à l'amadouer ou quelque chose comme ça…

J'émis un bruit grossier. Cassie leva les bras au ciel.

— OK, bon, peu importe… Écoute, je ne sais pas ce qui se passe entre Devlin et toi, mais tu dois lui parler. Tu as des informations importantes sur l'affaire et tu dois les lui transmettre. C'est puéril de refuser de lui parler.

Je détestais l'admettre, mais Cassie avait raison. Pourtant, il me semblait inconcevable de parler à Devlin ce soir-là. De plus, il n'y avait rien de vraiment urgent.

— Je lui parlerai demain matin.

Cassie soupira.

— Très bien.

Nous poursuivîmes nos recherches, mais la lumière baissait rapidement et il fut bientôt difficile de voir quoi que ce soit. Nous fûmes contraints de rebrousser chemin. Doucement, nous invitâmes Fletcher à rentrer chez lui, en lui promettant de revenir chercher avec lui le lendemain. Le téléphone sonna au moment où nous rentrâmes et mon cœur bondit d'espoir. Peut-être était-ce quelqu'un qui avait vu les affiches et qui appelait pour donner des nouvelles de Muesli. Mais Fletcher écouta sans trop parler et raccrocha au bout d'un moment. Il croisa nos regards et secoua la tête, découragé.

— Ce n'est rien, fit Cassie. Je suis toujours convaincue qu'elle va réapparaître, au moment où on s'y attendra le moins, totalement inconsciente de nous avoir causé tant de soucis. C'est typique des chats.

Elle jeta un coup d'œil à sa montre.

— Oups, je ferais mieux d'y aller. J'ai promis à ma mère que je serais là pour un dîner en famille ce soir.

Je me souvins alors que j'avais fait une promesse similaire à ma propre mère. Elle avait insisté pour que je sois à la maison pour le dîner et j'avais promis d'être à l'heure.

Je dis au revoir à Fletcher et Cassie, et je me précipitai vers Oxford, arrivant juste à temps pour trouver ma mère qui mettait la table.

— Gemma, ma chérie, tu ne vas pas dîner habillée comme ça, n'est-ce pas ? demanda-t-elle, me regardant d'un air consterné.

Je jetai un coup d'œil à mon jean et à mon pull décoloré.

— Si… pourquoi ?

— Oh, ma chérie, c'est tellement peu élégant ! Tu as encore le temps. Pourquoi ne pas monter mettre une belle robe ?

Je la regardai, perplexe.

— Maman, je ne me change jamais pour le dîner…

— Ne dis pas n'importe quoi, ma chérie. Tu avais l'habitude de te changer tous les soirs pour dîner quand tu étais au collège.

— Oui, mais c'était différent. J'allais au *Formal Hall* tous les soirs et ça faisait partie de l'étiquette d'Oxford. Mais je ne suis plus au collège.

— Eh bien, tu pourrais *prétendre* que tu l'es, dit vivement ma mère. N'aimerais-tu pas être plus… euh… présentable, pour changer ?

Je la regardai d'un air soudain suspicieux.

— Mère, pourquoi est-il si important que je sois présentable ce soir ? Quelqu'un vient dîner ?

Elle secoua la tête et dit d'un ton léger :

— Oh, ai-je oublié de le mentionner ? J'ai invité Lincoln Green à se joindre à nous.

— *Mère !* dis-je, exaspérée. Je te l'avais *dit* ! Je ne veux pas me retrouver coincée avec Lincoln Green !

— Qui a parlé de te coincer ? Je me suis dit que le pauvre garçon apprécierait certainement de manger de bons petits plats faits maison. Il est tout seul dans cette immense maison et il doit se débrouiller par lui-même en rentrant le soir. Et sa mère est ma plus vieille amie. Il serait impoli de ma part de ne pas l'inviter alors qu'il n'habite qu'au coin de la rue.

Argh ! Pendant un moment, j'envisageai de m'enfuir. J'aurais pu m'éclipser et me retrouver à mi-chemin du centre-ville d'Oxford avant que ma mère ne puisse m'en empêcher. Mais ensuite, qu'aurais-je fait ? Me promener sans but dans les rues de la ville en attendant que Lincoln Green ait terminé de manger et s'en aille ? Il semblait ridicule d'aller rôder de nuit juste pour éviter un homme invité à dîner sous votre toit. De plus, ma mère ne me l'aurait jamais pardonné, et c'était la reine du « passif-agressif ».

Je laissai échapper un soupir. Mieux valait serrer les dents et attendre que la soirée passe. Ce n'était qu'un dîner. De plus, cela ferait plaisir à ma mère. Je ressentis un léger sentiment de culpabilité. J'avais été une fille assez décevante à bien des égards ces derniers temps – qu'est-ce que cela me coûterait de mettre une robe, de m'asseoir à une table et de sourire poliment pendant quelques heures ?

Je poussai un nouveau soupir.

— Très bien.

— Merveilleux ! gazouilla ma mère. Veille à porter du rose, ma chérie, c'est la couleur qui flatte le plus ton teint. Et n'oublie pas de te maquiller et de mettre des bijoux. Il n'y a pas grand-chose à faire avec tes cheveux… fit-elle en regardant avec dégoût ma coupe à la garçonne. Je ne comprends pas pourquoi tu t'obstines à te couper les cheveux alors que tu as de si belles boucles.

J'ébouriffai mes cheveux courts.

— J'aime bien ma coupe. C'est pratique.

Je m'abstins d'ajouter que je trouvais qu'elle me donnait un charme à la Audrey Hepburn.

Ma mère renifla.

— Les hommes n'aiment pas les femmes aux cheveux courts, ma chérie. C'est tellement peu féminin !

— Je ne cherche pas à impressionner un homme, marmonnai-je.

— Tu pourrais peut-être mettre un bandeau, me suggéra soudain ma mère. Comme celui d'Alice au pays des merveilles avec un petit nœud sur le côté.

— Quoi ? m'exclamai-je, horrifiée. Non, non, je ne veux pas…

— Je sais ! Je vais venir t'aider à t'habiller.

— Non, mère, non…

Elle ignora mes protestations et je me retrouvai poussée vers l'étage et ma funeste destinée vestimentaire.

Chapitre 20

La sonnette retentit à 20 heures pile et je descendis à contrecœur. Je faillis crier en me voyant dans le miroir du hall d'entrée. Je ressemblais à un mélange entre un couvre-lit Laura Ashley et un abat-jour vintage. Lincoln Green ne m'intéressait peut-être pas, mais par fierté, je ne voulais tout de même pas le faire fuir.

Lincoln était désormais plus âgé, plus grand et légèrement plus massif que le garçon que j'avais connu. Il avait la même expression sérieuse et la même raie de côté soignée dans ses cheveux bruns. Il était vêtu d'un blazer bleu marine et d'un chino beige de créateur, et avait tout du jeune médecin talentueux lorsqu'il franchit le seuil et remit poliment un énorme bouquet de fleurs à ma mère.

— Oh, comme c'est charmant ! s'exclama-t-elle. Tu es un jeune homme si bien élevé, Lincoln. Tu te souviens de Gemma, n'est-ce pas ?

Elle fit un pas de côté et me poussa en avant.

Lincoln me tendit la main.

— Oui, bien sûr que je m'en souviens. Comment vas-tu, Gemma ? Ravi de te revoir.

— Allons, allons, pas besoin d'être si formel, dit ma mère en adressant à Lincoln un regard malicieux. Vous n'allez pas vous serrer la main ? Ce n'est pas une réunion d'affaires ! Les gens ne s'embrassent-ils pas de nos jours ?

— *Mère !* sifflai-je en coin.

Lincoln fit un pas en avant et m'embrassa sur la joue. Je sentais que j'étais écarlate. J'espérais que Lincoln se rendrait compte que c'était un signe d'humiliation et non de timidité romantique. Heureusement, mon père entra dans le vestibule à ce moment-là et détourna l'attention. Il fut ravi de découvrir que Lincoln était fan de cricket – le cricket étant l'une des rares choses du « monde réel » pouvant extraire mon père de ses manuels – et il monopolisa Lincoln pendant les cinq minutes qui suivirent, discutant du résultat du match test entre l'Angleterre et le Pakistan. Lorsque ma mère parvint à nous faire entrer dans la salle à manger, je fus soulagée de constater que l'atmosphère était devenue légèrement moins gênante.

Nous nous dirigeâmes vers la table à manger, recouverte d'une nappe en lin blanc immaculé, avec encore plus de couverts et de verres à vin que d'habitude. Lincoln tira la chaise de ma mère avec une galanterie à l'ancienne qui la fit rayonner. Elle m'adressa un regard fier, comme quelqu'un qui exhiberait un chiot bien dressé, et je résistai à l'envie de lever les yeux au ciel. Je pris un malin plaisir à gérer la tâche monumentale qui consistait à tirer ma propre chaise et à m'asseoir à table avant que Lincoln n'ait eu le temps de s'approcher de moi, le laissant légèrement perplexe. Ma mère me jeta un regard désapprobateur, mais je fis semblant de ne pas le voir.

— Alors, Lincoln… commença ma mère avec enthousiasme alors que nous entamions l'entrée, du melon miel enroulé dans de fines tranches de *prosciutto*. Comment tes retrouvailles avec Oxford se passent-elles ?

— Très bien, répondit Lincoln. Ça fait du bien d'être de retour et j'aime mon travail.

— As-tu encore des amis ici ? Ne souffres-tu pas trop de la solitude ?

— Non, je vois beaucoup de monde à l'hôpital. Et le comité des loisirs organise des événements pour le personnel médical. Des soirées dans les pubs, des karaokés et ce genre de choses.

— Oh, eh bien, si jamais tu as besoin d'une partenaire pour quoi que ce soit, je suis sûre que Gemma serait ravie de t'aider, dit ma mère avec joie. Elle ne sort pas beaucoup et elle est toujours libre le soir.

Je lui jetai un regard noir. Certes, je n'avais pas une vie sociale très remplie, mais il n'était pas nécessaire de me faire passer pour un paria. En outre, c'était par choix que je restais à la maison. Depuis l'ouverture du salon de thé, j'avais constaté que j'étais généralement trop épuisée en rentrant pour avoir envie de sortir en ville.

— Je me demandais… poursuivit ma mère en jetant un regard timide à Lincoln, si tu allais venir seul ce soir.

Lincoln parut légèrement confus.

— Oui, je suis venu seul.

— Oh… parce que mon invitation mentionnait de venir accompagné, si tu le souhaitais.

Je me tortillai sur mon siège. Lincoln parut encore plus confus.

Ma mère poursuivit allègrement :

— Eh bien, tu es un si beau jeune homme… il serait logique que tu aies quelqu'un dans ta vie. Je me suis dit que tu voudrais peut-être venir accompagné ?

Je grinçai des dents. Elle aurait pu tout aussi bien lui demander :

Lincoln, est-ce que tu te tapes quelqu'un en ce moment, très cher ? Parce que sinon, ma fille est disponible.

Lincoln – tout à son honneur – ne parut pas se démonter.

— Non, je suis tout seul, dit-il en souriant.

— N'y a-t-il que toi dans cette immense maison ? La solitude n'est-elle pas trop pesante ?

— Ça me va. Pour être honnête, je ne suis pas souvent chez moi. Je passe de longues heures à l'hôpital et je suis souvent de garde.

— Oh, bien sûr, ce serait différent si tu avais *quelqu'un* qui t'attendait à la maison, dit ma mère d'un ton appuyé en levant les yeux vers moi.

Je me tortillai, mal à l'aise. J'aurais voulu me transformer en petite souris et disparaître dans un trou. Lincoln eut un rire gêné et découpa ostensiblement son melon, le divisant en petits morceaux avec une précision chirurgicale. Soudain, je ressentis un élan de sympathie pour lui. Pour autant que je sache, sa mère lui avait également demandé de venir dîner chez nous ce soir-là, et il redoutait la soirée autant que moi.

Je voyais désormais Lincoln d'un air un peu plus charitable. Je fus forcée d'admettre qu'il était assez beau. Son nez était droit, sa bouche ferme et ses yeux bruns avaient une touche d'humour. Son visage était affable et agréable. Le genre de visage qu'on aimerait retrouver chez son médecin. Respectable, professionnel, digne de confiance.

Lincoln leva les yeux et tenta désespérément de changer de sujet :

— J'ai été désolé d'entendre que tu avais connu quelques désagréments avec ton salon de thé, Gemma.

C'était typiquement anglais d'utiliser des euphémismes pour tout. Un meurtre brutal se retrouvait réduit à des « désagréments ». Les journaux britanniques avaient dû faire état du naufrage du Titanic comme d'une « excursion regrettable ». J'étais néanmoins reconnaissante de pouvoir échapper aux lourdes allusions de ma mère à nos futures noces et je sautai sur l'occasion qu'il m'offrait :

— Oui, ça a été une sacrée semaine, dis-je avec un sourire ironique. Ce n'est pas tous les jours que vous retrouvez quelqu'un assassiné dans votre salon de thé.

Ma mère poussa un petit cri.

— Gemma, ma chérie ! Est-ce vraiment un sujet à aborder à table ?

— Oh, je suis sûre que Lincoln n'y voit pas d'inconvénient. En tant que médecin, il est certainement habitué à discuter de toutes sortes de sujets scabreux à table, dis-je en lui souriant.

— Il n'y a certainement pas grand-chose qui puisse me dégoûter ou m'offenser, approuva Lincoln en me rendant mon sourire. Et un meurtre mystérieux est toujours fascinant. Est-ce que l'enquête de la police avance ? Ils sont sur le point de mettre la main sur le tueur ?

Je haussai les épaules.

— J'aimerais bien le savoir. Ils ont quelques suspects, mais je ne pense pas qu'ils procèdent à une arrestation de sitôt.

— Il y a eu un article sur le meurtre dans le journal aujourd'hui, déclara Lincoln. Je l'ai lu à l'hôpital ce matin. La victime était un Américain du nom de Brad Washington ?

J'acquiesçai.

— J'ai entendu parler de Washington, dit Lincoln. Il est à la tête d'une société pharmaceutique aux États-Unis. Un type très intelligent. Pas le plus sympathique des hommes, d'après ce que j'ai entendu, mais très rusé, surtout en affaires. Sa société est spécialisée dans les médicaments contre l'arthrite et la lombarthrose. On en a beaucoup parlé dans le milieu médical en début d'année – le nouveau médicament qu'ils sont en train d'élaborer suscite beaucoup d'enthousiasme.

Je le regardai avec intérêt.

— Un nouveau médicament ?

— En fait, il n'est pas vraiment nouveau. C'est un médicament qui existe déjà, appelé Lassitomab, qui sert à soigner l'arthrite. Mais ils ont découvert qu'il pouvait aussi être efficace sur les personnes souffrant d'un syndrome de fatigue chronique, expliqua Lincoln. Il semble soulager les symptômes et permettre aux malades de retourner au travail et de retrouver une vie normale. Cela rappelle un peu un autre médicament, le Rituximab, utilisé dans les traitements contre le cancer et censé présenter des avantages pour les personnes atteintes du SFC – mais le médicament de Washington promet des résultats encore meilleurs. C'est vraiment exaltant.

— Il est déjà sur le marché ?

— Pas pour cet usage spécifique, non. Il a été approuvé pour l'arthrite, mais il n'a pas encore obtenu l'approbation de la FDA pour traiter le SFC. Je crois qu'il en est aux dernières étapes du processus, mais il devra d'abord passer devant un comité spécial. S'il est approuvé, ce médicament pourrait bien être l'une des plus grandes avancées médicales de ces dernières années et faire une réelle différence dans la vie de nombreux malades. Et bien sûr, enrichir considérablement Washington. Du moins... s'il était encore en vie, ajouta sobrement Lincoln.

Oui, me dis-je. La mort de Washington semblait très commode – ou peu commode, selon la façon dont on voyait les choses – pour un certain nombre de personnes. Elle profitait grandement à Justine Washington. Et Geoffrey Hughes ? L'ancien camarade d'université de Washington avait-il quelque chose à tirer de son meurtre ? Je repensai à ma conversation avec Cassie sur l'absence de mobile de Hughes. L'enseignant d'Oxford avait admis que Washington était venu le voir pour investir dans une nouvelle entreprise. J'étais à présent certaine qu'il s'agissait de l'élaboration de ce médicament. C'était une trop grande coïncidence que l'Américain retourne à Oxford pour voir Hughes juste avant le lancement de son nouveau médicament révolutionnaire. Et Hughes était professeur de pharmacologie... Que s'était-il réellement passé lors de leur réunion du samedi après-midi ? Après tout, on ne tuait pas quelqu'un juste parce qu'on ne voulait pas investir dans son entreprise. Non, Hughes cachait clairement autre chose.

Je sentais que j'étais à la veille d'une découverte capitale. J'étais convaincue que Seth pourrait m'aider à obtenir plus d'informations. J'aurais voulu courir à l'étage et l'appeler sans plus attendre. J'eus du mal à tenir en place pendant le reste du dîner. Ma mère grimaça en me voyant gigoter sur ma chaise. Elle fit traîner le repas aussi longtemps qu'elle le put, mais même le délicieux crumble à la rhubarbe qu'elle nous servit pour le dessert ne réussit pas à compenser l'atmosphère tendue. Mon cœur s'enfonça dans ma poitrine lorsque nous nous installâmes dans le salon pour prendre le traditionnel thé d'après-dîner, avec du café et des chocolats, et qu'elle suggéra de faire un voyage dans le passé en consultant les albums de photos de famille.

— Je suis sûre que Gemma et toi aimeriez voir des photos de votre enfance ensemble, dit-elle en riant timidement. Tu étais un si beau petit garçon, Lincoln – si bien élevé et poli –, et Gemma t'adorait et te suivait partout !

Je m'étouffai avec mon thé. C'était un mensonge éhonté. À mon grand soulagement, Lincoln déclara poliment mais fermement qu'il devait partir, car il commençait tôt à l'hôpital le lendemain matin.

— Oh, quel dommage ! Nous devrions remettre ça prochainement – ça a été un réel plaisir de te revoir, Lincoln. J'espère que ça ne te dérange pas si Gemma te raccompagne ?

Ma mère fit un geste vers l'écran de télévision que mon père regardait.

— C'est un programme fascinant – je ne voudrais pas en rater la moindre seconde !

Comme la seule chose qui apparaissait à l'écran était un match de cricket de cinq jours entre l'Inde et le Bangladesh, à peine plus intéressant que de regarder de la peinture sécher, son mensonge était vraiment embarrassant. Je rougis et serrai les dents en me dirigeant vers le vestibule, Lincoln sur les talons.

Toutefois, en me tournant vers lui au niveau de la porte d'entrée, je me sentis légèrement coupable. Ce n'était pas sa faute si ma mère se comportait de la sorte. Il avait fait preuve d'une bonne humeur remarquable et avait fait de son mieux pour détourner ses stratagèmes. En le regardant dans la lumière du hall d'entrée, je fus à nouveau forcée d'admettre qu'il n'était pas mal du tout. En fait, si nous n'étions pas harcelés par les machinations d'entremetteuse de ma mère, j'aurais peut-être apprécié passer du temps avec lui.

Comme s'il lisait dans mes pensées, il s'éclaircit la gorge et dit :

— Eh bien, c'était probablement le dîner le plus embarrassant de tous les temps.

— Je suis désolé pour ma mère… dis-je honteuse.

— Ne t'en fais pas. J'ai la même à la maison.

Il marqua un temps d'arrêt, puis m'adressa un sourire hésitant.

— Mais nos mères mises à part, j'aimerais vraiment te revoir, Gemma. Peut-être qu'on pourrait dîner ensemble un jour ? Seuls, s'empressa-t-il d'ajouter.

Je le regardai fixement. Cet homme ne ferait jamais battre mon cœur et ne me laisserait jamais sans voix et furieuse comme Devlin. Mais c'était peut-être une bonne chose. Je m'étais déjà brûlée une fois avec une histoire d'amour passionnée et sauvage. À présent que j'étais plus âgée et plus sage, il était peut-être temps que je cherche un autre idéal romantique. Lincoln était sympathique – et de très bonne compagnie. Je me rendis compte que j'aimerais vraiment apprendre à mieux le connaître.

— Avec plaisir, répondis-je en souriant. Mais à une condition.

— Laquelle ?

— Que tu n'en souffles pas un mot à ta mère et je ne dirai rien à la mienne. Sinon, elles s'assiéront probablement à la table d'à côté pour orchestrer nos moindres faits et gestes, et espionner notre conversation.

Il rit.

— C'est d'accord. Je t'appelle la semaine prochaine ?

J'acceptai et je lui donnai mon numéro, puis restai sur le seuil tandis qu'il s'éloignait. Dès qu'il disparut au coin de la rue, je fermai la porte et me dépêchai de monter dans ma chambre pour appeler Seth.

La romance, c'était bien beau, mais j'avais des choses plus importantes en tête. J'avais un meurtrier à attraper.

Chapitre 21

Je faisais les cent pas dans ma chambre, attendant que Seth décroche. J'espérais qu'il n'était pas sorti pour un événement universitaire. Il répondit finalement, l'air un peu étonné.

Je me lançai sans préambule :

— Seth, écoute, je viens de parler à un médecin qui m'a dit que l'entreprise de Washington essaie d'obtenir l'approbation de la FDA pour un médicament appelé Lassitomab contre le syndrome de fatigue chronique. Tu sais quelque chose à ce sujet ?

Seth resta silencieux un instant.

— Je ne suis pas pharmacologue, mais comme la chimie organique a des liens avec cette discipline, j'ai quelques connaissances dans ce domaine. J'ai accès à la MIMS – la base de données en ligne des médicaments – si tu as besoin d'informations. Si tu as deux secondes, je peux chercher rapidement. Ça me dit vaguement quelque chose…

J'attendis, l'écoutant marteler les touches de son clavier en arrière-plan. Après ce qui me sembla être une éternité, il revint au bout du fil.

— J'ai trouvé. J'ai dû consulter d'autres bases de données et archives de recherche pour me renseigner sur son nouvel usage, mais, oui, le Lassitomab serait la grande nouveauté en matière de traitement du SFC. Il y a eu un essai préliminaire avec plus de deux cents patients.

Il paraissait très enthousiaste.

— Ils ne savent pas exactement comment ça fonctionne, mais ils pensent que c'est en ciblant les auto-anticorps des récepteurs adrénergiques présents sur les cellules endothéliales – impliquées dans le syndrome de tachycardie orthostatique posturale – et en aidant à l'éliminer l'EBV ou le CMV, ce qui est le principal mécanisme de…

— Euh… Seth ? En anglais, s'il te plaît.

Seth prit une profonde inspiration.

— En gros, le médicament agit en détruisant les globules blancs qui fabriquent les auto-anticorps responsables des symptômes du SFC. Mais ce qui est formidable, c'est qu'il ne cible pas seulement les cellules qui fabriquent ces auto-anticorps, mais qu'il se lie également aux auto-anticorps eux-mêmes. Du coup, au lieu du délai habituel de plusieurs mois après le traitement, les effets se font ressentir en quelques jours.

— Ça a l'air génial. Mais pourquoi n'est-il pas déjà sur le marché ?

— Eh bien, il faut multiplier les essais et les études à grande échelle pour déterminer s'ils sont sûrs, tu sais, au cas où il y aurait des effets secondaires.

— Ce médicament a donc des effets secondaires ?

— Tous les médicaments en ont, répondit Seth. Il s'agit juste de savoir si les bénéfices l'emportent sur les risques. Dans le cas présent, les bénéfices sont nombreux. En fait, je suis assez étonné qu'il ne soit pas encore sur le marché… Il doit y avoir quelque chose…

Il s'interrompit et je l'entendis à nouveau taper sur le clavier. Je pris mon mal en patience. Finalement, il revint au bout du fil.

— Hmm… il semble qu'il ait été à deux doigts d'être approuvé il y a quelques mois, mais qu'il ait été bloqué par un membre du comité d'approbation. Un expert mondial en pharmacologie a soutenu que les recherches n'étaient pas suffisantes pour autoriser l'utilisation du médicament en toute sécurité.

Mon cœur se mit à battre plus vite.

— Est-ce que tu pourrais trouver le nom du spécialiste ?

— Comment sais-tu que c'est un homme ? On a l'égalité des chances dans le monde du travail, maintenant, dit Seth.

— Euh. Pas aux dernières nouvelles. Les femmes gagnent toujours moins que les hommes, alors même qu'elles occupent les mêmes postes, et sont exclues des *boys' clubs,* rétorquai-je. Mais je ne compte pas débattre des droits des femmes avec toi. Est-ce que tu peux trouver son nom ?

— Je regarde… Je regarde… Tout doux, Gemma…

J'attendis encore, contenant difficilement mon impatience.

— Ah oui… voilà, le professeur Geoffrey Hu… Hughes ! Bon sang, c'est le professeur Hughes de mon université !

— Je le savais ! Seth, c'est la pièce manquante du puzzle ! J'ai découvert ce matin que Hughes a donné un faux alibi à la police.

Rapidement, je lui racontai ma confrontation avec l'enseignant d'Oxford.

— Il m'a dit qu'il avait paniqué et s'était enfui. Mais j'avais le sentiment qu'il cachait quelque chose. Je crois que c'est ça ! Il a menti – ou du moins, il n'a pas dit toute la vérité – au sujet de sa rencontre avec Washington. Ils ont dû discuter du Lassitomab et je te parie que la véritable raison pour laquelle Washington est venu à Oxford était de persuader Hughes de retirer son objection. Hughes était la seule chose qui se dressait entre Washington et la commercialisation de ce médicament.

— Mais attends, Gemma, ça n'a pas de sens… dit Seth. En quoi cela donnerait-il à Hughes un mobile pour assassiner Washington ? S'il ne voulait pas que le médicament soit mis sur le marché, il lui suffisait de bloquer son approbation, comme il l'avait déjà fait. Personne ne peut lui faire changer d'avis sur le plan professionnel.

— Oui, mais si Washington essayait de le *forcer* à changer d'avis ?

— Et comment ?

— Eh bien… commençai-je, mon cerveau tournant à plein régime. Et si Washington avait quelque chose sur Hughes ?

— Tu penses à du chantage ?

— Oui… J'y ai bien réfléchi… commençai-je. Je suis sûre que tout ça est lié à quelque chose qui s'est passé à Oxford il y a quinze ans, lorsque Washington et Hughes y étaient étudiants.

— Que s'est-il passé il y a quinze ans ?

— Je ne sais pas trop. Mais je pense que la police devrait creuser de ce côté-là, dis-je à contrecœur, réalisant que j'avais encore une nouvelle raison de parler à Devlin.

— Si tu penses que ça peut être utile, tu peux toujours revenir parler aux professeurs de *Gloucester College*, proposa Seth. Certains des plus anciens enseignants sont là depuis des années et pourraient se souvenir de quelque chose d'intéressant datant d'il y a quinze ans. Pourquoi tu ne reviendrais pas dîner à la *High Table* ?

— Une fois par trimestre me suffit amplement, dis-je d'un ton sec. Mais merci pour l'invitation. Pourquoi tu ne demanderais pas à Cassie ?

— Oh… hum… bégaya Seth. Je ne sais pas… Je ne suis pas sûr qu'elle voudrait…

— Je suis sûre que ça lui plairait. Demande-lui, Seth.

Il marmonna quelque chose. Je pouvais pratiquement le sentir rougir à l'autre bout de la ligne. Je décidai de ne pas insister. Nous nous souhaitâmes bonne nuit et je raccrochai. En redescendant, je rejoignis ma mère et l'aidai à débarrasser la table et à faire la vaisselle. Elle était très excitée par la visite de Lincoln et voulait que je lui donne des détails sur nos « au revoir ». Je lui répondis de manière distraite, sans me soucier, pour une fois, de son indiscrétion. J'avais l'esprit ailleurs.

Je savais désormais qui était le meurtrier. Il fallait juste que je trouve un moyen de le prouver. Et cela consistait à découvrir ce qui s'était passé à Oxford quinze ans plus tôt.

Le lendemain matin, j'obtins des réponses plus rapidement que prévu. Mon téléphone sonna alors que j'étais sur le point de partir au travail. C'était Seth.

— Gemma, dit-il avec enthousiasme. J'ai croisé le professeur Wilkins ce matin dans la cour et on a discuté. Tu te souviens quand j'ai dit que certains des enseignants les plus âgés pourraient se souvenir de quelque chose d'utile ?

Son excitation était contagieuse et je sentis mon pouls s'accélérer.

— Oui ?

— Écoute ça : il m'a dit qu'il se souvenait de Washington. Il a vu une photo de l'Américain dans les journaux locaux et ça a ravivé sa mémoire. Il a dit que lorsque Washington était étudiant, il s'était retrouvé impliqué dans un scandale – une affaire de tricherie.

— Une affaire de tricherie ?

— Ouaip. Washington aurait fait partie d'un groupe d'étudiants qui auraient réussi à tricher aux examens.

Je fronçai les sourcils.

— On peut se faire renvoyer si on triche, pas vrai ?

— Oui, et si on le découvre plus tard, on peut se voir retirer son diplôme.

— C'est ce qui s'est passé ? Washington a été expulsé d'Oxford ?

— Non. D'une manière ou d'une autre, Washington s'en est tiré. Ils n'ont pas pu prouver qu'il avait triché. Mais écoute ça... fit Seth, l'air encore plus excité. Il n'était pas le seul à être impliqué dans cette tricherie, comme je te l'ai dit. Tout un groupe d'étudiants était concerné. Et devine qui faisait partie de ce groupe ? *Geoffrey Hughes !*

Je manquai de m'étouffer.

— Hughes ! Alors... tu penses que Washington pouvait avoir un moyen de pression sur son vieil ami à cause de ce scandale ?

— Oui ! Hughes s'en est manifestement tiré lui aussi. Mais si Washington avait une sorte de preuve... et s'il apparaissait que Hughes avait plagié sa thèse ou toute autre recherche… c'en serait fini de lui.

— Mais attends, comment Hughes peut-il travailler comme tuteur et être un membre respecté du corps enseignant si les gens pensent qu'il a triché ?

— Je te l'ai dit, il n'y avait aucune preuve. Il a manifestement réussi à étouffer l'affaire. Le professeur Wilkins m'a dit qu'il y avait eu beaucoup de discussions au sein du corps enseignant lorsque Hughes a obtenu son premier poste à l'université – derrière son dos, bien sûr. Même maintenant, je dirais que Hughes n'est pas particulièrement apprécié et j'ai le sentiment que beaucoup d'autres enseignants ont des doutes sur son intégrité académique. Je suppose que les ragots ont la vie dure. C'est peut-être pour ça qu'il est si tatillon sur certaines choses. En fait, les étudiants plaisantent souvent sur l'importance qu'il accorde aux sources et aux choses comme ça dans ses *tutorials*. Bien sûr, citer ses sources fait partie des bonnes pratiques académiques, en particulier dans les matières scientifiques, mais il va vraiment très loin. Je pense qu'il essaie de changer son image.

Je réfléchis pendant un moment.

— Et si Washington avait menacé Hughes de tout révéler concernant sa tricherie ? Il aurait pu l'utiliser comme levier contre Hughes, pour le forcer à approuver la mise sur le marché du Lassitomab.

— Oui, ça ferait clairement un bon moyen de pression, convint Seth. Je veux dire que, mis à part sa fierté personnelle, si la vérité éclatait, Hughes perdrait son poste de professeur et tous ses privilèges académiques. Concrètement, ça anéantirait toute sa carrière.

Je ressentis un élan d'excitation.

— Ce serait plus que suffisant pour conduire un homme au meurtre.

⁂

Je fixai le téléphone dans ma main, puis je regardai par la fenêtre de ma chambre. Je devais parler à Devlin – je ne pouvais plus repousser cette conversation plus longtemps. Il ne s'agissait pas seulement de signaler le faux alibi de Hughes ; à présent que je savais qu'il avait également un mobile pour tuer Washington, je devais partager cette information.

Je soupirai et regardai à nouveau le téléphone. C'était stupide. *Je devais l'appeler et en finir avec ça.* Je composai le numéro et fus mise en relation avec la police de l'Oxfordshire. Une fois de plus, je demandai à parler à Devlin et une fois de plus, ma demande fut rejetée.

— L'inspecteur O'Connor est indisponible pour le moment. Il travaille sur une enquête pour meurtre.

— Je sais, dis-je. Mais c'est important. C'est à *propos* de cette enquête pour meurtre.

— Eh bien, je vais prendre un message et lui demander de…

— J'ai vraiment besoin de lui parler. C'est urgent. Vous ne pouvez pas me donner son numéro ?

— J'ai bien peur que ce ne soit pas possible. Comme je l'ai dit, je vais transmettre votre message et lui demander de vous rappeler dès qu'il le pourra.

Je ravalai un soupir de frustration.

— Très bien. Je donnai mon numéro et raccrochai. Mais j'avais à peine posé le téléphone que celui-ci sonna.

— Allô ?

— Gemma ? Ici Devlin. On m'a dit que tu voulais me parler.

Je fus légèrement surprise par son ton brusque. J'avais l'intention de le traiter avec une indifférence froide, mais, face à sa brusquerie, je fus prise au dépourvu, ne sachant par où commencer.

— Gemma ?

La voix de Devlin s'éleva, témoignant de son impatience.

— Oui, je suis là, m'empressai-je de répondre. Je... hum... j'ai quelque chose à te dire.

— Écoute, Gemma, je ne peux pas parler maintenant. Je suis occupé là. Ça peut attendre ? On pourrait en parler plus tard dans la soirée.

— Non, je ne pense pas que ça puisse attendre. Je pense que mes informations t'aideront à trouver le meurtrier.

Devlin resta silencieux pendant un moment, puis dit prudemment :

— Je t'écoute ?

— Je pense savoir qui a tué Brad Washington.

J'inspirai profondément et je dis d'une traite :

— C'est Geoffrey Hughes, le professeur de pharmacologie de *Gloucester College*.

Il y eut une pause, puis Devlin demanda :

— Qu'est-ce qui te fait dire ça ?

— Parce qu'il a menti sur son alibi pour dimanche matin. Il n'était pas au collège ; il était au salon de thé, où il devait retrouver Washington.

Je racontai à Devlin mon entretien avec Tom Rawlings, le répondeur, la citation de Nietzsche et ma confrontation avec Hughes.

Devlin poussa un juron.

— Je vais devoir avoir une explication sérieuse avec mon sergent, dit-il d'un ton féroce.

— Eh bien, je suppose que ce n'était pas vraiment sa faute – tout le monde se serait fait avoir si Tom avait simplement expliqué avoir entendu Hughes parler au téléphone. C'est parce que j'étais à la *High Table* ce soir-là et que j'ai découvert l'obsession de Hughes pour Nietzsche que j'ai pu faire le lien. Mais écoute, ce n'est pas tout…

Rapidement, je lui parlai du nouveau médicament de Washington et de l'obstruction de Hughes à son approbation, puis de ce que j'avais appris de la bouche de Seth sur l'histoire mouvementée des deux hommes à Oxford.

— Je suis sûre que Washington est venu à Oxford pour persuader Hughes de retirer ses objections au sujet du médicament et qu'il a cherché à faire pression sur lui avec cette histoire de tricherie pour lui forcer la main. C'est probablement de ça qu'ils discutaient lorsqu'ils se sont vus samedi après-midi. Et peut-être que Hughes a paniqué à l'idée de voir sa carrière anéantie, alors il a tué Washington pour le faire taire, conclus-je d'un ton triomphant.

— C'est une belle théorie, mais qui ne tient pas la route, fit Devlin.

— Pourquoi ?

— Parce que Geoffrey Hughes a été assassiné la nuit dernière.

Chapitre 22

— *Quoi* ? Hughes a été assassiné ?

— On vient de découvrir son corps. Je suis sur la scène de crime.

— Mais… tu es sûr que c'était un meurtre ?

— Si c'était un suicide, alors Hughes devait être l'homme le plus habile de l'histoire pour pouvoir se frapper derrière la tête avec assez de force pour se défoncer la moitié du crâne.

Je frissonnai. L'image n'était pas agréable.

— Hughes est mort… ? chuchotai-je, m'enfonçant lentement dans mon lit. J'étais tellement sûre qu'il était l'assassin de Washington…

— Oh, je suis certain que ça a un lien, déclara sombrement Devlin. Deux meurtres en l'espace d'une semaine, ça ne peut pas être une coïncidence, surtout au vu des liens qui les unissaient. Je suis prêt à parier que la personne qui a assassiné Hughes est aussi celle qui a assassiné Washington. Ce qui veut dire que – aussi intéressante que soit ta théorie – ce n'est pas Hughes qui a tué Washington dimanche.

La voix de Devlin se durcit :

— Et ça signifie aussi que ce meurtrier est dangereux, Gemma. Je sais que tu as fait quelques recherches de ton côté. J'apprécie tes efforts pour nous aider et je sais que ta connaissance d'Oxford et de l'université est vraiment précieuse. Mais je dois te demander d'arrêter d'enquêter maintenant. Malgré ce que pense Mabel Cooke, ce n'est pas un roman d'Agatha Christie où tout sera joliment expliqué à la bibliothèque – c'est la réalité. Et ce tueur vient de montrer qu'il était prêt à commettre de nouveaux meurtres. Tu cours peut-être un grave danger, Gemma. Tu pourrais bien être la prochaine personne que le tueur décide de faire taire.

Malgré moi, les paroles de Devlin me firent frissonner. Même si c'était moi qui avais trouvé le corps de Washington, tout cela m'avait semblé légèrement irréel. Ce fut alors que je ressentis pour la première fois le souffle de la menace sur mon cou et que je réalisai que ce n'était pas un drame policier à la télévision… c'était la réalité. Et je me retrouvais prise au milieu de cette toile.

Je m'éclaircis la gorge, ne voulant pas montrer à Devlin que ses paroles m'avaient effrayée. Je fus soulagée d'entendre que ma voix semblait calme et posée lorsque je demandai :

— Les autres suspects de l'affaire ont-ils des alibis pour la nuit dernière ?

— J'ai parlé à Mike Bailey et non, il n'a pas d'alibi. Il prétend qu'il était chez lui à regarder la télévision, ce qui n'est pas facile à prouver ou à réfuter.

— Et Justine Washington ?

Il y eut un silence à l'autre bout de la ligne.

— Justine n'a pas d'alibi non plus, bien que je ne la considère pas comme une suspecte sérieuse dans cette affaire.

— J'étais sûre que tu dirais ça.

— Qu'est-ce que tu insinues ?

— Rien, dis-je, avant de craquer : Pourquoi es-tu si réticent à considérer Justine comme suspecte ? Tu sais aussi bien que moi qu'elle avait un très bon mobile pour tuer Washington. *Et* elle a menti en disant qu'elle ne savait pas qu'il était à Oxford... et à propos de leur rendez-vous samedi soir... Elle *devrait* être l'un des principaux suspects et le serait probablement si tu ne marchais pas sur la pointe des pieds autour de ses délicats talons aiguilles.

— La jalousie ne te réussit pas, Gemma.

— Je ne suis pas jalouse ! m'énervai-je. Mais je reconnais un suspect quand j'en vois un, ce qui est déjà mieux que certains !

Je raccrochai brusquement et jetai le téléphone. Bouillonnant de rage, je finis de m'habiller et je sortis de chez moi. Je me rendis compte que j'avais une heure de retard. L'appel avec Seth puis la conversation avec Devlin m'avaient retardée. Mais je savais que Fletcher et Cassie seraient déjà au salon de thé – j'espérais qu'ils pourraient tenir la boutique jusqu'à mon arrivée. *S'il y a encore une boutique à tenir,* me dis-je d'un air sombre.

Mon moral ne s'améliora pas quand j'arrivai à Meadowford-on-Smythe. Je m'arrêtai devant le salon de thé et je vis d'un coup d'œil par les fenêtres que la salle était vide. Je laissai échapper un soupir. Les affaires du jour ne se présentaient pas mieux que la veille. Je sentis la peur me serrer à nouveau l'estomac. Si cette affaire n'était pas résolue rapidement, mon petit salon de thé était condamné.

Cassie leva les yeux quand j'entrai et dit :

— Alors comme ça, Hughes est mort.

Je restai bouche bée.

— Comment le sais-tu ? Je viens juste de l'apprendre par Devlin et il n'a pas pu en parler déjà à la presse.

Elle grimaça.

— Fletcher a trouvé le corps.

— Quoi ?

— Ouaip. Il était encore à la recherche de Muesli ce matin – tout près de l'endroit où nous étions la nuit dernière – et il l'a trouvé, jeté derrière des buissons. C'est lui qui a prévenu la police.

Elle soupira.

— Il est vraiment bouleversé, comme tu peux l'imaginer. Il m'a appelée pour me raconter ce qui s'était passé et je lui ai dit de prendre sa journée. Je me suis dit qu'il ne serait pas très utile ici de toute façon.

— Oh mon Dieu… tu crois qu'on devrait aller le voir ?

Elle hocha la tête.

— C'est peut-être trop tôt. On aurait dit qu'il voulait juste se terrer dans sa maison et qu'on le laisse tranquille. Ce qui est compréhensible, surtout avec la police qui arpente les bois à côté de chez lui. Je pense qu'il veut juste un peu de paix et de sécurité, dans un environnement qu'il peut contrôler.

Elle eut un petit sourire.

— Je lui ai dit qu'il y aurait peut-être un bon côté à tout ça : avec la police qui passe la zone au peigne fin, ils pourraient finir par retrouver Muesli. Je pense que ça l'a un peu réconforté. Il a dit qu'il allait parler à l'un des officiers et leur demander d'ouvrir l'œil au cas où ils verraient un chat gris tigré.

Je repensai à notre recherche dans les bois la nuit précédente et je me demandai si le corps était déjà là. Nous aurions pu passer juste à côté. Je frissonnai.

Cassie me regarda avec curiosité.

— Alors, tu as fini par parler à Devlin ?

D'un ton laconique, je lui répétai la conversation que j'avais eue avec lui.

— Je n'arrive pas à croire qu'il ait dit que j'étais jalouse de Justine ! fulminai-je.

— Ce n'est pas le cas ? dit Cassie avec un sourire taquin.

Je lui jetai un regard noir.

— Tu ne vas pas t'y mettre, toi aussi ! Pourquoi tout le monde pense-t-il que je suis jalouse dès qu'il est question de Devlin ? Qu'il couche avec toutes les femmes d'Oxford s'il le veut, je m'en fiche !

— Je ne vais pas commenter ce mensonge flagrant, déclara Cassie. Mais tu dois bien admettre, Gemma, que tu as pris Justine en grippe dès le début. Je veux dire… Tu as été immédiatement convaincue que Devlin ne la traitait pas avec impartialité parce qu'il était attiré par elle. Ce ne sont pas des conclusions hâtives ?

— Pas du tout. Je les ai vus ensemble, marmonnai-je. Bref, ce que je veux dire, c'est que Justine est aussi suspecte que Mike Bailey, mais personne ne se concentre sur elle ! Nous avons tous couru après Hughes – ou Mike –, alors qu'en fait, ce pourrait être elle, la meurtrière, et elle s'en tirerait à bon compte ! Oh, elle est intelligente…

Avec ses manières douces. Et elle a réponse à tout. Elle m'a même dupée, dis-je en secouant la tête. Elle a si bien joué son rôle que, comme tout le monde, je ne l'ai pas considérée comme suspecte. Au lieu de ça, j'ai été tellement prise par mon enquête sur Hughes que j'ai totalement oublié son éventuelle implication dans l'affaire…

Je me mis à faire les cent pas à côté du comptoir, réfléchissant furieusement. Je m'arrêtai soudain.

— Je refuse de m'y résoudre. Je me fiche de ce que dit Devlin – je suis sûre que Justine est impliquée. En fait, si l'alibi de Hughes pour dimanche matin est faux, pourquoi n'en serait-il pas de même pour celui de Justine ? Elle *dit* qu'elle était à un cours de yoga, mais si le sergent de Devlin a si mal vérifié l'alibi de Hughes, il a très bien pu manquer quelque chose dans celui de Justine également.

Cassie me regarda en levant les yeux au ciel.

— Alors qu'est-ce que tu comptes faire ? Le vérifier par toi-même ?

Je lui souris lentement.

— Ce n'est pas une mauvaise idée.

— Gemma, je plaisantais, gémit-elle.

Je l'ignorai, réfléchissant tout haut :

— On doit aller au studio de danse et trouver un moyen de vérifier que Justine a bien assisté à son cours dimanche matin.

— C'est facile à vérifier, déclara Cassie. Je suis sûre que le sergent l'a déjà fait. Tous les membres du studio ont une carte qui est tamponnée à chaque fois qu'ils viennent en cours. Le tampon indique la date et l'heure. Il suffit donc de vérifier sa carte pour savoir si elle a assisté à ce cours.

— Oh… dis-je avec une pointe de déception. Ça n'est pas possible alors. Comment vais-je trouver un moyen de voir sa carte ?

— En fait, les membres ne gardent pas leur carte sur eux. On a mis en place ce système parce qu'ils l'oubliaient sans cesse, et de nos jours les gens ont tellement de cartes qu'ils ont horreur d'en ajouter dans leur portefeuille. Alors on garde les cartes au studio. Ce n'est pas très moderne, on a ces fiches qu'on garde dans des tiroirs, comme dans une bibliothèque à l'ancienne. Chaque tiroir contient les fiches commençant par certaines lettres de l'alphabet – tu sais, un tiroir pour A/B, un pour C/D, puis E/F… jusqu'à Y/Z. Ouais… fit-elle piteusement en voyant mon expression. Rien à voir avec les salles de sport modernes avec leurs lecteurs numériques et leurs codes-barres et tout ça… hé, c'est Oxford. On doit se contenter de ce qu'avaient les Tudors.

Elle sourit.

— Donc les membres demandent juste leur fiche quand ils arrivent et la font tamponner avec l'heure de leur cours ?

— C'est à peu près ça.

— Mais ce n'est-ce pas facile à falsifier ? Je veux dire, n'importe qui pourrait venir et prétendre être quelqu'un d'autre et s'offrir un cours gratuit.

— Eh bien, en théorie, oui, admit Cassie. Mais en réalité, il faudrait connaître le nom complet de la personne que vous prétendez être, choisir un cours auquel cette personne s'est réellement inscrite… et en plus, ce n'est pas bien grand ici. La réceptionniste connaît à peu près tous nos membres. Tu ne pourrais pas entrer et prétendre que tu es Nicky Wilcox. Hormis le fait qu'on verrait immédiatement la différence physique, on te demanderait où se trouve ton bébé, si tu t'es fait faire des mèches blondes la semaine dernière, comment se passe la promotion de ton mari et si tu as essayé la recette de gâteau de Mrs Doyle.

Cassie sourit.

— Tu n'imagines pas la quantité de commérages liés à la curiosité oisive dans les petits villages. C'est probablement plus difficile de duper les locaux que d'entrer au Pentagone avec une fausse identité.

— Très bien… Donc en gros, si on pouvait accéder aux tiroirs derrière la réception, on pourrait vérifier la fiche de Justine et voir si elle a été tamponnée dimanche matin.

— Oui, mais je ne sais pas ce que tu essaies de prouver. Je suis sûre que le sergent l'a déjà fait.

— Je ne peux pas l'expliquer, Cass – je voudrais juste le voir par moi-même.

Elle leva les bras au ciel.

— Très bien. Bon, tu sais quoi, et si on allait cet après-midi, après avoir fermé le salon ? Je pourrais distraire Barb, la réceptionniste du studio, pendant que tu te faufiles derrière le comptoir pour jeter un coup d'œil.

J'observai la salle vide.

— Je ne sais pas ce qui nous empêche d'y aller dès maintenant, dis-je, découragée. Je pourrais aussi bien fermer pour la journée.

— On ne sait jamais, les choses pourraient s'améliorer à l'heure du déjeuner, fit Cassie.

Il s'avéra qu'elle avait raison, mais l'amélioration ne fut pas probante. Un dixième de notre clientèle habituelle vint déjeuner et quelques clients se présentèrent durant le reste de la journée, mais c'était déjà ça. C'était dans tous les cas mieux que la veille, où le salon de thé était resté vide toute la journée. Mais ce n'était toujours pas suffisant pour le sauver. J'avais besoin que les gens aient à nouveau foi en mon entreprise pour que tout redevienne comme avant, et le seul moyen que ça arrive était de résoudre ce meurtre – ou plutôt ce double meurtre.

Chapitre 23

Je ne sais pas vraiment ce à quoi je m'attendais lorsque nous nous rendîmes au studio de danse en fin d'après-midi. Peut-être nous avais-je imaginées, Cassie et moi, en body noir moulant, nous cachant dans les recoins et crochetant habilement les serrures de tiroirs secrets pendant qu'une bande-son effrayante était jouée en arrière-plan.

La réalité s'avéra bien plus banale que mon fantasme à la *Charlie's Angels*. En arrivant au studio, la réception était relativement déserte. Un cours avait manifestement lieu dans le studio 2 à en juger par la musique mystique en provenance de la pièce. La seule personne présente était Barb à l'accueil. Elle leva la tête en entendant sonner la clochette de la porte du studio et sourit en nous voyant entrer.

— Salut, Cass, je ne savais pas que tu donnais des cours ce soir ?

— Ce n'est pas le cas, déclara Cassie. Je suis juste venue pour… euh… jeter un coup d'œil à ces nouvelles chaussures de danse qu'on a commandées récemment.

Les yeux de Barb s'illuminèrent.

— Oooh, elles sont magnifiques. J'aurais bien aimé avoir les mêmes, bien que je ne fasse pas de danse de salon. C'est dommage qu'elles aient des semelles en daim souple – elles seraient foutues si je les portais sous la pluie. Sinon, j'aurais vraiment aimé en avoir une paire.

— Quelles sont tes préférées ?

— Viens, je vais te montrer. Il y a une paire en satin doré façon salomés qui est tout simplement magnifique !

Elle sortit de derrière le comptoir et conduisit Cassie vers le studio 1, où un présentoir se dressait dans le coin, exhibant plusieurs paires de chaussures de danse. Cassie m'adressa un clin d'œil et la suivit. Elles disparurent dans la pièce, mais je voyais leur reflet dans les miroirs qui recouvraient les murs du studio.

Je gardai les yeux rivés dessus. Dès que je fus certaine qu'elles resteraient dans le coin, je me glissai derrière le comptoir de la réception et me dirigeai vers l'armoire de classement contre le mur du fond. Je trouvai le tiroir marqué « W/X » et le fouillai à la hâte. *Walsh... Webster... Wilcox... Willeton... Woodley... Wright...* Pas de Washington.

Désemparée, je repassai en revue toutes les fiches. Non, aucune trace d'une Washington.

Puis j'eus une idée. Rapidement, je fermai le tiroir et j'ouvris celui indiquant « S/T ». Je parcourus les fiches qui s'y trouvaient.

Bingo.

Je sortis celle qui indiquait : « Justine Smith ». Évidemment ! Justine avait mentionné lors de la réunion du club de lecture qu'elle se servait principalement de son nom de jeune fille. Je retournai la carte et j'observai le quadrillage au dos. Il y avait là, clairement estampillées, la date et l'heure de son cours de yoga du dimanche matin. Mes espoirs s'envolèrent. En fin de compte, il semblait qu'elle avait bien assisté à son cours.

Le tintement de la clochette m'alerta une seconde avant que la porte d'entrée du studio ne s'ouvre. Je m'empressai de remettre la fiche à l'intérieur et refermai violemment le tiroir, faisant volte-face et me retrouvant face aux nouvelles venues.

Glenda Bailey et Ethel Webb me regardaient d'un air ravi.

— Gemma ! Qu'est-ce que tu fais là ?

Je sortis l'air de rien de derrière le comptoir de réception.

— Oh, j'attends juste Cassie. Elle voulait aller voir des chaussures de danse.

À ce moment-là, Barb et Cassie nous rejoignirent dans le hall d'entrée. Glenda regarda la réceptionniste avec impatience et pointa du doigt la pièce d'où provenait la musique.

— Oh, Barb, est-ce que c'est le cours de yoga des seniors ? Ça a déjà commencé ?

— C'est le cours de yoga pour les futures mamans.

Glenda fronça les sourcils.

— Mais... le cours de yoga des seniors n'est pas à 18 h 30 ?

— Oui, mais il est à peine plus de 17 h 30, dit Barb en désignant du menton la petite horloge sur le comptoir de réception. Le cours de yoga pour seniors n'est que dans une heure. J'ai bien peur que vous ne deviez attendre un peu.

— Oh non, tout est de ma faute, déclara Ethel. Si seulement je m'étais souvenue de changer d'heure. Ce n'est pas étonnant que je sois arrivée en avance partout cette semaine.

Elle émit un petit bruit désolé.

— Oh, non… Cela signifie-t-il que nous devrons attendre encore une heure ?

— Tant pis, répondit Glenda. Tu peux toujours venir avec moi dimanche matin à la place.

Je regardai Glenda avec intérêt.

— Vous assistez au cours de yoga du dimanche matin ? Vous y étiez le week-end dernier ?

Glenda rayonnait.

— Oui, je suis ce cours depuis trois mois maintenant. Tu devrais essayer, Gemma. Le yoga, c'est vraiment bon pour la santé ! Je lisais un article dans *Cosmo* qui disait que c'est grâce au yoga que toutes les célébrités parviennent à paraître si jeunes et à le rester – et cela fait des merveilles en matière de vie sexuelle.

Je me demandai pourquoi diable Glenda lisait *Cosmo.* Cassie quant à elle murmura :

— Je ne veux pas savoir…

J'essayai de ramener la conversation au sujet initial :

— Il y a beaucoup de monde en général le dimanche ?

— Oh oui, ce cours est très populaire. La moitié de l'Oxfordshire doit y assister, fit Glenda en riant. Le professeur est merveilleux, je connais plusieurs dames qui viennent de loin pour assister au cours.

— Je suppose… que vous connaissez les habitués ?

Je ne savais pas où me mèneraient toutes ces questions, mais je suivais mon instinct.

Glenda hocha la tête.

— Ce sont souvent les mêmes personnes qui viennent chaque semaine.

— Il y a une Américaine du nom de Justine qui assiste aussi à ce cours, me semble-t-il ?

— Oh, Mabel m'a tout raconté sur Justine, dit Ethel. Elle est aussi membre du club de lecture de Mabel. Elle est magnifique, n'est-ce pas ? Mabel dit que c'est une vraie croqueuse d'hommes.

— Oooh, elle devrait me donner des cours, alors ! gloussa Glenda.

Cassie leva les yeux au ciel. Je luttai contre l'envie de rire.

— Et apparemment, c'est l'épouse de l'homme qui a été assassiné dans ton salon de thé, ajouta Ethel. Tu te rends compte ? Le monde est petit, n'est-ce pas ?

Je voyais Barb écouter avec fascination et je réalisai soudain que cela aurait fait le tour du village le lendemain matin. Je jetai un coup d'œil à Cassie et elle comprit, entraînant Barb derrière le comptoir de réception sous un prétexte quelconque. Je posai doucement la main sous le coude de Glenda et j'éloignai la petite vieille du comptoir, pour qu'on ne nous entende plus.

— Alors, cette Justine… a-t-elle assisté au cours dimanche dernier ? demandai-je avec désinvolture.

Tous les espoirs que j'avais d'apprendre que le tampon sur la fiche était erroné furent anéantis lorsque Glenda répondit :

— Oh oui, elle était juste à côté de moi. Nous avons généralement nos places attitrées. Je m'installe toujours dans le coin droit et Justine se place juste derrière moi.

— Elle a donc *bien* assisté au cours dimanche dernier, dis-je d'un air désespéré.

Je savais que je me raccrochais aux branches, mais quelque chose me poussait à le faire.

Glenda hocha la tête.

— Elle était déjà là quand je suis arrivée.

Elle marqua une pause et ajouta :

— Mais elle n'est pas restée longtemps ! Elle est partie très tôt. Nous faisions le chien à trois pattes quand elle s'est soudain levée de son tapis et est partie.

— Quelle heure était-il ? demandai-je vivement.

Glenda fronça les sourcils.

— Je pense que c'était dix à quinze minutes après le début du cours.

Donc vers 8 h 15 au plus tard. Washington avait été tué entre 7 h 45 et 8 h 40, heure où je l'avais découvert. Geoffrey Hughes était arrivé en retard à sa réunion avec Washington – probablement vers 8 h 25 – et l'Américain était déjà mort à ce moment-là. C'était serré, mais Justine aurait eu le temps de s'arrêter en bas de la route du studio et de passer à l'acte.

— Gemma, très chère, tout va bien ?

Je repris mes esprits en sursautant.

— Oui, désolée, Glenda.

Je lui souris chaleureusement et lui pressai doucement la main.

— Merci beaucoup ! Vous ne réalisez pas à quel point vous m'avez aidée.

— Eh bien, je suis contente d'avoir pu t'aider, dit-elle, légèrement perplexe.

Laissant Glenda et Ethel discuter avec Barb, je traînai Cassie dans la rue. Rapidement, je lui racontai ce que Glenda m'avait dit.

— Tu réalises ce que ça signifie ? Ça veut dire que Justine a menti sur toute la ligne ! D'abord, elle a prétendu ne pas savoir que Washington était à Oxford – alors qu'elle l'a vu samedi soir –, et maintenant on découvre qu'elle a aussi menti sur son alibi. Pourquoi n'a-t-elle pas dit à la police qu'elle avait quitté le cours de yoga plus tôt ? Elle doit cacher quelque chose.

— Tu prêches une convaincue, dit Cassie en haussant les épaules. Mais ce n'est pas moi qu'il faut convaincre, c'est Devlin.

Je pinçai les lèvres.

— Il va devoir écouter mes soupçons à propos de Justine maintenant. Il ne peut pas ignorer ce nouvel élément, et il ne peut plus la protéger.

⁂

Le crépuscule tombait lorsque j'enfourchai mon vélo pour rentrer chez moi. Mais ce n'était pas un problème. J'avais déjà fait du vélo de nuit et ma lumière éclairait bien la route. C'était une soirée glaciale. Mon souffle formait de petits nuages de vapeur devant mon visage et le vent fouettait mes joues alors que la bicyclette prenait de la vitesse. Je pédalais de toutes mes forces, en partie pour m'échauffer et en partie pour chasser les doutes et les questions qui m'assaillaient.

Je savais qu'il me fallait parler à Devlin. Je devais lui faire part du faux alibi de Justine pour le dimanche matin. Mais une partie de moi redoutait cette discussion. Très bien, j'étais *peut-être* un peu jalouse d'elle. Qui ne l'aurait pas été ? C'était le genre de femme à côté de qui on se sentait immédiatement rabaissée. Et l'idée d'écouter Devlin la défendre me faisait frémir.

Pourquoi cela me dérangeait-il autant ? Je me penchai légèrement pour épouser la route tandis que mon vélo négociait le virage. Était-ce l'idée que Devlin puisse se soucier d'elle ? Mais c'était une suspecte dans cette affaire.... Il ne pouvait pas sérieusement envisager d'avoir une histoire avec elle ? Il y avait sûrement des règles au sein de la police pour éviter ce genre de choses... conflit d'intérêts... abus de pouvoir... enquêtes biaisées...

Puis je me souvins des ragots au club de lecture, comment les amies de ma mère avaient parlé du « scandale » concernant Devlin, accusé d'avoir eu une liaison avec une femme séduisante au cours de sa dernière affaire. Peut-être que Devlin ne se souciait pas d'enfreindre les règles.

Je fronçai les sourcils. Il y avait toujours eu un côté sauvage et rebelle chez lui, surtout lorsque nous étions étudiants, mais j'avais toujours senti en lui un noyau d'intégrité. Je ne pouvais pas l'imaginer mettre en péril une affaire pour satisfaire ses propres intérêts. Au fond, je savais que c'était un bon inspecteur et qu'il tenait vraiment à ce que justice soit faite. Pourrait-il réellement laisser ses sentiments, et une attirance physique passagère, obscurcir autant son jugement ?

Puis je me demandai amèrement ce que je savais *vraiment* sur Devlin O'Connor. Cela faisait huit ans que je ne l'avais pas vu – les gens pouvaient beaucoup changer en un tel laps de temps. Je ne m'attendais certainement pas à ce qu'il devienne inspecteur ! Je ne savais pas à quoi je m'étais attendue – peut-être à retrouver le leader d'un groupe de rock au festival de musique de Glastonbury. Cette image me parut ridicule.

Je me rassis sur la selle et cessai de pédaler, laissant le vélo tourner en roue libre pendant que je me perdais dans mes souvenirs. Je me demandai si Devlin jouait encore de la guitare. Il jouait de belles mélodies obsédantes, grattant doucement les cordes de son instrument tandis que nous étions assis ensemble les soirs d'été dans les jardins du collège, dans l'air doux et parfumé, sous le ciel strié de teintes roses et orangées au coucher du soleil… Ah, les longues journées insouciantes de la vie étudiante… Je me souvenais encore de son apparence, cette mèche de cheveux noirs qui lui tombait dans les yeux alors qu'il se penchait sur les cordes, se concentrant sur les accords… Puis il levait les yeux et se baissait vers moi…

Je secouai la tête avec force, chassant ce souvenir. Il fallait vraiment que j'arrête de faire ça ! Ce qu'il y avait eu entre nous appartenait au passé, et je devais l'accepter – Devlin était désormais un autre homme, qui pouvait facilement laisser ses sentiments pour une autre femme obscurcir son jugement professionnel…

Soudain, je notai la présence d'un bruit derrière moi. Il était allé crescendo, mais j'étais tellement perdue dans mes pensées que je l'avais à peine remarqué jusqu'alors.

Regardant par-dessus mon épaule, je vis une forme émerger de l'obscurité. C'était une voiture. Grosse, puissante, et qui gagnait du terrain.

Je me mis à pédaler un peu plus vite, sentant le malaise me gagner. La mise en garde de Devlin ce matin-là me revint.

Tu cours peut-être un grave danger, Gemma. Tu pourrais bien être la prochaine personne que le tueur décide de faire taire.

Chapitre 24

Je jetai un nouveau regard par-dessus mon épaule. Les phares de la voiture, éblouissants, m'empêchaient de distinguer le conducteur. Je regardai à nouveau devant moi et pédalai plus vite. L'asphalte qui s'étendait devant moi semblait sans fin – plusieurs kilomètres me séparaient encore de la banlieue de North Oxford. Je réalisai soudain à quel point une route de campagne pouvait être calme et déserte.

J'essayai de pédaler plus vite, penchée sur le guidon, hors d'haleine. Mes jambes commençaient à me lancer. J'entendais la voiture se rapprocher, de plus en plus vite. Je tirai plus fort sur mes jambes, le souffle court. Je regardai à nouveau derrière moi. Je savais que je n'aurais pas dû continuer à me retourner – cela ne faisait que me ralentir –, mais j'en éprouvai un besoin quasi compulsif. Je n'arrivais toujours pas à distinguer le type de voiture ou le visage de l'homme au volant.

Ou la femme, pensai-je soudain. J'essayai de me rappeler quel genre de voiture conduisait Justine. Une voiture noire, avait dit ma mère. *Tout comme celle-ci.*

Je me retournai, reportant désespérément mon regard sur la route devant moi. J'avais beau me rapprocher de la périphérie de la banlieue, il n'y avait personne dans les rues – ni piétons, ni voitures, ni cyclistes. Les muscles de mes cuisses étaient à l'agonie et mes mains moites peinaient à tenir le guidon, mais je n'osai pas ralentir.

Je repérai alors un tronçon de trottoir devant moi, dont le rebord descendait progressivement pour rejoindre la route au lieu de former un angle droit. Probablement pour permettre l'accès aux fauteuils roulants. Cela me permettrait également d'y monter avec mon vélo. La voiture ne pourrait pas me suivre. Je pourrais slalomer entre les maisons et peut-être emprunter l'une des voies de derrière pour m'échapper.

Je sentis une bouffée d'espoir me gagner, me conférant une énergie nouvelle. Je braquai le guidon vers la gauche en direction du trottoir, tirant furieusement sur mes jambes, oubliant mes muscles endoloris. J'allais atteindre le trottoir quand la voiture accéléra soudain, me dépassa, et s'arrêta dans un crissement de pneus juste devant moi. Décrivant une embardée, j'évitai de justesse le contact entre son pare-chocs et ma roue avant. Mon vélo bascula sur le côté et je perdis l'équilibre, heurtant le sol dans un cri.

La porte du conducteur s'ouvrit et une silhouette en sortit.

— Gemma ! Est-ce que ça va ?

— Devlin ? m'exclamai-je, abasourdie.

Tout ce que je pouvais voir, c'était une silhouette noire dans les phares aveuglants.

Il se laissa tomber à côté de moi et posa une main douce sur mon bras, m'aidant à me relever.

— Mais à quoi tu joues, Gemma ? Tu pédalais comme une folle ! Tu aurais pu avoir un accident !

— J'ai cru… J'ai cru que…

J'arrivais à peine parler tandis que j'essayais de reprendre mon souffle. Puis, soudain, je me mis à rire de façon incontrôlable. Devlin me regarda comme si j'avais perdu la tête.

— Je suis désolée, dis-je en essuyant mes larmes. C'est juste que… Oh, c'est stupide… Mais tu m'as fait peur… (Je posai une main sur ma poitrine, essayant de retrouver mon calme.) Je pensais que tu étais à ma poursuite… Tu sais, après ce que tu m'as dit ce matin…

— Eh bien, content de savoir que certaines choses que je dis te touchent, répondit sèchement Devlin.

Je pris une longue inspiration tremblante.

— C'est juste parce qu'il faisait sombre et que je n'ai pas réussi à te voir derrière le volant – je ne voyais que deux phares qui se dirigeaient sur moi comme des yeux de monstre effrayants et la voiture semblait vraiment menaçante. Qu'est-ce que c'est comme modèle, d'ailleurs ? Ton moteur rappelle un tigre à dents de sabre.

Devlin avait l'air amusé.

— C'est une Jaguar XK. Et je ne faisais pas ronfler le moteur ou quoi que ce soit. En fait, je conduisais de manière assez détendue et je te suivais calmement, jusqu'à ce que tu te mettes à pédaler comme si tu voulais gagner le Tour de France. J'ai essayé de te rattraper pour te demander ce qu'il en était.

— Et pourquoi tu me suivais, à la base ?

— Je descendais à North Oxford pour te parler et il se trouve que je t'ai aperçue devant moi sur la route.

Il marqua une pause.

— Je voulais te tenir au courant de l'affaire et ce qu'on a découvert sur Hughes.

Je ne pus cacher ma surprise.

— Oh… merci. C'est gentil. Alors, tu as trouvé des pistes concernant l'assassin ?

— Non, rien. On a fouillé toute la zone où son corps a été trouvé – en vain. On a aussi fouillé sa chambre à l'université. La seule chose digne d'intérêt était une enveloppe ouverte sur son bureau, qui lui a été adressée sans adresse de retour. Il n'y avait pas de lettre à l'intérieur. Mais ce qui est intéressant, c'est que l'enveloppe portait un cachet indiquant qu'elle a été postée mardi, depuis Meadowford-on-Smythe.

— Depuis Meadowford ?

— Oui, et étant donné que c'est là que son corps a été retrouvé… Je pense qu'il y a un lien. Bien sûr, la lettre nous aiderait à y voir plus clair, mais on a fouillé son bureau à deux reprises – et sa maison – en vain.

— Peut-être qu'il l'a détruite.

Devlin inclina la tête.

— C'est fort probable. Il y avait des cendres dans sa cheminée, qui pourraient être les restes de la lettre brûlée. Je suppose qu'on ne le saura jamais.

— C'est impossible de deviner ce que contenait la lettre ?

— Je dirais que c'est une invitation envoyée par quelqu'un de Meadowford, incitant Hughes à l'y rejoindre.

— Ou alors, il pourrait s'agir de quelqu'un qui a volontairement posté la lettre de Meadowford-on-Smythe, pour détourner les soupçons. Les gens viennent ici tout le temps, ils font le tour des antiquaires et des étals du marché le week-end, ils se rendent à mon salon de thé, au pub, au studio de danse…

— C'est vrai, reconnut Devlin. Et Oxford n'est qu'à 10-15 minutes en voiture. Mon sergent se rendra demain au bureau de poste de Meadowford et fera quelques recherches, pour voir si quelqu'un se souvient de quelque chose de marquant qui serait survenu lundi.

— J'espère qu'il se débrouillera mieux qu'avec les alibis, murmurai-je.

Le regard de Devlin se fit perçant.

— Comment ça ?

— J'ai de nouvelles preuves contre Justine Washington, dis-je en levant légèrement le menton. J'ai revérifié son alibi pour dimanche matin. Elle a dit qu'elle assistait à un cours de yoga au studio de danse du village.

— Oui, je sais.

— Elle est peut-être allée en cours, mais elle n'est pas restée. Elle est partie au bout de dix minutes.

— Oui, je sais, répéta Devlin.

Je le regardai fixement.

— Tu le savais ? Tu savais donc qu'elle mentait sur son alibi depuis le début ?

Il parut exaspéré.

— Gemma, tu crois que je ne sais pas comment faire mon travail ? Je ne faisais pas confiance au rapport de mon sergent, alors j'ai reparlé moi-même à Justine et elle m'a avoué qu'elle n'avait pas dit toute la vérité.

— Ça m'étonne que tu aies pu douter d'elle.

Il plissa les yeux.

— Je commence à en avoir assez de tes commentaires sarcastiques sur Justine. Si tu as quelque chose à dire, dis-le.

— Très bien ! Je pense que tu n'es pas objectif à son sujet et que tu lui accordes un traitement de faveur. C'est une suspecte dans cette affaire de meurtre, mais tu ignores délibérément les preuves contre elle.

— Est-ce que tu remets en question mon professionnalisme ? demanda Devlin d'une voix suave.

J'hésitai. Il n'y avait rien d'ouvertement menaçant dans son ton ou ses mots, mais je ne voulais pas le pousser dans ses retranchements.

— Je pense juste que… peut-être que tu ne veux pas l'admettre, mais ton opinion sur Justine est biaisée. Tu laisses tes émotions affecter ton jugement. Tu as déjà laissé les choses devenir trop… euh… personnelles dans le passé, avec des suspectes dans des enquêtes pour meurtre.

Son expression se durcit.

— Je vois que Mabel Cooke et ses amies ont colporté des ragots à mon sujet ?

Je haussai les épaules.

— C'était dans le journal. Je suis sûre que c'est de notoriété publique. Et d'ailleurs, tu devrais savoir que rien ne reste jamais secret dans un petit village.

— Ce n'était pas un secret. Il n'y avait rien entre la suspecte et moi dans cette affaire à Leeds, déclara-t-il sèchement. J'étais simplement désolé pour elle. Je savais qu'elle n'était pas coupable. En tout cas, je ne laisserais jamais mes sentiments personnels interférer avec une enquête.

— J'étais sûre que tu dirais ça, mais peut-être que tu ne t'en rends pas compte ? demandai-je. Tu dis que tu sais que Justine a menti sur son alibi, mais tu ne fais rien. Pourquoi tu ne le prends pas plus au sérieux ?

— Parce que quand tu fais ce métier depuis un moment, Gemma, tu commences à réaliser que les gens mentent pour toutes sortes de raisons, mais pas toujours parce que ce sont des meurtriers.

— Je ne comprends pas.

Il soupira.

— C'est normal. Fais-moi confiance, d'accord ? Je te dis que Justine n'est pas la meurtrière. C'est mon… mon instinct qui me le dit.

— Plutôt pratique comme instinct, ricanai-je.

— Pourquoi ne pas me dire honnêtement ce qu'il en est ? demanda-t-il d'un ton cinglant. Tu es juste jalouse de Justine.

— Moi ? fis-je d'une voix stridente. Je ne suis pas jalouse !

— C'est pourtant l'impression que ça donne.

— Comment oses-tu !

Je me rendis compte que je tremblais de rage.

— N'essaie pas de déformer les choses et d'en faire une affaire personnelle, Devlin ! Ce n'est pas parce que j'ai ressenti quelque chose pour toi par le passé que je vais à nouveau faire preuve de faiblesse.

Il s'approcha de moi, les yeux flamboyants.

— Ce n'est pas moi qui suis déçu que les choses entre nous ne soient plus ce qu'elles étaient. Ne le nie pas – je le vois dans tes yeux chaque fois que tu me regardes. Bon sang, Gemma ! On n'est pas dans un roman ! Tu pensais vraiment qu'on allait se revoir après tout ce temps et que tout serait comme avant ? C'est ce que tu espérais ? Que je t'envoie une lettre passionnée te disant que je crains que « ces précieux sentiments [soient] perdus pour toujours » ?

Je tressaillis. Je n'aurais jamais cru que ces belles paroles, que j'avais toujours aimées, puissent me faire tant mal en sortant de ses lèvres.

— Je n'attends rien de toi, Devlin O'Connor ! dis-je, furieuse.

— Oh, vraiment ? Parce que chaque fois qu'on est ensemble, je vois ce regard dans tes yeux…

— Quel regard ?

— Le regard qui veut que je…

Il se pencha soudain vers moi.

Mon cœur se mit à tambouriner dans ma poitrine. Je réalisai qu'il allait m'embrasser – et je ne savais pas si j'en avais envie ou non. Tout ce que je savais, c'était que personne ne me faisait me sentir autant en colère, sur la défensive, indignée et frustrée – et merveilleusement vivante – que cet homme. Je restai là, le regard fixe, tremblante alors qu'il s'arrêtait à quelques centimètres de mon visage.

Puis, lentement, Devlin releva la tête et parut se reprendre. Je ressentis une pointe de déception. Il soupira et passa une main dans ses cheveux, faisant tomber une mèche dans ses yeux. Mes doigts me démangeaient et je dus lutter contre l'envie d'écarter cette mèche.

— Je suis désolé, dit-il d'une voix plus contrôlée. Normalement, je ne perds pas mon sang-froid comme ça. Tu semblais juste…

Il s'interrompit et éclata d'un rire sans joie.

— Je suis désolé, répéta-t-il. Ce n'était pas professionnel, et je m'en excuse.

Je déglutis.

— Ce n'est rien, dis-je d'une petite voix, incapable de croiser son regard.

Il y eut un long silence tendu, puis Devlin poussa un nouveau soupir et dit :

— Écoute, Gemma… On vit tous les deux dans la même ville maintenant. Il est inévitable qu'on se croise – même sans être impliqués dans une enquête pour meurtre. Nous sommes tous les deux adultes. Tu ne penses pas qu'on pourrait simplement enterrer le passé et entretenir une relation cordiale ? Trouver un moyen de s'entendre ?

J'hésitai, puis je répondis :

— Oui, tu as raison. Je suis désolée… Je crois que je laisse parfois mes émotions prendre le dessus.

Il sourit légèrement.

— Très bien, alors… Amis ?

Je l'observai sans dire un mot pendant un moment, puis je fis un bref signe de tête.

— Amis.

Il s'éloigna de moi.

— Et j'ai besoin que tu me fasses confiance, Gemma, et que tu saches que je fais tout ce qui est nécessaire dans cette enquête. Je tiens compte de chaque preuve, quels que soient mes sentiments personnels…

— Et Justine ?

Il ferma les paupières.

— Je te promets que je ne lui accorde aucun traitement de faveur.

Et il fallait que je m'en contente.

Chapitre 25

Le lendemain matin, je me réveillai avant l'heure et restai couchée, à fixer le plafond. Je n'étais généralement pas du matin – j'avais besoin d'une douche chaude et d'une bonne tasse de thé avant de pouvoir parler autrement que par monosyllabes –, mais ce matin-là, j'étais étonnamment bien éveillée et lucide. Je restai au lit, l'esprit bourdonnant des événements de la veille : la nouvelle de la mort de Hughes, le scandale de la tricherie à *Gloucester College*, la conversation avec Ethel et Glenda dans le studio de danse, le faux alibi de Justine, puis l'effrayant trajet à vélo et enfin la scène avec Devlin… J'essayai de ne pas penser à cette dernière. Au lieu de cela, je me concentrai sur le studio de danse. Quelque chose me dérangeait – quelque chose dans ma conversation avec Ethel et Glenda au sujet de leur avance au cours de yoga… Mais je n'arrivais pas à trouver quoi.

Je restai au lit à y penser pendant encore dix bonnes minutes avant de laisser tomber. Je me levai, me douchai, m'habillai et me dirigeai vers Meadowford-on-Smythe. Il pourrait être agréable d'arriver très tôt au salon de thé pour une fois, avant que tout le village ne soit debout – tant que je n'y trouvais pas un autre cadavre.

Le Little Stables Tearoom était merveilleusement calme – et sans cadavre – à mon arrivée. J'avais une heure entière rien qu'à moi, avant que Cassie et Fletcher n'arrivent, et je me mis à travailler dans la cuisine. Fletcher avait essayé de m'apprendre à faire ses fameux scones et je répétai scrupuleusement toutes les étapes : tamiser la farine dans le bol, ajouter une pincée de sel, mélanger le sucre en poudre, puis une cuillère à café de levure chimique, pour rendre le mélange encore plus léger et plus mousseux. J'ajoutai ensuite le beurre frais et j'enfonçai mes doigts dans la pâte.

Je me souvenais des instructions de Fletcher et je tentai d'incorporer autant d'air que possible dans le mélange, en m'enduisant les doigts de farine, jusqu'à ce que la pâte ressemble à de très fines miettes de pain. Je cassai ensuite deux œufs que je battis avec le mélange sec, suivi d'un soupçon de lait, que je versai très lentement et délicatement. *Pas trop de lait*, me rappelai-je, me souvenant des instructions de Fletcher, sinon le mélange serait trop humide et les scones « tomberaient » et perdraient leur forme. Je mélangeai le tout lentement avec une cuillère en bois.

Enfin, je versai le mélange sur la planche recouverte de farine, et je commençai à pétrir légèrement la pâte. C'était là que résidait tout l'art de préparer de délicieux scones. Le mélange devait être pétri, mais pas trop « manipulé », sans quoi les scones finiraient horriblement durs. C'était donc un équilibre délicat, consistant à rouler soigneusement la pâte, de l'extérieur vers le milieu, tout doucement. Fletcher m'avait en fait conseillé de la laisser lever au réfrigérateur avant de trop la travailler, voire de la laisser reposer toute la nuit – mais je lui désobéis ce matin-là, car j'étais trop impatiente. Je travaillai donc le mélange jusqu'à ce qu'il ait l'air lisse, puis je dispersai un peu plus de farine sur la planche et je pris le rouleau à pâtisserie.

C'était là l'autre secret pour réussir ses scones. Je devais veiller à ne pas étaler le mélange trop finement. J'appuyai le rouleau à pâtisserie sur la pâte, en la faisant tourner d'une main tout en l'aplatissant de l'autre, jusqu'à ce que la pâte forme une sorte de plaque circulaire de trois à quatre centimètres d'épaisseur. Satisfaite, je pris l'emporte-pièce et découpai soigneusement les formes des scones, les transférant sur une plaque de cuisson. Je les recouvris ensuite d'œuf – pour qu'ils sortent du four bien dorés – et j'enfournai enfin le plateau dans le four préchauffé.

Cuisiner était si apaisant que j'étais d'humeur sereine au moment où Cassie et Fletcher arrivèrent pour commencer leur journée. La merveilleuse odeur de la cuisson des scones imprégnait déjà la cuisine et Cassie renifla l'air d'un air appréciateur en entrant.

— Mon Dieu, Gemma – ne me dis pas que tu as fait de la pâtisserie ? Et ça sent vraiment bon !

J'éclatai de rire. Après cette semaine stressante, il était agréable de pouvoir enfin avoir quelques échanges légers.

— En fait, j'ai découvert que la pâtisserie n'est pas si difficile que ça, si on suit la recette et qu'on pèse les ingrédients.

Cassie renifla.

— Vraiment ? Il faut donc suivre la recette, au lieu de se prendre pour Jamie Oliver et d'ajouter des ingrédients au hasard ? Qui l'eût cru ?

Je ris à nouveau et lui jetai un torchon.

— Eh bien, je dois remercier Fletcher d'avoir été un professeur si patient et si doué…

Je jetai un coup d'œil à Fletcher, qui était arrivé juste après Cassie. Mon entrain disparut lorsque je me souvins de ce qui s'était passé la veille.

— Fletcher, je suis désolée. J'ai entendu dire que tu avais trouvé le corps du professeur Hughes. Ça a dû être horrible, dis-je d'une petite voix.

Il hocha la tête en silence.

— Et… la police a-t-elle retrouvé Muesli ?

Il secoua la tête. Je me mordis la lèvre et regardai Cassie, qui haussa les épaules.

— Tu veux qu'on vienne t'aider à chercher encore après le travail ? demandai-je.

Il secoua à nouveau la tête.

— Ça ne sert plus à rien.

Le désespoir suintait du moindre de ses pores.

Je m'approchai de lui, lui tapotant maladroitement l'épaule.

— Oh, Fletcher, ne dis pas ça ! J'ai connu des gens dont les chats avaient disparu pendant un mois ou plus, et qui sont revenus en pleine forme. Tu ne dois pas perdre espoir, d'accord ?

Il fit un signe de tête, l'air un peu ragaillardi. Il s'approcha du four et l'ouvrit pour regarder mes scones. J'attendais son verdict avec impatience.

Il renifla et hocha la tête.

— Ils ont l'air réussis, Gemma.

— Attends de les goûter avant de te prononcer, dit Cassie d'un air sombre, avec l'amère expérience de quelqu'un qui avait déjà souffert de mes tentatives culinaires passées.

J'étais sur le point de riposter quand mon téléphone sonna. C'était un numéro local d'Oxford que je ne connaissais pas. Je retournai dans le calme de la salle pour prendre l'appel.

— Allô ? Gemma Rose à l'appareil.

— Miss Rose ? C'est Cheryl White, de l'*Oxford City Library*. Vous avez fait une demande d'informations auprès des archives des journaux.

— Oh oui, c'est vrai.

J'avais complètement oublié.

— Nous avons récupéré quelques articles qui pourraient vous intéresser. Désolée pour le retard – il nous a fallu plus de temps que d'habitude, car ils étaient conservés dans des archives plus anciennes, et nous avons dû formuler une demande spéciale.

Hughes étant mort, il semblait inutile de parcourir les articles. J'avais demandé à les consulter lorsque je cherchais son mobile pour assassiner Washington, mais à présent que j'avais eu vent de la tricherie par l'intermédiaire de Seth et de sa conversation avec le vieil enseignant, le professeur Wilkins, j'avais déjà eu les informations que je voulais. Et dans tous les cas, cela n'avait pas d'importance puisque Hughes n'était pas le tueur en fin de compte. J'étais sur le point de la remercier et de m'excuser, quand elle ajouta :

— Nous testons un nouveau système – nous numérisons nos archives afin de pouvoir envoyer aux membres un lien par e-mail permettant d'accéder aux copies numériques des articles contenus dans la base de données de la bibliothèque. Cela évite de devoir se déplacer à la bibliothèque. Il suffit de s'abonner à notre service d'archives.

Je réfléchis. Pour être honnête, je me sentais un peu ingrate de lui dire que je n'avais plus besoin de ces informations, alors qu'elle s'était manifestement donné beaucoup de mal pour les trouver. Il semblait plus simple d'accepter les liens.

— C'est formidable, dis-je. Merci.

— De rien. Nous sommes très heureux de lancer ce nouveau service et ce serait formidable si vous acceptiez de répondre à un sondage sur sa simplicité d'utilisation. Cela nous rendrait un grand service.

— Bien sûr, pas de problème.

— Le lien vers le sondage se trouvera dans l'e-mail, avec les liens vers les fichiers. Vous aurez besoin de votre carte de bibliothèque et de votre numéro d'adhérente pour vous abonner.

Une minute plus tard, mon téléphone émit un *bip*. J'avais reçu l'e-mail. Je l'ouvris sans trop réfléchir et je procédai à l'inscription au système d'archivage, puis je cliquai sur les liens qu'elle m'avait envoyés. Le premier était une copie d'une page d'une publication interne de l'université. Un paragraphe court et succinct mentionnait la tricherie, et indiquait que des mesures disciplinaires seraient prises à l'encontre des étudiants concernés, sans donner plus de détails. En même temps, il n'était pas étonnant que *Gloucester College* ne souhaite pas s'attarder sur un tel incident.

Le deuxième article était tiré d'un tabloïd et contenait beaucoup plus de détails, même si je me demandai dans quelle mesure il ne s'agissait pas de ragots et de spéculations. Ayant moi-même été victime d'un tel article, j'étais beaucoup plus cynique sur tout ce qu'on pouvait y écrire. L'article était rempli des tournures habituelles de ces journaux : « On dit que... », « Une source prétend... », « Apparemment... », mais il y avait peu de faits avérés. Ils mentionnaient toutefois les noms des étudiants concernés. Je reconnus immédiatement Washington et Hughes sur la liste : « M. Smith, **B. Washington**, **G.C. Hughes**, S. Greer, N.F. Wilson, T. O'Keefe, M. Williams et D.E. Owens ».

Je fus surprise de voir autant de noms – il s'agissait très clairement d'un groupe organisé –, mais cela semblait une tentative particulièrement effrontée de tromper les responsables du collège. Selon l'article, seuls deux étudiants avaient été reconnus coupables et avaient été « remerciés » – l'euphémisme de l'université d'Oxford pour « renvoyés ». Les autres avaient été avertis, mais finalement acquittés faute de preuves.

Mon regard s'arrêta sur le premier nom de la liste : « M. Smith ». Je me souvins que le nom de jeune fille de Justine était Smith. Pourrait-il y avoir un lien ? Smith était un nom de famille terriblement commun, assez commun pour que cela ne signifie pas grand-chose. Mais s'agissait-il vraiment d'une simple coïncidence ?

⁂

Ce fut une autre journée d'un calme déprimant. Je me répétais qu'il ne fallait pas paniquer, qu'il fallait laisser le temps au temps. Nous étions vendredi ; peut-être les choses reviendraient-elles à la normale d'ici la semaine suivante. Tout finissait par passer, et dans une semaine, les tabloïds auraient trouvé un nouveau scandale et tout le monde aurait oublié le meurtre dans mon salon de thé. *La semaine prochaine, les touristes reviendront en masse*, me disais-je.

Mais au fond de moi, je savais que si cette affaire n'était pas résolue rapidement, mon salon de thé rejoindrait Hugues et Washington au rang des victimes.

Je fus presque heureuse quand Cassie suggéra à nouveau que nous fermions plus tôt. Cette fois, j'acceptai. Je les laissai partir en premier, Fletcher et elle, m'accrochant encore une demi-heure à un espoir vain. Mais quand 16 heures sonnèrent sans le moindre client en vue, je me dirigeai vers la porte d'entrée en soupirant, retournant la pancarte « OUVERT » sur « FERMÉ ». Puis j'éteignis toutes les lumières et je rassemblai mes affaires, essayant de me débarrasser de la morosité qui pesait sur mes épaules.

Alors que je verrouillais la porte d'entrée, mon téléphone sonna. Je répondis distraitement, en plaçant le téléphone entre mon oreille droite et mon épaule, tout en continuant à me battre avec la vieille serrure récalcitrante.

— Allô ?

— Gemma ? Ici Justine Smith.

Je m'interrompis et pris lentement le téléphone en main.

— Justine… Quel plaisir de vous entendre, dis-je.

— J'espère que je ne vous dérange pas ?

— Non, pas du tout… J'étais en train de fermer le salon de thé.

— Vous êtes à Meadowford ?

— Oui, mais je suis sur le point de retourner à North Oxford, si vous…

— Non, en fait, je suis moi-même près de Meadowford.

Elle hésita, puis dit :

— Je me demandais si je pouvais vous parler, Gemma, en privé.

— Oh… euh… bien sûr, allez-y.

— Non, pas au téléphone. Je préférerais vous rencontrer en personne. Êtes-vous libre en ce moment ?

— Hum... Je... Je suppose que oui, répondis-je, prise au dépourvu.

— Formidable. Et si nous nous retrouvions à la forge du vieux village dans une demi-heure ? J'ai ma voiture et je peux vous ramener chez vos parents après si vous voulez.

— Oh, hum... bien sûr.

— Formidable. À tout à l'heure.

Je raccrochai et fixai mon téléphone. Pourquoi Justine voulait-elle me rencontrer seule à seule ? Avait-elle découvert que je posais des questions à son sujet hier au studio de danse ? Je repensai à l'article des archives de la bibliothèque et au nom de cet étudiant sur la liste : « M. Smith ».

Je devais parler à Devlin. Il avait fini par me donner sa ligne directe avant que nous ne nous séparions la veille au soir, pour m'éviter de devoir à nouveau supplier l'opérateur de la police de l'Oxfordshire pour le joindre. Je composai son numéro. J'atterris directement sur la messagerie vocale. Je lui laissai un message laconique lui demandant de me rappeler. Après un moment de délibération, j'essayai de joindre Cassie. Son téléphone m'envoya également sur la messagerie. Frustrée, je raccrochai. Puis, sur un coup de tête, j'appelai Lincoln Green.

Une voix de femme brusque répondit :

— Ici le téléphone du Dr Green.

— Puis-je parler à Lincoln – je veux dire, au Dr Green, s'il vous plaît ?

— Le Dr Green est en consultation en ce moment. S'agit-il d'une urgence ?

J'hésitai. Que pouvais-je bien répondre à cela ? *Oui, en quelque sorte – je pense que cette femme est peut-être une meurtrière et elle veut que je la retrouve en tête à tête, et j'espérais que le Dr Green pourrait m'accompagner... ?* Cela semblait totalement stupide, même à mes propres oreilles. De plus, si Lincoln était en consultation, il pouvait difficilement abandonner ses patients pour me retrouver – et l'hôpital était de toute façon à au moins une demi-heure de route.

— Non, c'est bon. Je… Je réessaierai plus tard.

Je raccrochai et me mordis la lèvre. *Que faire maintenant ?* Je n'aimais pas l'idée de retrouver Justine seule – sans « renforts » en quelque sorte. *Dois-je envoyer un texto à Justine pour lui dire que je ne peux pas la retrouver après tout... ?*

Je fronçai les sourcils. Quelque chose en moi s'y opposait. Cela semblait un peu pathétique. Et si Justine pouvait me dire quelque chose d'important au sujet de l'affaire ? Ce n'était pas comme si je devais retrouver un terroriste connu ou un chef de gang, pour l'amour du ciel.

D'ailleurs, que pouvait-il bien m'arriver ? La vieille forge était certes légèrement éloignée du centre du village, mais elle n'était pas complètement isolée. C'était un site historique local, préservé pour les touristes, et il y avait quelques bancs en pierre à l'extérieur du bâtiment, qui étaient très appréciés des locaux et des visiteurs qui aimaient déjeuner tout en profitant de la vue sur la campagne des Cotswolds. Si quelque chose arrivait, je pourrais sûrement appeler à l'aide et quelqu'un dans le village m'entendrait probablement. Je regardai mon texto à moitié composé, puis je l'effaçai. J'allais retrouver Justine et voir ce qu'elle avait à dire.

Chapitre 26

Je descendis la rue principale du village, en direction de la vieille forge. Les jours raccourcissaient et la nuit tombait déjà, bien qu'il soit à peine plus de 16 heures. La température chutait rapidement elle aussi – l'hiver était vraiment là – et de rares passants bravaient le froid. Un groupe de vieilles dames passa de l'autre côté de la rue. Elles étaient chaudement emmitouflées dans des manteaux et des écharpes. Elles me firent penser aux vieilles chouettes. Je pourrais peut-être leur demander de m'accompagner ? Cette idée me fit grimacer. Non. Ce que Justine me dirait serait rapporté dans tout l'Oxfordshire si elles venaient. De plus, je ne pensais pas qu'elle me parlerait en leur présence.

Un homme s'approcha de moi – un jeune homme costaud aux cheveux courts et à la mine pugnace. Je réalisai tardivement que c'était Mike Bailey.

— Qu'est-ce que tu regardes ? grommela-t-il en s'approchant.

— Rien, bégayai-je rapidement en me mettant à bonne distance.

Il grogna, puis poursuivit son chemin. Je me hâtai d'en faire de même, me retournant de temps à autre pour m'assurer qu'il ne me suivait pas. *Dommage que je ne sois pas amie avec Mike*, pensai-je avec ironie. Un homme grand et belliqueux aurait été l'escorte parfaite pour ma rencontre avec Justine.

Puis je pensai à Fletcher. Certes, il était tout sauf belliqueux, mais il était grand – et sa maison était sur le chemin. Je pouvais lui demander de m'accompagner. Si Justine manigançait quelque chose, elle y réfléchirait à deux fois si j'étais accompagnée d'un homme. Bien entendu, Fletcher était plus du genre à s'enfuir qu'à se battre, mais elle n'avait pas besoin de le savoir.

Rapidement, je traversai le village et j'atteignis la petite rangée de maisons mitoyennes. Celle de Fletcher était tout au bout, et je fus heureuse de voir de la fumée sortir de sa cheminée. Je frappai et il ouvrit la porte au bout d'un moment, un torchon à la main.

— Bonjour, Gemma.

Il semblait surpris de me voir.

— Fletcher, tu es occupé ? Est-ce que tu pourrais me rendre un service et m'accompagner pour aller voir quelqu'un ?

— Qui ça ? demanda-t-il avec curiosité.

— C'est une… une dame que je connais. Ne t'inquiète pas, tu n'auras pas à lui parler. Je me disais que tu pourrais attendre à proximité pendant que je discute avec elle. Tu ferais ça pour moi ?

Il hocha la tête.

— D'accord. Mais je viens de mettre l'eau à bouillir. Pour me préparer une tasse de thé.

J'entendis le bruit d'une vieille bouilloire siffler à l'intérieur.

— Oh... eh bien, tu pourras prendre ce thé à notre retour ? On le boira ensemble.

Il m'adressa un signe de tête aimable et ouvrit la porte plus largement pour me permettre d'entrer.

— Je vais enlever la bouilloire du feu, dit-il en disparaissant dans le couloir.

Je m'arrêtai en entrant dans son salon cosy et impeccable.

— Fletcher, je peux utiliser tes toilettes avant de partir ?

Il indiqua une porte de l'autre côté du salon, menant à un couloir.

— C'est la deuxième porte.

Je trouvai les toilettes – de la taille d'un placard à balais – et notai avec satisfaction que la propreté compulsive de Fletcher s'étendait jusqu'à cette pièce. Je m'émerveillai même de la façon dont il avait réussi à faire tenir les indispensables des toilettes dans un espace aussi restreint, y compris un bac à litière pour chat dans le coin. J'étais sur le point de déboutonner mon jean quand je remarquai que le rouleau de papier toilette était vide. Agacée, je cherchai un nouveau rouleau. Il semblait malgré tout que même Fletcher était le célibataire type. Pourquoi les hommes étaient-ils incapables de penser à remplacer le papier toilette ?

Il y avait un placard sous l'évier et je m'accroupis pour l'ouvrir. Puis j'aperçus quelque chose par terre, coincé entre la poubelle et le côté du meuble. Quelqu'un avait clairement voulu le jeter dans la poubelle et l'avait manquée, et l'objet était resté là. On aurait dit une petite boîte en carton plate, du genre boîte de médicaments. Je la ramassai. Elle était vide, mais une étiquette de prescription était collée sur le côté. Je la regardai, perplexe.

G. Hughes (14/08/1973) - Chlorphénamine
Un comprimé de 4 mg par voie orale toutes les 4 à 6 heures lors des repas.

Une sorte de médicament sur ordonnance… pour… le professeur Hughes ? Je me souvins soudain de l'allergie de Hughes aux animaux de compagnie et de son besoin d'antihistaminiques spéciaux. Mais que faisaient ces médicaments chez Fletcher ?

Mon téléphone bipa soudain, me faisant sursauter. Je le sortis de ma poche. C'était un message de ma mère :

Désolée de te déranger, ma chérie, mais quel est mon mot de passe Apple ID déjà ? Je n'arrive pas à entrer dans mon iPad. J'étais certaine que c'était gemmarose, mais j'ai essayé trois fois et cela ne fonctionne pas. S'agit-il de gemmarose29 ?

Aaargh ! Combien de fois allais-je devoir lui répéter que le mot de passe Apple ID commençait toujours par une majuscule ? Honnêtement, j'espérais ne pas devenir aussi tête en l'air qu'elle en vieillissant, parce que…

Je me figeai.

Les pièces du puzzle s'imbriquaient enfin. Tête en l'air… les vieilles dames tête en l'air… Ethel Webb… en avance pour le cours de yoga… et toute la semaine parce qu'elle avait oublié de changer d'heure… Le changement d'heure avait eu lieu le week-end précédent…

Et c'était Ethel qui avait confirmé l'alibi de Fletcher.

Elle avait dit qu'elle l'avait vu sortir de chez lui à 8 h 45, *après* que le meurtre eut été commis, et je l'avais vu arriver au salon de thé, juste avant 9 heures. Il était arrivé, essoufflé et contrarié, comme s'il avait couru, et avait expliqué avoir eu une panne de réveil.

Mais si Ethel avait oublié de changer d'heure, alors elle n'avait pas vu Fletcher sortir de chez lui à 8 h 45. Son horloge indiquait l'ancienne heure, car elle avait oublié de la reculer d'une heure.

En réalité, elle avait vu Fletcher sortir de chez lui à 7 h 45, soit une heure plus tôt.

Où était donc passé Fletcher pendant cette heure ? Pourquoi avait-il laissé croire à tout le monde qu'il avait eu une panne de réveil et quitté son domicile très tard ce matin-là ? Qu'avait-il fait pour être dans un tel état ?

Je sentis le malaise me gagner. Mon esprit refusait d'admettre l'idée qui commençait à se former dans ma tête. Non, non, ce n'était pas possible. Il n'y avait aucun lien entre Fletcher et l'Américain… ou bien y en avait-il un ? Je repensai au samedi précédent, quand Fletcher était sorti de la cuisine et avait vu Washington. Il avait été choqué. Je me souvenais encore de l'expression d'horreur sur son visage lorsqu'il avait vu Washington. J'avais supposé que c'était parce que l'Américain avait donné un coup de pied à Muesli. Mais… et si ce n'était pas à cause de cela ? Et si c'était parce que Fletcher avait *reconnu* Washington ? Ils avaient à peu près le même âge. Était-il possible que… ?

Prise d'une soudaine intuition, j'ouvris la galerie de photos de mon téléphone et j'affichai de nouveau la photo d'admission. Je zoomai sur les visages des étudiants assis à côté de Washington. Il y avait Hughes à sa droite… Puis mes yeux s'écarquillèrent lorsque je reconnus soudain l'étudiant grand et maigre à la gauche de Washington. Il était beaucoup plus mince et avait beaucoup plus de cheveux à l'époque. Il regardait le photographe en grimaçant, ce qui expliquait probablement pourquoi je ne l'avais pas reconnu immédiatement. Mais il n'y avait aucun doute possible.

C'était Fletcher.

Fletcher avait étudié à l'université d'Oxford – en fait, il était entré la même année que Washington et Hughes à Gloucester College. *Pourquoi ne me l'avait-il jamais dit ?*

Je passai à l'image suivante de ma galerie – celle du verso de la photo d'admission, avec tous les noms des étudiants. Je parcourus les noms de la rangée jusqu'à atteindre le nom de l'étudiant assis à côté de Washington : « N.F. Wilson. »

Oh mon Dieu. Je m'empressai d'ouvrir ma boîte mail sur mon téléphone et je récupérai l'article des archives de l'*Oxford City Library*. Je consultai la liste des noms des étudiants : « M. Smith, B. Washington, G.C. Hughes, S. Greer, N.F. Wilson, T. O'Keefe, M. Williams et D.E. Owens ».

Cette fois, un nom me sauta aux yeux : « *N.F. Wilson* ». *Fletcher Wilson.*

Je ne savais pas si Fletcher se faisait appeler par son deuxième prénom, mais cela ne m'aurait pas surprise. Après tout, beaucoup de gens utilisaient leur deuxième prénom lorsqu'ils n'aimaient pas le premier. On n'avait pas vraiment son mot à dire en la matière à la naissance. J'avais la chance d'aimer mon prénom, mais si mes parents avaient été des hippies bloqués dans les années 60 et m'avaient appelée Arc-en-ciel ou Feuille, j'en aurais probablement changé…

Je savais que je divaguais. Mon esprit essayait simplement de tergiverser, de se dérober, d'esquiver et de nier la soudaine et horrible vérité qui s'imposait à moi :

Fletcher était le meurtrier.

Chapitre 27

On frappa soudain à la porte.

— Gemma ? Est-ce que ça va ?

Je sursautai en entendant la voix de Fletcher. Le téléphone glissa de mes mains et tomba avec un *plop* ! retentissant dans les toilettes.

— *Aaarrggh* !

Je le regardai avec consternation.

— Gemma ?

— Euh… oui, tout va bien, Fletcher. Je sors dans une minute, lançai-je en m'agenouillant au niveau de la cuvette des toilettes et en tendant le bras.

Je grimaçai en plongeant mes doigts dans l'eau froide. Je parvins à discerner les bords du téléphone et le repêchai. Je pris une serviette sur le porte-serviettes et tentai de l'éponger, puis j'appuyai sur le bouton d'alimentation avec une prière silencieuse.

L'écran resta noir. Il était mort.

— *Mince !* chuchotai-je.

Lentement, je me relevai et pris une profonde inspiration. J'essayais de me convaincre que j'avais peut-être tort. Tout cela pouvait être une simple coïncidence, pas vrai ?

Fletcher avait menti sur son alibi du dimanche matin – et alors ? Devlin l'avait dit lui-même : « Les gens mentent pour toutes sortes de raisons, mais pas toujours parce que ce sont des meurtriers. » Certes, Fletcher avait caché le fait qu'il avait étudié à Oxford. Cela ne faisait pas de lui un criminel pour autant. Peut-être ne voulait-il pas en parler, parce qu'il était gêné…

…surtout s'il avait été expulsé de l'université pour tricherie, me dis-je soudain. L'article de la bibliothèque ne le précisait pas, mais j'étais prête à parier que Fletcher était l'un des deux étudiants qui avaient été renvoyés après ce fiasco.

Des années plus tard, Washington était réapparu à l'improviste et le destin avait voulu que tous deux se retrouvent dans mon salon de thé. Peut-être Fletcher avait-il réalisé que tout était de la faute de Washington… Peut-être l'Américain avait-il nargué Fletcher à ce sujet… Ou peut-être s'étaient-ils disputés… Quelque chose avait agi comme un déclencheur et l'avait fait sortir de ses gonds. Et il avait tué l'Américain le dimanche matin.

Et Hughes… ? Hughes avait également été impliqué dans le scandale. Peut-être Fletcher avait-il invité le professeur de pharmacologie à Meadowford-on-Smythe… *Cette enveloppe que la police avait trouvée, postée depuis Meadowford mardi !* Oui, et je me souvenais à présent de l'appel téléphonique que Fletcher avait reçu lorsque nous étions rentrés chez lui après avoir cherché Muesli. C'était mercredi soir et Hughes avait probablement répondu à la lettre de Fletcher et s'était arrangé pour venir à Meadowford ce soir-là.

Hughes était venu au rendez-vous… et les poils de chat avaient déclenché son allergie. Peut-être avait-il pris des antihistaminiques en allant aux toilettes, puis… Fletcher l'avait tué, lui aussi. Et traîné le corps dans les bois devant sa maison. Puis il avait appelé la police jeudi matin en prétendant avoir trouvé le corps alors qu'il était à la recherche de Muesli…

Il restait encore plusieurs questions sans réponse, mais tout le reste collait. Et au fond, *je le savais*. Au creux de mon estomac, je le savais. Je comprenais à présent ce que Devlin avait voulu dire en parlant d'instinct.

Je sentis la nausée me gagner.

Que faisait Fletcher ? Avait-il senti que j'avais compris ? Je tendis l'oreille pour essayer d'entendre les bruits dans la maison. J'entendis le léger craquement du parquet, puis des bruits étouffés de coups, qui semblaient provenir du salon. *Que faisait-il ?*

Je regardai désespérément la pièce minuscule. Je ne pouvais pas me terrer là pour toujours. Même si je l'avais voulu, la porte des toilettes n'avait pas de verrou et il n'y avait rien que je puisse caler pour la bloquer.

Je devrais forcément finir par sortir. Si je pouvais agir avec calme et naturel, et dire à Fletcher que j'avais changé d'avis – que je n'avais pas besoin qu'il m'accompagne en définitive – alors je pourrais simplement lui dire au revoir, ouvrir sa porte d'entrée et m'éloigner de sa maison sans être inquiétée.

Prenant une profonde inspiration, j'actionnai la poignée de la porte et je sortis dans le couloir. Lentement, je retournai au salon. Fletcher leva les yeux en me voyant.

Il se tenait près des fenêtres aux rideaux écartés, dévoilant l'obscurité du jardin et des bois environnants.

Je me figeai, fixant le marteau qu'il tenait à la main.

— Euh… euh, Fletcher… dis-je en léchant mes lèvres sèches. J'ai changé d'avis, en fait. Je ne pense pas avoir besoin que tu viennes avec moi au final.

— C'est bon, dit-il en s'approchant de moi. Je viens avec toi.

— Euh… eh bien, ce n'est vraiment pas nécessaire, bégayai-je en m'éloignant de lui. Et… euh… c'est une nuit si horrible et froide… Tu ne préférerais pas rester ici au chaud, à apprécier une bonne tasse de thé ?

— Non, je pourrai boire mon thé après, comme tu l'as dit.

Il leva le marteau et je tressaillis.

— Pourquoi… pourquoi as-tu un marteau à la main, Fletcher ?

Il regarda sa main avec surprise, comme s'il avait oublié qu'il le tenait.

— Oh, pour réparer la fenêtre.

Il fit un geste vers les fenêtres du salon, qui étaient légèrement ouvertes. Une des poignées était mal fixée. Un courant d'air froid s'engouffrait dans la pièce, faisant pénétrer la fraîcheur nocturne dans le salon. Je frissonnai.

— Oh… Je vois… dis-je en essayant de calmer mon cœur qui battait la chamade.

Je jetai un coup d'œil à la dérobée dans la pièce. Fletcher se tenait entre la porte du hall d'entrée et moi. Je pouvais essayer de m'enfuir, mais il était peu probable que j'atteigne la porte d'entrée avant lui. Mes yeux dépassèrent la porte, inspectant le reste de la pièce. Puis je le repérai, sur la table d'appoint à quelques mètres de moi. Un téléphone fixe à l'ancienne.

Si je ne pouvais pas sortir, je pourrais peut-être appeler à l'aide. Tout ce que j'avais à faire était de trouver un moyen de me faufiler et d'appeler les secours avant que Fletcher ne réalise ce que je faisais. Je devais trouver un moyen de le distraire – le faire sortir de la pièce d'une manière ou d'une autre.

Je regardai ses pieds.

— Fletcher, tu devrais changer de chaussures. L'endroit où nous allons risque d'être boueux. Tu as une paire de bottes en caoutchouc ?

— Oui, dit-il. Très bien, je vais les mettre.

Il tourna les talons et emprunta la porte de l'autre côté de la pièce, disparaissant dans le hall. Je l'entendis tâtonner près de la porte d'entrée. Je savais que je n'aurais pas beaucoup de temps.

Je me ruai sur le téléphone à l'autre bout de la pièce et composai rapidement un numéro.

— Quel service désirez-vous ? Pompiers, police ou ambulance ?

— La police ! murmurai-je.

Je donnai l'adresse de Fletcher et poursuivis, essoufflée :

— Je suis en danger. Je suis avec Fletcher Wilson. C'est lui qui a tué…

— *Gemma ?*

Je fis volte-face, laissant tomber le combiné. Fletcher se tenait derrière moi, le marteau toujours à la main, ses pieds à présent chaussés de bottes en caoutchouc. Mais je me concentrai sur son visage. Il fronçait les sourcils.

— Pourquoi me traites-tu de tueur ?

Je dansai d'un pied sur l'autre, mal à l'aise.

— Parce que... parce que c'est le cas, Fletcher. Tu as assassiné Brad Washington...

— NON ! cria-t-il, le visage contorsionné. Je ne voulais pas ! Je ne voulais pas ! Il disait des choses méchantes, des choses horribles – je voulais qu'il arrête ! Il m'insultait ! Il disait que j'étais *STUPIDE* ! Il se moquait de moi ! Il a dit que j'avais mérité d'être viré d'Oxford même si je n'avais pas triché aux examens, parce que j'étais *STUPIDE* !

Il agitait le marteau en parlant, le visage écarlate, les yeux hagards. Je le regardais avec horreur. Je ne l'avais jamais vu comme ça auparavant. Il s'approcha de moi, me confiant sur le ton de la sincérité :

— Je suis arrivé tôt au salon de thé ce matin-là. L'endroit était agréable et calme. Puis j'ai vu Brad. Il était bruyant et grossier. Il a dit des choses méchantes. Il s'est assis dehors et s'est moqué de moi. Il m'a dit que c'était lui qui avait triché toutes ces années plus tôt, mais qu'il avait fait croire au collège que c'était *moi* ! Ils m'ont renvoyé à cause de lui !

Le visage de Fletcher était encore plus rouge.

— Ce n'était pas juste ! C'était *lui* le sale type, pas moi ! Et puis... et puis il a sorti un scone de son sac en papier et s'est moqué de moi. Il a dit que j'étais trop *stupide* pour Oxford de toute façon – que j'étais tout juste assez doué pour faire des scones dans un salon de thé...

Le visage de Fletcher fut agité de spasmes.

— Je voulais qu'il s'arrête – qu'il arrête de parler ! Je lui ai dit d'arrêter ! Je l'ai supplié d'arrêter ! Et comme il refusait, j'ai fourré le scone dans sa bouche, pour... pour le faire taire !

— Et tu l'as tué par accident, dis-je en comprenant soudain. À cause de sa dysphagie. Il s'est étouffé.

Fletcher me regarda, les yeux vides.

— Je voulais juste qu'il arrête de me traiter de *stupide.*

— Oui, dis-je d'un ton aussi apaisant que possible.

Je me demandai combien de temps la police mettrait à arriver. Il fallait que j'incite Fletcher à parler jusqu'à leur arrivée.

— Je suis sûre que ce n'était pas volontaire.

— Je voulais avoir le droit à une seconde chance, dit Fletcher d'une voix entrecoupée. Tu te souviens quand tu m'as parlé de ce livre – *Persuasion* ? Sur la fille qui a le droit à une seconde chance – et l'homme qu'elle aime qui revient totalement changé. Tu te rappelles ?

— Oui… oui, je me rappelle, dis-je nerveusement.

— Moi aussi, je veux changer. Et tu m'as dit que les gens pouvaient avoir une seconde chance et recommencer à zéro, s'ils le voulaient vraiment. *Je* le veux vraiment. Je veux une autre chance. J'ai écrit une lettre à *Gloucester College* et j'ai demandé si je pouvais y retourner. Ils ont refusé, parce que j'avais triché. SAUF QUE JE NE N'AI PAS TRICHÉ ! cria-t-il soudain en fracassant le marteau sur la table basse.

Je grimaçai en voyant le bois sauter en éclats. Je me souvins que Devlin m'avait dit que la tête de Hughes avait été fracassée par un objet lourd et contondant. Je ne pouvais quitter le marteau des yeux. Était-ce l'arme utilisée par Fletcher pour tuer Hughes ?

Comme s'il lisait dans mes pensées, Fletcher dit :

— Je pensais que Geoffrey m'aiderait. Brad m'a dit que Geoffrey était aussi au courant de la tricherie. Je lui ai donc envoyé une lettre et lui ai demandé de venir me voir. J'ai été très poli, tu sais. J'ai demandé très gentiment. Je lui ai demandé de dire la vérité au collège – que ce n'était pas moi. Que lui et Brad l'avaient fait et m'avaient fait porter le chapeau. Mais il a refusé !

— Oh... euh... ce n'était pas très gentil de sa part, dis-je.

Je ne pouvais pas croire que j'avais dit cela, mais je ne savais pas comment réagir. Je ne voulais pas que Fletcher s'énerve davantage, mais je ne voulais pas non plus qu'il pense que j'étais indifférente, au risque que cela le contrarie.

La main de Fletcher se serrait convulsivement autour du marteau et je fis un nouveau pas en arrière.

— Il a refusé ! Et il a dit que je ne devrais plus jamais parler de la tricherie. Il a dit que si j'en parlais à quelqu'un, il dirait à tout le monde que j'avais tué Brad !

Il secoua la tête avec véhémence.

— Mais je ne voulais pas tuer Brad ! Je voulais juste qu'il arrête de se moquer de moi ! Et puis... et puis Geoffrey a commencé à dire que j'étais *STUPIDE* lui aussi ! Alors je l'ai fait taire...

Fletcher leva le marteau de façon menaçante.

— Oh... Eh bien, je n'ai pas dit que tu étais stupide, moi, m'empressai-je de dire. En fait, je pense que tu es très intelligent, Fletcher. Un véritable génie !

Il me regarda, en penchant la tête comme un chien perplexe.

— Je ne suis pas un génie. Pourquoi tu dis ça, Gemma ?

— Oh... euh...

Je reculai maladroitement, me frayant un chemin à l'aveugle dans la pièce. Les fenêtres du salon étaient derrière moi et je me souvins qu'elles étaient ouvertes. Si je parvenais à les atteindre, peut-être pourrais-je d'une manière ou d'une autre plonger à travers et atterrir dans le jardin…

D'accord, c'était une idée stupide, mais il était difficile de penser clairement quand on se trouvait face à un dingue brandissant un marteau. Il était évident pour moi désormais que le lien de Fletcher avec la réalité était très mince. Il pouvait basculer d'un instant à l'autre.

Je fis un nouveau pas en arrière, sentant le rebord de la fenêtre presser soudain contre ma hanche. Une vague de soulagement m'envahit. J'avais réussi à arriver jusque-là. Maintenant, si je pouvais juste…

Une silhouette noire surgit de l'obscurité extérieure et sauta sur la fenêtre ouverte. Je fis un bond en arrière en hurlant.

Puis je vis ce qui était perché sur le rebord de la fenêtre.

— Oh mon Dieu, Muesli ! Stupide chat, tu m'as fait peur ! m'exclamai-je.

Puis je me figeai en réalisant ce que je venais de dire.

— TU VIENS DE DIRE QUE MUESLI EST STUPIDE ? s'écria Fletcher en brandissant le marteau au-dessus de sa tête.

Il se jeta sur moi, les yeux exorbités.

Je hurlai en plongeant sur le côté. Il y eut un miaulement et je vis une fourrure tigrée passer devant moi, s'élançant entre les jambes de Fletcher. Il trébucha, poussa un cri et tomba la tête la première, se fracassant le crâne contre le rebord de la fenêtre dans sa chute.

Puis ce fut le silence.

Lentement, je me relevai, mon cœur battant encore dans ma poitrine. Au loin, j'entendais le faible gémissement des sirènes. La police – qui venait à mon secours. Mais ce n'était plus nécessaire.

Je regardai l'homme étendu sur le sol devant moi. Puis la créature nonchalamment assise à quelques mètres de moi, faisant sa toilette, imperturbable. Je n'aurais jamais pensé qu'un jour un petit chat tigré me sauverait la vie.

Chapitre 28

— Je n'arrive pas à y croire. Je n'arrive toujours pas à y croire.

Derrière le comptoir du salon de thé, Cassie secouait la tête, incrédule.

— Et moi, tu imagines ce que j'ai ressenti ? demandai-je d'un ton ironique. Me retrouver face à mon adorable chef soudain métamorphosé en psychopathe brandissant un marteau !

Cassie me serra la main.

— Ça a dû être horrible.

Je laissai échapper un soupir.

— En fait, tu sais ce qui était le plus horrible ? Quand il est revenu à lui, qu'ils l'ont menotté et l'ont fait sortir… il était de nouveau parfaitement normal. C'était comme si on avait actionné un interrupteur ou quelque chose comme ça, frissonnai-je. C'était… je ne sais pas. Tout simplement horrible et déchirant et effrayant et triste à la fois.

Je secouai la tête.

— Je n'ai pas réussi à fermer l'œil quand je suis enfin rentrée chez moi vendredi soir après mon interrogatoire au poste de police – je n'arrêtais pas d'y penser.

Cassie me regarda en coin.

— Je dois dire, Gemma, que tu prends tout ça plutôt bien. Je serais… eh bien, je me sens déjà mal et ce n'est pas moi qui ai dû l'affronter.

— Ça me rend malade, moi aussi, admis-je. Mais en même temps, j'ai l'impression que… eh bien, ce n'était pas vraiment lui, tu vois ? Je ne sais pas comment l'expliquer. Ce n'était pas le Fletcher que je connaissais – le Fletcher qui était mon ami, qui avait fait preuve de tant de patience pour m'apprendre à cuisiner, le Fletcher doux et gentil. C'était comme s'il était… (Je secouai la tête en soupirant.) Je ne sais pas… possédé ou quelque chose comme ça. Comme si c'était une personne différente.

— Ils en tiendront compte, n'est-ce pas ? demanda Cassie. On pourrait dire que Fletcher n'était pas dans son état normal et n'était pas vraiment conscient de ce qu'il faisait…

— Oui, Devlin a dit qu'il s'assurerait que Fletcher ait un bon avocat – quelqu'un qui a de l'expérience dans ce genre de cas.

— Et au risque de paraître insensible… qu'est-ce qu'on va devenir ? fit Cassie en désignant le salon de thé. On a perdu notre chef.

Je grimaçai.

— Je sais. J'y ai réfléchi. J'ai fait des progrès en pâtisserie et je pense que je maîtrise certaines des recettes de Fletcher, mais je ne pense pas être capable de préparer l'ensemble du menu. Et même si on pouvait se débrouiller à la perfection en cuisine toutes les deux, qui servirait les clients ? soupirai-je. Non, on a besoin de quelqu'un à plein temps en cuisine.

— Eh bien, je suppose que tu pourrais revenir à ton idée initiale d'embaucher quelqu'un de Londres…

— Il y a une autre solution… dis-je à contrecœur.

— Laquelle ?

— Ma mère s'est portée volontaire pour nous aider, juste le temps qu'on trouve quelqu'un qui nous convienne. En temps normal, j'aurais refusé, sauf qu'elle est vraiment douée – sa cuisine est absolument divine – et qu'elle travaillerait gratuitement.

— Ta mère ! fit Cassie, peinant à contenir un éclat de rire. Bon sang, Gemma, si elle vient travailler en cuisine, il y aura bientôt un autre meurtre et ils n'auront pas à chercher bien loin le coupable !

— Oh, arrête un peu, dis-je d'un ton badin. Certes, ma mère n'est pas facile à vivre, mais je suis une adulte maintenant. Je suis sûre que je peux gérer une relation professionnelle avec elle.

— C'est cela, oui… sourit Cassie. Je vais prendre plaisir à regarder ça de loin.

Je l'ignorai et retournai la pancarte de la porte sur « OUVERT », en me disant que je ne devrais probablement pas me donner cette peine. Le salon de thé était resté fermé la veille, samedi, pendant que la police réglait les derniers détails de l'affaire. J'avais passé la journée prostrée sur le canapé de ma mère. D'accord, c'était peut-être un peu exagéré, mais tous ces rebondissements m'avaient vraiment épuisée. Pour être honnête, tout ce que j'avais envie de faire ce jour-là, c'était de rester recroquevillée sur le canapé de ma mère, à me cacher du monde. Mais je m'étais forcée à venir. Je sentais que je me devais – à mon nouveau moi, en tout cas – d'affronter mes problèmes et de ne pas les fuir (probablement parce que j'avais été nourrie à *La Mélodie du bonheur*).

J'étais donc arrivée au salon à la même heure que d'habitude et je fus reconnaissante du soutien moral que m'apporta l'arrivée de Cassie, peu après. C'était étrange et triste de ne pas voir Fletcher arriver lui aussi – il était devenu une partie intégrante de ma routine quotidienne. *En tout cas, au moins, ça n'aura pas d'importance qu'il nous manque un chef aujourd'hui*, me dis-je. Ce n'était pas comme si nous allions avoir suffisamment de clients pour nous en soucier.

Mais à ma grande surprise, il s'avéra que j'avais tort. Dix minutes après l'ouverture, nous avions déjà plusieurs clients assis à différentes tables et d'autres passaient encore la porte. Cassie et moi échangeâmes des regards étonnés en nous précipitant pour les servir. Devlin avait donné une conférence de presse la veille et avait tenu à souligner que Fletcher avait agi en toute indépendance et que les victimes assassinées n'avaient aucun lien avec le salon de thé. Notre réputation semblait s'améliorer petit à petit.

La curiosité macabre des badauds était revenue en force et, à l'heure du déjeuner, nous étions déjà sur les rotules. Dieu merci, je maîtrisais enfin la recette des scones de Fletcher et j'en avais préparé toute une fournée ce matin-là, car nos scones tout chauds à la confiture et à la *clotted cream* étaient devenus le plat le plus populaire du menu et plusieurs clients me demandèrent même avidement s'il s'agissait de la pâtisserie qui avait servi à « tuer le touriste américain ».

Derrière le comptoir, à l'heure du déjeuner, je sentis une douce chaleur m'envahir en regardant la salle qui bourdonnait de rires et de discussions. Mon petit salon de thé avait peut-être une chance de s'en sortir, après tout.

— Tu sais si Seth est libre ce soir ? demandai-je à Cassie. Ce serait sympa d'aller boire un verre au Blue Boar. Je n'ai pas eu l'occasion de lui parler vraiment depuis l'arrestation et il doit mourir d'envie de connaître les détails.

— En fait, il m'a invitée à la *High Table* ce soir, répondit Cassie.

Je la regardai, surprise.

— Vraiment ?

Ce bon vieux Seth a finalement eu le courage de lui demander.

Je me souris à moi-même.

Elle me rendit mon sourire, sans comprendre sa véritable raison.

— Ouaip. Ça va faire bizarre de retrouver ce monde. Je pourrais même aller jusqu'au bout et sortir ma vieille robe.

— Tu pourras tout raconter à Seth, alors. Et tu pourras le remercier pour moi ? Sans son aide, je n'aurais jamais résolu ce mystère.

Mon téléphone sonna et je fus surprise d'entendre la voix de Lincoln :

— Je n'ai pas vu les informations hier soir et je viens juste d'apprendre la nouvelle de la bouche de ma mère, dit-il. C'est incroyable. J'espère que tu vas bien, Gemma ?

Je fus touchée par son inquiétude.

— Oui, très bien. Il ne m'a pas touchée. Plus de peur que de mal.

— Eh bien… si tu as besoin de quelqu'un à qui parler… euh… de quoi que ce soit, dit-il maladroitement.

— Merci, Lincoln, c'est très gentil de ta part.

— Hum… je me demandais aussi… peut-être qu'on pourrait se retrouver la semaine prochaine, quand les choses se seront un peu calmées ?

— C'est d'accord.

— Formidable.

Je pouvais sentir son sourire au bout du fil.

— Je t'appellerai pour te donner les détails. Prends soin de toi, Gemma.

Je raccrochai, sachant que Cassie avait tout écouté avec un vif intérêt.

— Oooh, comme c'est mignon… dit-elle avec un sourire taquin. C'est le médecin timide qui te demande de sortir avec lui ? Je me demande ce qu'un bel inspecteur en penserait. Et en parlant du loup… ou de Devlin, en l'occurrence…

Elle fit un signe de tête vers les fenêtres où l'on pouvait voir un grand homme aux cheveux sombres sortir d'une Jaguar XK noire garée sur le trottoir. Il était entouré de journalistes – la presse était revenue en force et campait de nouveau devant le salon de thé –, mais il les chassa comme des mouches alors qu'il se dirigeait vers la porte. Un instant plus tard, il entra dans la salle.

— Je vous laisse à votre *tête-à-tête*.

Cassie sourit en se retournant et se dirigea vers la cuisine.

Je me redressai de toute ma hauteur lorsque Devlin s'approcha de moi. Je ne l'avais pas vu depuis le vendredi soir, quand il s'était précipité, livide, dans la maison de Fletcher. Il avait couru vers moi et, pendant un moment fou, j'avais cru qu'il allait me prendre dans ses bras. Puis – alors que son sergent et d'autres officiers entraient en masse dans la pièce – il avait fait un pas en arrière et m'avait demandé assez formellement si j'étais indemne. Cet homme tendu avait à présent disparu. Devlin avait retrouvé son côté laconique, ses yeux bleus calmes et réservés.

— Je vois que les affaires sont revenues à la normale, déclara-t-il en désignant la salle bondée.

— Oui, c'est un grand soulagement, dis-je, cachant un sourire en voyant quatre paires d'oreilles gériatriques se tourner dans notre direction.

Les vieilles chouettes n'étaient pas à leur table habituelle près de la fenêtre, mais à une table à côté du comptoir, et je pouvais voir qu'elles en étaient ravies. Elles tendaient toutes l'oreille, sans doute dans l'espoir d'écouter ma conversation avec Devlin. Il croisa mon regard et ses yeux bleus se mirent à scintiller, m'indiquant qu'il avait conscience de ce public.

— Avez-vous… euh… réglé tous les détails de l'affaire ? demandai-je.

— À peu près. Tu as découvert pratiquement tout ce qu'il y avait à savoir. Fletcher était l'un des étudiants impliqués dans la tricherie il y a quinze ans et il s'avère qu'il a été utilisé comme bouc émissaire par Washington. Il était le « coupable idéal », pour ainsi dire, et a payé pour les crimes des autres. Il a connu des moments très difficiles lorsqu'il a été renvoyé d'Oxford – il a fait une dépression pendant six mois et n'a jamais réussi à s'inscrire dans une autre université. Après ça, il a enchaîné les petits boulots sans débouchés. En fait, cette histoire lui a gâché la vie.

— Pauvre bougre, dis-je en soupirant. C'était vraiment injuste, ce qui lui est arrivé. Je sais que c'est mal de tuer, mais… on ne peut pas s'empêcher de penser que

Washington et Hughes ont eu ce qu'ils méritaient. Et que Fletcher a presque été poussé à le faire.

Devlin me regarda avec curiosité.

— C'est une réaction plutôt inhabituelle de la part d'une quasi-victime. La plupart des personnes dans ta situation se sentiraient trahies et amères.

— Non, répondis-je, secouant la tête avec véhémence. Je ne sais pas comment l'expliquer, mais je ne déteste pas Fletcher et je ne le crains pas. Je me sens… désolée pour lui, vraiment. Je ne te cache pas que j'étais terrifiée vendredi soir et que ça a été une expérience horrible. Je suis encore malade rien que d'y penser. Mais c'était aussi comme… eh bien, j'essayais de l'expliquer à Cassie tout à l'heure – c'était comme si ce n'était pas *lui*, tu vois ? C'était comme si j'étais face à une personne différente.

— C'est l'approche que les avocats de la défense vont adopter, expliqua Devlin. Homicide involontaire en raison d'une responsabilité atténuée. Il ira probablement dans un établissement spécialisé, plutôt qu'en prison.

Je hochai la tête en regardant par les fenêtres du salon de thé.

— Je connaissais Fletcher – je le *comprenais*, je crois. Son esprit était… eh bien, différent du reste d'entre nous. Il avait une vision très simpliste du monde. Et je ne pense pas qu'il voulait me faire du mal cette nuit-là – ce n'était pas comme si c'était prémédité ou quoi que ce soit. Il ne faisait que réagir. Je pense que c'est quand j'ai prononcé le mot « stupide » qu'il a basculé et a complètement oublié qui j'étais. Comme un animal acculé dans un coin qui se déchaîne. On ne peut pas en vouloir à un cheval qui nous donne des coups de pied parce qu'il a peur, n'est-ce pas ? Il ne comprend pas ce qu'il fait et ne le fait pas volontairement.

Devlin me regarda un instant, puis dit :

— Je suis content de t'entendre dire ça parce que j'ai un message pour toi de sa part.

— De la part de Fletcher ?

Il hocha la tête.

— Il n'est évidemment pas autorisé à avoir de contacts avec toi, mais il m'a demandé si je pouvais te transmettre un message. En temps normal, j'aurais refusé, mais dans ce cas... eh bien, je suppose que je partage tes sentiments. Il voulait que je te donne ça.

Il me tendit un morceau de papier froissé. Je le dépliai lentement et lus les mots griffonnés d'une écriture enfantine :

Je suis vraiment désolé, Gemma. J'ai fait de mauvaises choses. Je ne voulais pas te faire de mal. J'espère que tu pourras me pardonner un jour.
Fletcher.

Je déglutis bruyamment.

— Est-ce que tu pourrais lui dire... que je lui ai déjà pardonné ?

Devlin inclina la tête.

— Et il a aussi demandé si tu pouvais faire une chose pour lui.

— Laquelle ?

— T'occuper de son chat. Veiller à ce qu'elle aille dans un bon foyer.

Je déglutis à nouveau.

— Dis-lui que je le ferai.

Je pliai le morceau de papier et le mis dans ma poche. Puis, dans une tentative de détendre l'atmosphère, je m'éclaircis la gorge et dis :

— Alors ma théorie sur le médicament, le Lassitomab, était complètement fausse ?

— Oh non, je pense que tu étais sur la bonne voie. Washington est bien venu à Oxford pour persuader Hughes d'approuver le médicament – et je pense qu'il l'a menacé de révéler la tricherie pour forcer la main de son ancien collègue. Mais ce n'est pas la raison pour laquelle il a été assassiné. C'était une simple coïncidence – certains parleraient de karma – qu'il soit entré dans ton salon de thé et qu'il y ait vu Fletcher. C'est ce qui a tout déclenché. Bien sûr, sa personnalité a aussi joué. S'il n'avait pas été une brute pareille, il n'aurait peut-être jamais provoqué Fletcher et serait encore en vie.

— Et Justine ? demandai-je sèchement. Elle a *bien* menti sur son alibi de dimanche matin. Ça n'a pas non plus de rapport avec Washington ?

— Non.

Devlin jeta un coup d'œil par-dessus son épaule pour voir si les vieilles chouettes tendaient encore l'oreille. Il leur tourna le dos et baissa la voix, de sorte que je dus me pencher pour l'entendre.

— Justine a menti sur son alibi parce qu'elle ne voulait pas admettre où elle était allée ce matin-là : retrouver un membre respecté du conseil municipal d'Oxford. Elle a une liaison avec lui, expliqua Devlin de but en blanc devant mon regard confus. Mais il est marié – et il espère se présenter aux élections locales l'année prochaine –, il est donc crucial que leur liaison ne soit pas découverte. Justine m'a tout avoué et m'a demandé d'être discret pour le bien de son amant. J'ai accepté. Nous rencontrons souvent de telles situations au cours des enquêtes du CID et nous faisons toujours de notre mieux pour respecter la vie privée des personnes si cela n'a pas d'incidence sur l'affaire.

— Une liaison avec un membre du conseil... murmurai-je.

— C'est pour ça qu'elle t'a téléphoné et a demandé à te rencontrer. Elle a entendu dire que tu posais des questions sur son alibi au studio de danse et elle avait peur que tu découvres la vérité et que tu la fasses éclater au grand jour – elle voulait donc te parler en privé pour te demander de faire preuve de discrétion.

Je secouai piteusement la tête.

— Et moi qui pensais qu'elle cherchait à me piéger !

Quelque chose d'autre me vint à l'esprit.

— Oh, bien sûr ! Ma mère se demandait comment Justine avait pu obtenir si facilement le permis de se garer directement devant sa maison...

— Oui, j'imagine que sa liaison présente certains avantages, déclara Devlin avec un sourire ironique.

Il marqua une pause, puis ajouta :

— J'espère que tu me crois maintenant quand je disais que je n'avais pas de préjugés envers Justine. Je suppose qu'on peut dire que je lui ai *bien* accordé un traitement de faveur – mais seulement parce que je savais qu'elle n'était pas vraiment suspecte dans cette affaire. Son amant a confirmé son alibi – elle était avec lui tout ce temps.

— Oh… fis-je en baissant les yeux, embarrassée et honteuse de mes accusations passées. Je… eh bien… Je suis désolée d'avoir douté de toi. Je réalise que tu me disais la vérité.

— Pas tout à fait, répondit Devlin.

Il hésita, puis précisa :

— Je t'ai menti, Gemma, à propos d'une chose.

Je le regardai avec surprise.

— À propos de quoi ?

— J'ai dit que je ne laisserais jamais mes sentiments personnels interférer avec une enquête… dit-il en croisant mon regard, avec ses yeux d'un bleu profond. Eh bien, c'est une bonne chose que *tu* n'aies pas été suspectée de ce meurtre, car j'aurais enfreint ma propre règle.

Je le fixai, le cœur battant à tout rompre dans ma poitrine. Il eut un léger sourire et tendit la main, frôlant mes joues de ses doigts, une caresse légère comme une plume qui me donna la chair de poule. J'étais consciente que les vieilles chouettes nous regardaient, les yeux écarquillés, depuis la table voisine.

— À bientôt, Gemma.

Devlin m'adressa un clin d'œil, tourna les talons et s'en alla.

Je restai un bon moment à fixer la porte après son départ.

⁂

Le lendemain matin, j'arrivai de bonne heure au salon de thé. En parcourant la salle, tirant les rideaux, allumant les lumières, arrangeant les tables et les chaises, j'avais du mal à me dire qu'une semaine plus tôt, j'accomplissais ces mêmes rituels, me préparant pour la journée, sans savoir que, quelques heures plus tard, je rencontrerais un homme qu'on retrouverait assassiné dans mon salon de thé. Tant de choses s'étaient passées au cours de la semaine !

— Bonjour !

Cassie entra dans le salon de thé, le sourire aux lèvres, un tabloïd entre les mains.

— On fait la une des journaux…

Son sourire s'élargit et elle fit un geste vers les fenêtres.

— Mais cette fois, ils peuvent parler de nous autant qu'ils veulent ! C'est génial pour les affaires !

Je regardai par la fenêtre et je vis qu'elle avait raison. Déjà, une petite foule se formait dans la rue, attendant l'ouverture du salon de thé. Je sentis mon propre visage s'illuminer.

— Mais comment on va faire pour les plats ? demanda Cassie, inquiète. Je veux dire, avec tant de clients – et pas encore de véritable chef…

Je me tournai vers elle.

— Justement, Cassie, en parlant de chef…

Pile à cet instant, la porte du salon de thé s'ouvrit et ma mère entra, resplendissante dans une robe vichy vintage avec un énorme tablier à froufrous et une toque blanche perchée sur sa coiffure parfaite. Je la regardai, abasourdie.

— Mère, pourquoi es-tu habillée comme ça ?

— Que veux-tu dire, chérie ? Helen Green m'a aidée à choisir ma tenue et elle m'a assuré que c'était la dernière tendance en cuisine.

— Ouais, si on est en 1940, murmurai-je en essayant d'ignorer le sourire de Cassie.

— Il est essentiel de jouer mon rôle, maintenant que je suis une « femme qui travaille », déclara ma mère. Maintenant, où est la cuisine, ma chérie ? Oh oui, par ici… non, ne t'inquiète pas, je peux me débrouiller toute seule…

Sa voix disparut derrière la porte battante, et s'éleva à nouveau quelques secondes plus tard lorsqu'elle lança :

— Oh, au fait, ma chérie, Helen m'a parlé de cette chose passionnante appelée Twitcher. Elle dit que je dois absolument m'y mettre et que je pourrai *twitcher* tout le temps ! Et les gens me suivront et je pourrai leur raconter ce que je fais en cuisine – *en temps réel !* N'est-ce pas tout bonnement merveilleux ? Mais il faudrait que tu me montres comment faire. Apparemment, c'est possible depuis mon téléphone…

Je gémis et me couvris le visage avec mes mains, tandis que Cassie était prise d'un fou rire incontrôlable. Prenant une profonde inspiration, je retirai les mains de mon visage. Tout allait bien se passer. Je pouvais y arriver. J'avais fait face à un meurtrier hystérique. À côté de ça, gérer ma mère devrait être du gâteau…

Épilogue

Le petit bâtiment en brique apparut devant moi et je m'arrêtai, posant la caisse de transport du chat sur le sol à côté de moi. Je vis un jeune couple sortir par les portes coulissantes, le visage souriant en regardant le chiot duveteux dans leurs bras. Une famille décrivit le chemin inverse, leur enfant désignant avec enthousiasme l'affiche sur le mur, présentant un chaton et le slogan : « Adoptez un chat et ramenez votre nouvel ami à la maison ! »

Je regardai la caisse de transport à côté de mes pieds. La petite bouille de Muesli apparut à travers les barreaux. La chatte observait son environnement avec curiosité, les oreilles tendues, les moustaches frétillantes tandis qu'elle percevait sons et images.

— *Miaouuu* ? fit-elle en me regardant.

Elle trouvera un bon foyer ici, me dis-je. Le refuge pour animaux d'Oxford avait l'une des meilleures réputations du pays et les délais les plus courts pour reloger les animaux. Muesli n'aurait pas à rester longtemps en cage… et elle se lierait d'amitié avec les autres chats… et aurait la chance de trouver une famille qui serait capable de lui prodiguer amour et attention.

Il n'y avait pas vraiment d'autre solution. Personne d'autre ne pouvait s'occuper d'elle et je n'avais même pas d'appartement à moi. Il était inconcevable de la ramener chez mes parents, où elle déchiquetterait probablement les tapisseries crème et creuserait dans les parterres de fleurs de ma mère… De plus, le salon de thé me prenait tout mon temps, et je n'avais pas le loisir de m'occuper d'un animal de compagnie…

Non, non, c'était certainement la meilleure option pour elle et je savais que je faisais le bon choix.

Alors, pourquoi me sentais-je aussi mal ?

Je pris une profonde respiration, ramassai la cage et j'entrai dans le bâtiment du refuge Il y avait plusieurs personnes devant moi et je dus attendre mon tour à la réception. Enfin, une femme derrière le comptoir me sourit et me demanda si elle pouvait m'aider. Je lui expliquai l'objet de ma venue.

— Vous devez commencer par nous fournir quelques informations sur la chatte – un maximum d'informations nous aidera à lui trouver un foyer adapté, me dit-elle en me remettant un porte-bloc sur lequel était fixé un formulaire.

Je posai la cage sur le comptoir à côté de moi, puis pris le stylo et commençai à remplir le questionnaire.

Nom : *Muesli*
Âge : *Plus d'un an ?*
Race : *Chat de gouttière*
Couleur : *Gris tigré avec poitrine et pattes blanches*
Sexe : *F*
Vacciné : *Oui*
Stérilisé : *Oui*
Micropuce : *Oui*

Traits caractéristiques : *très sociable et curieuse, bavarde, pro de la fugue, aime se cacher sous les tapis et fondre sur vos chevilles quand vous passez devant, aime se faire frotter le ventre pendant 2,5 secondes puis panique, se cache dans des cartons, vient quand on l'appelle...*

Je m'arrêtai pour regarder ce que j'avais écrit. À côté de moi, Muesli avait passé une petite patte à travers les barreaux de sa cage de transport et donnait de petits coups dans ma main, essayant d'attraper la pointe du stylo.

— *Miaouu* ! dit-elle.

La femme revint et me sourit.

— Vous avez terminé ?

Elle tendit la main pour récupérer le formulaire.

— Vous pouvez nous la remettre maintenant et nous ferons le nécessaire…

— En fait… dis-je en serrant le porte-bloc pour l'empêcher de le récupérer, j'ai… j'ai changé d'avis.

Elle me regarda d'un air étonné. J'arrachai le formulaire du porte-bloc et je le chiffonnai.

— J'aimerais acheter tout ce qu'il faut pour un chat – en m'adressant à la boutique du refuge, l'argent ira à une bonne cause…

La femme me sourit chaleureusement.

— Oh, c'est très aimable à vous. Qu'aimeriez-vous acheter ?

— Hum… fis-je, n'arrivant pas à croire ce que je m'apprêtais à faire. Une litière pour chat et quelques gamelles… et un lit pour chat, je suppose ?

— Vous aurez besoin d'un griffoir aussi, dit la femme en souriant. Et d'un peu de nourriture. Et peut-être de quelques jouets. Nous avons reçu des souris à plumes magnifiques, qui ont rencontré un franc succès. Et je vous conseille quelques friandises pour chatons pour récompenser les bons comportements.

— Les chats connaissent-ils au moins la signification de ces deux mots ? demandai-je sèchement.

Elle rit à gorge déployée.

— On dirait bien que vous êtes prête à devenir propriétaire d'un chat.

Elle pointa du doigt la cage de transport à côté de nous.

— Elle est magnifique ! J'adore son petit nez rose et ses beaux yeux verts avec cet eye-liner noir… comment s'appelle-t-elle ?

Je regardai la petite boule de poils tigrée et ressentis un élan de fierté inattendu.

— Muesli, dis-je. Elle s'appelle Muesli. Comme les céréales.

— Muesli ! Quel nom adorable !

Elle rit lorsque Muesli sortit à nouveau la patte pour jouer avec son doigt.

— Vous allez vraiment vous amuser avec elle.

*Oui, on va vraiment s'amus*er, pensai-je amèrement en me retrouvant devant le bâtiment, titubant sous le poids d'une tonne d'accessoires pour chats. *Je dois être folle*, me dis-je. *Quelle idée d'adopter un chat ?*

— *Miaou* ? fit Muesli depuis la caisse de transport à côté de moi.

Je baissai la tête vers le petit minois tigré et fronçai les sourcils.

— Et n'imagine pas que tu pourras monter sur mon lit.

— *Miaouuu*, dit Muesli avec complaisance.

Comme je commençais à le comprendre, les chats avaient toujours le dernier mot.

FIN

Ne manquez pas la prochaine aventure dans :

Beau thé fatal
(Les Thés meurtriers d'Oxford ~ Livre 2)

Recette traditionnelle de scones anglais

Ingrédients :

- 500 g de farine ordinaire
- 4 cuillères à café de levure chimique à **double action***
- 60 g de sucre en poudre
- 125 g de beurre, à température ambiante
- 150 ml de lait entier
- 2 œufs légèrement battus
- œuf et lait pour la dorure à l'œuf

* La levure chimique à « double action » contient à la fois de la crème de tartre et du bicarbonate de soude, ce qui fait que la pâte ne lève qu'*après* application de chaleur. Si vous utilisez de la levure chimique à action unique (qui lève immédiatement), vous ne devez pas laisser la pâte « reposer », mais découper les scones et les faire cuire immédiatement.

Instructions :

1. Préchauffez le four à 205 °C.
2. Tamisez la farine et la levure chimique dans un grand saladier (important pour ajouter plus d'« air » au mélange).
3. Incorporez le beurre au mélange avec vos doigts – il est important d'enrober la farine d'autant de beurre que possible. Continuez ainsi jusqu'à ce que le mélange ait la consistance d'une fine chapelure.
4. Ajoutez le sucre au mélange et mélangez bien avec vos doigts.
   (C'est l'étape où vous pouvez ajouter des ingrédients supplémentaires tels que des raisins secs ou de Corinthe, si vous le souhaitez.)
5. Ajoutez l'œuf et un peu de lait – n'ajoutez pas tout le lait en une fois ; allez-y lentement et vérifiez que la pâte ne devient pas trop humide, sinon les scones « s'affaisseront ».
6. Mélangez bien avec vos doigts jusqu'à ce que la pâte forme une boule.
7. Déposez la pâte sur une planche farinée, saupoudrez de farine et pétrissez légèrement. Il est très important de ne pas trop travailler la pâte, sinon les scones deviendront très durs.
8. Lorsque la pâte semble lisse, tapotez-la doucement (ou utilisez un rouleau à pâtisserie) pour obtenir une plaque épaisse de trois à quatre centimètres d'épais-

seur. C'est l'un des secrets pour réussir ses scones : ne pas étaler la pâte trop finement.

(La pâte doit maintenant reposer pendant au moins 30 minutes – à moins que vous n'utilisiez une levure chimique à action unique. Certains chefs disent que le secret pour obtenir des scones vraiment légers et moelleux est de laisser reposer la pâte pendant des heures, voire toute la nuit.)

9. À l'aide de l'emporte-pièce de votre choix, découpez les scones dans la pâte. Faites attention à ne pas tordre l'emporte-pièce lorsque vous l'enfoncez – faites-le simplement tourner légèrement vers le bas pour le libérer. Faites une boule avec le reste de la pâte et étalez-la à nouveau. Continuez à découper des scones jusqu'à ce que vous ayez épuisé tout le mélange.
10. Placez les formes découpées sur la plaque de cuisson graissée ou sur du papier sulfurisé.
11. Badigeonnez-les de dorure à l'œuf pour qu'ils sortent bien dorés.
12. Faites-les cuire au four pendant environ 12 à 15 minutes.
13. Laissez refroidir les scones sur une grille.
14. Servez-les chauds avec de la confiture et du beurre ou de la *clotted cream* !

Bon appétit !

À propos de l'auteure

Auteure à succès reconnue, H.Y. Hanna écrit des *cozy mysteries* amusants, remplis de rebondissements habiles, d'humour, de personnages excentriques – et de chats avec de fortes personnalités ! Après avoir été diplômée d'Oxford, Hsin-Yi s'est essayée à divers métiers, avant de revenir à ses premières amours : l'écriture. Elle vit à présent en Australie avec son mari et un petit chaton du nom de Muesli. Pour en savoir plus sur ses livres et elle, abonnez-vous à la newsletter française pour être informé de ses nouvelles parutions, obtenir des cadeaux exclusifs et tout savoir sur ses livres !

http://www.hyhanna.com/french-newsletter

Beau Thé Fatal

H.Y. Hanna

Qu'est-ce qui a bien pu passer par la tête de Gemma d'aller au vernissage d'une exposition d'art contemporain d'Oxford ? Elle déteste toutes ces toiles prétentieuses et elle s'ennuie ferme… Jusqu'à ce que l'une des invitées, après avoir avalé une tasse de thé, se mette à convulser et tombe raide morte. Empoisonnée. Shocking! Voilà qui fait tache dans cette galerie chic à l'ambiance minimaliste et feutrée.

Dare-dare, Gemma flaire l'assassinat. D'autant qu'il y a une ombre au tableau : le propriétaire de la galerie ne pouvait pas voir la victime en peinture ! Aidée d'un charmant inspecteur et de quatre vieilles commères, Gemma plonge dans un mystère plus complexe qu'un plum pudding. Et surtout plus dangereux, car elle pourrait bien être la prochaine sur la liste du tueur…

Vous prendrez bien un peu de crime dans votre *afternoon tea* ?